DANTE

DANTE

Matteo Strukul

Traducción de
Natalia Fernández

El papel utilizado para la impresión de este libro ha sido fabricado a partir de madera
procedente de bosques y plantaciones gestionadas con los más altos estándares ambientales,
garantizando una explotación de los recursos sostenible con el medio ambiente y beneficiosa para las personas.

Dante

Título original: *Dante Enigma*

Primera edición en España: abril, 2022
Primera edición en México: febrero, 2023

ISBN: 978-607-382-645-7

Impreso en México – *Printed in Mexico*

A Silvia, único, gran amor

A Florencia, ciudad de maravillas

A Marco Santagata, estimado maestro

PRIMERA PARTE

La inquietud

(Verano de 1288)

1

Premonición

Sentía un dolor profundo y agudo dentro de él. Como si le hubieran cortado el aliento con el filo de una espada. Miró al cielo, una placa azul que se tornaba índigo. Pronto se volvería de color gris. Se estaba levantando viento y las columnas de cipreses se doblaban bajo su soplo frío, casi despiadado. El trigo del campo parecía azotado por un látigo invisible y el oro de su color se corrompía con el avance de la sombra que iba apagando la luz del verano.

Muy pronto estallaría la tormenta. Se percibía su olor en el aire, esa esencia del agua de lluvia que borraría cualquier otro perfume.

En ese cambio repentino advirtió una oscura premonición, un amargo auspicio de muerte, como si una criatura demoniaca estuviera estirando sus brillantes garras para lacerar la realidad y sumergir al mundo en un despeñadero de sangre y dolor.

Sabía que Corso Donati anhelaba la guerra. Y junto con él toda Florencia. Arezzo se había vuelto demasiado osada. Arezzo, la prostituta del emperador, gibelina, había provocado a Florencia en todos los sentidos. Los güelfos habían esperado tan solo una excusa, un capricho intrascendente para salir al campo de batalla y aniquilar a sus eternos enemigos. Sabía que, al contemplar ese cielo ahora ya plomizo, los sieneses estaban a punto de retirarse después de haber sitiado Arezzo. Junto con los florentinos incluso habían organizado un torneo bajo los muros de la ciudad, para burlarse del enemigo.

Siena la soberbia, pensó. Siena, que creía que podía someter a hierro a los lobos del emperador.

Sintió una sensación de fatalidad en esa arrogancia. Los gibelinos de Arezzo se habían encerrado dentro de los muros de su propia ciudad. Y, ahora, lo más probable es que estuvieran urdiendo una atroz venganza. No eran hombres dispuestos a aceptar una afrenta como aquella. Muchas veces se habían dado por vencidos para luego revelarse como feroces adversarios.

Menos de treinta años antes, Manfredi había aniquilado a los güelfos en Montaperti, convirtiéndose en señor de Florencia. El León de Suabia había masacrado a sus enemigos como corderos, exterminando a los contrarios. Solo seis años después, los Anjou habían logrado vencerlo. E incluso entonces, ese príncipe orgulloso e invencible había luchado hasta la muerte, había caído luchando, con las armas en la mano, en Benevento. Tanto había sido su valor que los mismos franceses habían recogido las piedras para enterrarlo y honrarlo en el campo de batalla.

Y ahora Florencia y Siena habían despertado a la bestia gibelina y la bestia olía la sangre. Dante no albergaba dudas al respecto; por ello, en aquel momento un sudor frío le helaba la piel.

Pensó en Beatriz: en su sonrisa, en esos ojos de luz y tormento, en su mirada capaz de apoderarse de su corazón. Suspiró. ¡Cómo hubiera querido gritar su amor! Pero no podía. Nunca podría. Solo se le permitía confiarlo a las palabras. En su mente vio esas pequeñas marcas negras, grabadas en tinta, parecidas a gotas de sangre oscura, destinadas a llenar las páginas amarillas de papel de pergamino. Fórmulas secretas de un amor secreto.

Se sentía prisionero. Era un hombre encadenado, incapaz de vivir plenamente sus sentimientos. Y aquella impotencia lo consumía. Mientras esperaba su final, sentía que su amor por Beatriz se hacía cada día más fuerte, más violento, incluso intolerable. E incluso cuando el matrimonio había reducido aquella catedral de la pasión a un mero montón de fragmentos desgarrados, había mecido el fuego humeante entre sus brazos. No tenía ninguna duda, puesto que ese sentimiento era su única razón para vivir.

Se puso en pie y se aproximó a su magnífica yegua. Tenía un pelaje brillante y marrón como canela en polvo y una estrella blanca entre los ojos. Dante le tomó el hocico entre las manos, acariciándoselo. Sintió la lengua áspera de la yegua lamiendo la palma de su mano. Sonrió. Dejó que su mano derecha se deslizara por el poderoso cuello del animal; la gran vena yugular latía, palpitante de vida. A través de sus dedos notó ese flujo cálido e hirviente bajo la piel reluciente. Se quedaba admirado por la nobleza de esa potra: dócil y formidable a la vez, esperaba pacientemente a que su amo decidiera montarse en la silla.

Dante le despeinó la espesa crin. Le encantaba Némesis.

Aguardó un rato más.

Esperó a escuchar el primer trueno y luego sus ojos contemplaron cómo un rayo atravesaba el cielo, que ahora era de color carbón.

Cayeron las primeras gotas y le mojaron el rostro.

Subió a la silla.

Espoleó a su montura.

2

Pieve al Toppo

Buonconte sabía que pasarían por allí. Embriagados por su éxito, con la guardia baja debido al vino y al torneo a los que se entregaron bajo los muros de Arezzo, los sieneses habían emprendido el camino de regreso al Val di Chiana. Desfilaban meticulosamente: la infantería en el centro y los jinetes a los lados, en una formación ordenada pero ciertamente no amenazadora. Procedían con rapidez ya que sabían que los perseguía Guillermo de Pazzi de Valdarno —conocido como el Loco por su carácter encolerizado y sanguinario— con su contingente. Sentían su aliento en el pescuezo desde que salieron de Arezzo.

Buonconte, en cambio, había tomado el camino de Battifolle hasta Mugliano. Obligando a sus hombres a desfilar a marchas forzadas, día y noche, había logrado llegar a la altura de Pieve al Toppo con su propia tropa, al único vado del pantano y de las marismas del Val di Chiana, que se habían vuelto más insidiosos aún por la lluvia de los dos últimos días.

Si el Loco hubiera cumplido su palabra, sobreviniendo

con sus hombres, habrían podido tender una encerrona a los hombres de Ranuccio Farnesio en un movimiento de pinza.

Buonconte había hecho alinearse a sus soldados en un lado del vado, escondidos entre troncos y arbustos.

Habían colocado los dardos en las ballestas y sostenían los pasadores. Estaban dispuestos a arrojarlos sobre la columna sienesa para asediarlos por un flanco y hacerlos pedazos con una sarta de proyectiles de hierro.

Aquel día el calor era insoportable. El sol había salido por detrás de las nubes y ahora incendiaba el aire. Sus hombres iban ligeramente armados para ser más rápidos y ágiles en sus movimientos y también para aliviar el calor. Después de haber lanzado dardos y pasadores se retirarían ordenadamente, dejándole a él y a sus *feditori*, los valerosos soldados de la primera línea del frente, la tarea de aniquilar lo que quedaba del enemigo, confiando en que el Loco, que andaba pisando los talones a los sieneses, podría liderar la masacre de la mejor manera posible.

Grandes gotas de sudor le cubrían la frente, adhiriendo su largo cabello castaño a la piel. Oculto detrás de la vegetación, con una armadura ligera, Buonconte esperaba. Vestía los colores a bandas doradas y azules de su estirpe.

Finalmente vio llegar la columna sienesa.

Ranuccio avanzaba a la cabeza de sus hombres. La retaguardia lo había informado de que el Loco no se rendía y los gibelinos los perseguirían hasta Siena, de ser necesario. La trampa bélica que él y los florentinos habían montado bajo los muros de Arezzo los había vuelto rabiosos. Por dentro se maldijo a sí mismo por tan estúpida arrogancia. Sabía que no tendría respiro, aunque ese día, con el sol en su apogeo y la humedad de las marismas que parecían asfixiarlos, detenerse hubiera sido lo primero que debería haber hecho.

Pero no había ninguna posibilidad.

Habían llegado a la altura de Pieve al Toppo, habían dejado atrás el pueblo y avanzaban por los cenagales. El barro y las aguas fangosas los habían obligado a reducir la velocidad. Ahora habían llegado a un pequeño pantano. Hizo que comprobaran que se pudiera vadear fácilmente. El agua estancada estaba apenas a una braza de altura. Poco más que una charca, en definitiva, pero lo suficientemente grande como para quitar las ganas de rodearla. Al menos, pensaba mientras la cruzaban, se podrían refrescar la cabeza con el agua.

Dio la orden de vadearla mientras los suyos lo seguían.

Sin desmontar del caballo, se había quitado el casco y estaba justamente inclinándose hacia un lado para recoger el agua verde cuando de repente escuchó un ruido que reconoció de inmediato: el silbido de dardos que quebraban el aire.

Apenas tuvo tiempo de volver a sentarse en la silla cuando vio que una hilera de flechas segaba a sus guerreros como mazorcas de maíz.

Un dardo le pasó a menos de un palmo para después ir a dar en el ojo de uno de los soldados de infantería que avanzaba. El hombre dejó escapar un grito desesperado y aterrizó hacia delante en el agua del pantano. Simultáneamente, otros gritos se elevaron al cielo.

—¡Rápido! —gritó Ranuccio a sus hombres—. ¡Vayamos a la orilla! —Y dicho esto, clavó las espuelas en los flancos de su caballo, que, de un brinco, aceleró el paso hasta llegar al otro lado.

Pero en cuanto alcanzó tierra firme, Ranuccio se dio cuenta de que una lluvia de flechas trazaba una red de líneas en el aire húmedo, hasta que las puntas de hierro se clavaban en la carne o, en algunos casos, chocaban contra la armadura. La mayor parte, sin embargo, daban en el blanco, abriendo vacíos aterradores en las filas de caballería e infantería. La matanza fue sangrienta e impactante porque muchos de los soldados se habían quitado los cascos, por culpa del calor, y porque los ballesteros no eran capaces de responder a esa tormenta de hierro que los abatía, habiendo colgado sus instrumentos de muerte en las monturas de las mulas.

Ranuccio vio a un caballero llevarse las manos al cuello mientras dos flechas le cortaban la yugular por diferentes partes. Entonces, el hombre se deslizó de la silla. Su caballo, herido en una pata, comenzó a galopar, arrastrándolo primero al agua y luego al barro de la orilla. Un soldado de infantería levantó los brazos al cielo y cayó en el último tramo de agua del pantano con dos dardos clavados en el costado.

Ranuccio volvió a gritar en dirección a sus hombres, con la remota esperanza de que pudieran arrastrarse hasta la orilla, y, de hecho, los primeros jinetes se acercaron con dificultad a ella. Pero ya en la otra orilla veía aproximarse las insignias de Guillermo el Loco, los estandartes con llamas amarillas y rojas. El capitán gibelino estaba a punto de entablar batalla con la última parte de su columna, la que aún tenía que enfrentarse al vado.

Mientras tanto, un formidable rugido se elevó al cielo y, por primera vez desde que lograra ponerse a salvo, Ranuccio se dio cuenta de que haber atravesado el pequeño pantano no lo había protegido en absoluto de nada, ya que, detrás de una hilera de árboles, ondeaban las bandas doradas y azules de Buonconte da Montefeltro.

—¡Cuidado! —gritó a los suyos que habían logrado llegar a la orilla saliendo del infierno de dardos y pasadores—. ¡Nos están esperando!

Sin poder añadir nada más, Ranuccio vio que de esa fila salía la caballería de Arezzo, ligeramente armada. Al menos doscientos *feditori* se lanzaban contra ellos, veloces como un rayo.

Se les acercaron con toda la ira de la venganza largamente esperada. No se detendrían por nada del mundo.

—¡Dios mío! —exclamó Ranuccio—. ¡Ten piedad de nosotros!

—¡Aniquilémoslos! —gritó Buonconte. Apretó los dientes, luego sacó su espada y lanzó su corcel al galope.

Detrás de él cabalgaba el mismísimo infierno.

Fue una maniobra perfecta, una carga de caballería hábilmente preparada y guiada en el instante exacto en que los hombres de Ranuccio estaban a su completa merced. De hecho, un puñado de sieneses habían logrado ganar la orilla, pero no estaban en absoluto preparados para soportar tal asalto.

El impacto fue devastador. Buonconte y sus hombres se deslizaron como una cuña de hierro en las desordenadas y concentradas filas de Ranuccio, haciéndolos trizas.

El capitán gibelino levantó su espada, luego asestó un terrible golpe y cortó un brazo. Un solo trueno de muerte explotó a su alrededor. Los aceros mutilaban extremidades. Hacían molinetes en el aire y luego se abatían como guadañas, segando vidas. Los caballeros sieneses acabaron en el barro, se desplomaron los corceles, cayó la infantería, empapando la tierra de sangre.

Buonconte se movía en medio de ese infierno con la gracia despiadada de un ángel exterminador. Propinaba golpes perfectos, aniquilando a cualquiera que se le pusiera por delante. Finalmente llegó frente a Ranuccio y, sin demora, cruzó su espada con la de él. Las hojas, al rozarse entre sí, lanzaban chispas azuladas, pero tal era la fogosidad de Buonconte que el capitán de los sieneses tuvo que apelar a toda su voluntad para repeler aquellos ataques que parecían ser realizados por una mano divina.

Buonconte sintió que aquel era el momento de la verdad. Había preparado el ataque con todos los ardides y precauciones necesarios. Cuando su espada golpeó el escudo del Farnese, vio que el Loco derribaba a sus adversarios como árboles maltrechos.

Así que dio un golpe tan determinante que Ranuccio perdió por completo el equilibrio. Fue entonces cuando lo atacó en el hombro con su escudo, luego trazó un arco en el aire con el filo y finalmente lo alcanzó por el costado. Ese último golpe volcó al enemigo de la silla y lo estrelló contra el suelo, en el barro de la orilla.

Ranuccio se arrastró desesperado, apoyándose en su

espada para volver a ponerse de pie. Se movía con pasos inseguros por culpa del cieno que lo envolvía como melaza. Finalmente, exasperado, se despojó del casco y lo tiró, haciéndolo rodar lejos.

Buonconte desmontó y se liberó a su vez del casco de hierro. No se aprovecharía del golpe infligido al oponente, pero tampoco le iba a dar tregua. Estaba decidido a ponerle fin para siempre en ese pantano maldito. Sintió que le hervía la sangre por la vergüenza que sufría en Arezzo y ahora bramaba por la muerte de su adversario.

Ranuccio parecía asustado.

—Señor —dijo finalmente—, me someto a vuestra misericordia.

Pero esas palabras suyas estaban destinadas a caer en saco roto.

—Demasiado tarde, amigo mío, averiguáis el significado de esa palabra —respondió Buonconte con una pizca de sarcasmo—. ¡Vos, que con vuestros hombres os habéis burlado de Arezzo y los gibelinos! Manteneos en guardia y veamos quién de nosotros triunfará.

Y, sin perder más tiempo, asestó un gran golpe que Ranuccio apenas pudo contener. Siguieron otro y otro más, hasta que el capitán de los sieneses terminó con una rodilla en el suelo, la espada en alto, por encima de su cabeza, con los brazos extendidos para soportar el impacto del último golpe de Buonconte.

A aquellas alturas el duelo había llegado a su fin.

Las manos de Ranuccio cedieron. Su espada terminó hundida en el barro.

Con un último ataque formidable, Buonconte lo decapitó y la cabeza del capitán de los sieneses acabó rodando por el fango. Buonconte la agarró del pelo, mostrándola como un macabro trofeo a los guerreros en el campo de batalla.

—¡Así terminan los que desafían al imperio! —gritó con todo el aliento de su cuerpo. En respuesta recibió el rugido de su pueblo, que alzó los estandartes de oro y azul. Luego, con ojos de lobo, buscó al Loco en la refriega.

—¡Guillermo! —gritó Buonconte—. ¡Guillermo! —reiteró con entusiasmo.

Y como a la llamada de su amo, el gigante se deshizo de un oponente y encadenó su mirada a la del Montefeltro.

—¡Sin piedad, amigo mío! —gritó Buonconte—. ¡Perseguid a vuestros adversarios como si fueran perros sarnosos! Sacadlos de donde sea que se escondan, cazadlos como cazan los sabuesos a las liebres, exhalad vuestro aliento demoniaco y hacedlos pedazos. ¡Nadie tiene que sobrevivir! Quiero sus cabezas clavadas en las picas.

El Loco contestó levantando su espada, y sus hombres gritaron como posesos.

Empezó a llover. Grandes gotas comenzaron a caer, diluyendo la sangre que cubría la tierra más allá de la orilla.

Luego, mientras los últimos enemigos terminaban empalados en las lanzas, Buonconte volvió a montar a caballo.

Sabía que había desencadenado una guerra.

Era lo que buscaba.

3

En casa

San Pier Maggiore era únicamente una maraña de callejones oscuros y cuartuchos, de torres almenadas, severas y terribles, una erupción de casas de piedra y madera construidas unas encima de otras, dominadas por las familias de Corso Donati y Vieri de Cerchi.

Mientras regresaba a casa, llevando a su potranca al establo, Dante creyó haber visto a alguien en la oscuridad. Duró solo un instante. Luego se dio cuenta de que debía de haber soñado despierto. Se sentía extraño desde que se había ido, con las primeras gotas de lluvia, para volver a Florencia, dejando atrás el campo. Esa sensación de tragedia inminente parecía acompañarlo hasta la puerta de su casa.

Al entrar vio el resplandor rojizo de la chimenea. La luz, como de sangre, oxidaba el aire y la habitación de techumbre baja y abarrotada de muebles y las mil excentricidades usadas por Gemma, que apenas parecía capaz de ofrecer suficiente refugio y espacio a una pareja. Por no mencionar que, hasta hacía poco, su madrastra Lapa también había vivido bajo ese techo. Ahora residía allí solo cuando no estaba en la finca de los Alighieri, en las cercanías de Fiesole.

Lamida por las llamas, una olla. Un olor a estofado le recordó que tenía hambre. Gemma estaba sentada en su asiento. La mesa estaba lista. La mujer sabía que él llegaría tarde a casa, pero ese hecho no parecía brindarle ningún consuelo. Se puso en pie y se acercó a la chimenea. Con un trapo agarró la tapa y la levantó, como para echar un último vistazo al guiso. Finalmente tomó la olla y la puso sobre la mesa.

Había una jarra de vino frente a una copa de madera achaparrada. Gemma llenó un cuenco de carne y salsa humeante. Sirvió el vino. Luego miró a su marido.

—¿Dónde habéis estado? —preguntó en un tono que revelaba impaciencia y preocupación al mismo tiempo.

—Fui a ver a Lapa y a controlar la finca.

Gemma suspiró. Dante sintió la frustración que había acumulado su esposa durante todos esos años.

—Lo decís como si tuviéramos quién sabe qué tierras...

—¡Nada de eso! —exclamó. Su voz salió más áspera de lo que hubiera querido. Estaba tan cansado de tener que enfrentarse por enésima vez al mismo tema...—. Y, sin embargo, al menos eso todavía lo tenemos. Y además veo que hay carne en el plato.

—Es un regalo de vuestra hermana.

Dante guardó silencio. No quería iniciar una discusión. No aquella noche.

—Si como mínimo os decidierais a trabajar... —lo instó Gemma.

—¿Ya estamos con la historia de siempre? Pensé que ya lo habíamos hablado.

Ella tomó su mano entre las suyas.

—Perdonadme, esposo mío. Conozco vuestras ambiciones. La pretensión, justa y que respeto, de vivir como un noble. Con todo, no lo somos. O al menos no lo suficiente. También sé lo poco que os importa la vida política, pero tratad de entender cómo puedo sentirme yo, una Donati, en estos días de incertidumbre, mientras vos salís con vuestros amigos, afrontáis desafíos poéticos, escribís y estudiáis, dejándome sola en un mundo que os negáis a frecuentar porque seguís queriendo encerraros en una imaginaria torre de papel y tinta...

—¡Ya es suficiente! —la interrumpió—. Estoy cansado de estas quejas. ¿No tenéis ni un poco de fe en mi talento?

Gemma negó con la cabeza.

—¡Tengo incluso demasiada! Pero tampoco puedo negar la confusión que llena mi corazón. ¿De qué van a vivir nuestros hijos, algún día, cuando los tengamos? ¿De las escasas cosechas de esa finca? ¿De los premios garantizados por la fortuna literaria? ¿Queréis de verdad confiar a tan frágil navío nuestro porvenir?

Ahora aquel estofado le parecía el más amargo que jamás hubiera comido. Todavía con esas dudas, todavía con esas acusaciones.

—Algo terrible está a punto de suceder —dijo Gemma.

—Sí —replicó él—. Al menos en esto estamos de acuerdo.

—Mi primo Corso ha estado hoy aquí.

Dante frunció el ceño.

—¿Y qué es lo que ha dicho?

—Que ha ocurrido algo tremendo en los pantanos de Pieve al Toppo, y antes de que me pidáis detalles adicionales, ya os anticipo que no sé más. Sin embargo, me ha advertido que mañana por la mañana tenéis que pasar por su casa.

—¿Cómo es que no vino Vieri?

—Porque los Cerchi deben quedarse en su puesto. Mientras vos estáis pensando en versos, esos codiciosos usureros han comprado el palacio de los condes de Guidi y planean hacerse con todo el distrito de Porta San Piero. En cualquier caso, no hay nada más que añadir —concluyó Gemma.

Dante la miró: era hermosa y altiva. Ahora ya cansada por la larga jornada, se había desatado su largo cabello castaño. Sus ojos color avellana parecían brillar en la penumbra. Era alta y delgada, pero tenía caderas fuertes, perfectas para tener hijos. Y también había en ella una mirada arrogante que nunca se rendía a los ojos de los demás. Atractiva, por supuesto. Sin embargo, dispuesta además a exigir respeto. En Gemma había una arrogancia congénita, hija de su linaje, que a menudo lo hacía sentirse culpable. Y él no era capaz de perdonarle tal acusación tácita.

—¿Os vais a quedar aquí? —lo instó ella.

Él asintió.

—No os esperaré.

—Podéis descansar —concluyó Dante—. Yo me quedaré un rato.

—Como os parezca.

Y, sin añadir nada más, Gemma subió al piso de arriba. Cuando se quedó solo, Dante se sirvió un poco de vino. Había perdido por completo el apetito. La noche era fría. Apretó la copa entre las manos, preguntándose cuán graves podían haber sido los hechos acaecidos en Pieve al Toppo.

Quizá el presagio de aquella tarde se estaba haciendo realidad.

El odio se arrastraba por las calles de Florencia.

Y ese día parecía que había llegado también a su puerta.

4

Llamas y sangre

No sabía cómo había llegado hasta allí, pero caminaba por el borde de un pozo. Al principio tuvo vértigo. Luego, resbalando, se cayó al infinito, en el negro más profundo, hasta que, una vez perdido el sentido del tiempo, le pareció como si estuviera rodando colina abajo. Cuando se puso de pie, dolorido y magullado, se encontró en un bosque oscuro, impenetrable, lleno de plantas, zarzas y árboles. El entramado de ramas, agujas y brotes hacía difícil no solo orientarse sino incluso avanzar.

Palos y espinas dejaron dolorosos rasguños en su rostro, desgarrándole la piel, despellejándole las manos y los pies. El sol se ahogó en la sangre del atardecer. Escuchó el amargo graznido de los cuervos mientras un zumbido de alas parecía llenar el bosque. En los rombos formados por las ramas vislumbró más adelante un claro. Se percató de ello porque una cruz en llamas ardía en su centro, difundiendo una luz lo suficientemente intensa como para iluminar el camino.

Ayudándose con las manos, trató de abrirse camino a través de la espesa maleza. Se sentía espiado por decenas, cientos de ojos rojos, pero tan pronto como se daba la vuelta, intentando capturar al menos una de esas miradas brillantes, aquella desaparecía en la oscuridad.

El susurro de sus propios pasos, amortiguado por la tierra y el musgo, era el único ruido que podía percibir. Poco a poco se acercaba al claro, las llamas ardientes esparcían su aliento tembloroso.

Cuando finalmente llegó a la explanada, la vista de la cruz lo impresionó, pero su sorpresa aumentó al notar que una chispa se desprendía de ella, y luego otra, y otra más... en lo que se convirtió en una especie de lluvia de luciérnagas.

Cada partícula de fuego se añadía a la anterior y pronto se formó una serpiente luminosa y ondeante al pie de la cruz. Comenzó a propagarse lentamente hasta que superó el límite circular del claro, como si alguien hubiera dejado un rastro de resina o brea entre los arbustos. Allí, de repente, otra llama se levantó majestuosamente. En su base, Dante vio lo que le pareció un montículo. Un poco después sucedió lo mismo en otro lugar del claro, hasta que los incendios se convirtieron en cuatro y luego en cinco, finalmente en seis, en ocho y en diez.

Retrocedió, sin conseguirlo. Era como si las ramas de los árboles hubieran creado una maraña impenetrable, aprovechando su distracción. Embelesado por lo que veía, no se había dado cuenta de cuánto iba avanzando el bosque. No era posible, por supuesto, sin embargo, contra toda lógica o ley, había sucedido. Y ahora aquel bosque maldito lo empujaba hacia delante.

Continuó, pasando más allá de la explanada, siguiendo

las llamas que entonces iluminaron un pantano frente a él y, más lejos, los altos muros de una ciudad. Por la luz roja del fuego y el negro de la noche, aquella barrera de piedra se le aparecía del mismo color que el óxido.

También la ciudad estaba, asombrosamente, en medio de un incendio. Las altas torres parecían piras contra el cielo.

Fue entonces cuando los vio. Aparecieron por encima de los muros.

Avanzaban entre el fuego, haciendo caso omiso de las llamas y del humo. Finalmente las reconoció: bellísimas y terribles, guerreras invencibles en ese teatro de horror y destrucción, las tres Furias lo miraron con ojos convertidos en hogueras.

Estaban cubiertas de sangre, rodeadas de hidras verdes mientras su cabello de serpiente se elevaba por el aire teñido de rojo.

Una de ellas cantaba y su voz salía desafinada, rota, en un sonido que dañaba los oídos hasta el punto de hacerlos sangrar. La segunda se deshacía en un llanto interminable y la tercera avanzaba hacia el centro.

Entonces esta última también comenzó a gritar. Las tres se llevaban las manos al pecho, rasgándose las túnicas grises y raídas como tela de arpillera. Las uñas largas y afiladas, similares a garras de águila, se introducían por la piel hasta alcanzar la carne viva.

Alzaron los brazos aullando una plegaria.

Ahora, sepulcros ardientes quemaban contra las murallas de la ciudad y un humo negro ascendía en impalpables columnas hacia el cielo, un olor de podredumbre y metástasis se extendía, haciendo que el aire fuera irrespirable. De aquellos globos palpitantes, corazones rojos y negros plantados en el vientre de la ciudad fortificada, surgieron fuertes gritos, como si multitudes de condenados salieran de las tumbas, gritando y maldiciendo a la humanidad y a la Iglesia, y por último a Dios, el juez despiadado que los había acusado de ser culpables de herejía.

Dante se cubrió la cara, respirando en el hueco de su brazo.

Se preguntaba cuánto tiempo podría aguantar esos gritos, como si los sonidos se convirtieran en cristales y así consiguieran herirlo físicamente.

Cuando por fin se volvió a mirar atrás, una de las tres Furias lo observó con ojos llameantes e inyectados en sangre. Entonces, llena de indignación y conmiseración, le gritó amenazadoramente:

—Tú, pequeño hombre que se atreve a llegar a las puertas de Dite, que venga ahora Medusa a convertirte en piedra.

Dante cayó de rodillas. La visión casi lo cegaba. Sentía que su cuerpo temblaba de puro terror. Sin embargo, en esos rostros terribles, iluminados por la ira, percibía una fuerza tan invencible que no era capaz de dejar de mirarlos.

Finalmente, haciendo acopio de todas sus fuerzas, volvió la mirada.

El mundo en llamas y sangre que lo rodeaba parecía colapsarse.

Se despertó de repente. Estaba empapado en sudor. Vio el rostro de Gemma, los labios entrecerrados, la respiración liviana, sosegada por el sueño.

Se pasó la mano por el pelo mojado.

La pesadilla lo había dejado sin aliento. ¿Qué significaba lo que había visto? ¿Qué presagio escondía? ¿Qué apocalipsis estaba por abatirse sobre Florencia?

Respiró hondo.

Al final se levantó. Tenía que ir al encuentro de Corso. Gemma le había dicho que su primo, y jefe de la familia Donati, quería informarlo sobre los terribles hechos ocurridos en Pieve al Toppo. Probablemente comunicaría una decisión importante a los hombres de su bando.

Por un instante volvió a ver a las Furias sobre los muros de Dite en llamas. Sintió que perdía el sentido. ¿Qué era lo que lo atormentaba tan profundamente que lo llevaba a una pesadilla como aquella?

5

Corso Donati

Una vez que el guardia lo dejó pasar, Dante dejó tras de sí la austera fachada de piedra gris, que se asemejaba en todo a la de una fortaleza, pasó de largo el portón de madera reforzado con hierro y se encontró en el patio. Reinaba allí un bullicio de bodegueros, mozos de cuadra, encargados de las provisiones, trabajadores de los almacenes, vinateros, armeros: todos esperaban las órdenes del día, hacían recuentos, inventariaban víveres y mercaderías. Entraban y salían de los establos y de los almacenes como un enjambre enloquecido: algunos montando a caballo, otros llevando una carga de madera en un carro, y otros, finalmente, parcheando una armadura abollada.

En el centro del patio, Dante vio el gran pozo que proporcionaba agua a toda la comunidad de la familia de Corso Donati. En dos de las cuatro esquinas, Dante contempló las grandes torres que se elevaban a casi cincuenta brazas de altura cada una. Dominaban el espacio desde arriba: altas e intimidantes, parecían querer recordar hasta qué punto aquella era la casa más inexpugnable de Florencia.

Dante llegó casi extenuado a la gran escalera de piedra que conducía al primer piso. Una vez más, después de un control menos estricto por parte de un escudero, le fue permitido entrar. Un sirviente lo condujo a la gran sala donde se encontraría con el dueño de la casa. Cuando lo vio, Corso se le acercó y lo abrazó con sincero afecto. Luego, mientras este último saludaba a otros invitados, Dante se acercó a la gran chimenea, observando al jefe de los güelfos florentinos.

Corso era un hombre formidable. Su rostro, con rasgos marcados, hacía que de inmediato se lo percibiera como un guerrero, incluso antes de que pudiera demostrar su valía: no lo necesitaba. Su reputación de hombre feroz y codicioso hacía el resto. Todo en él era energía y fuerza: los músculos de granito esculpían un cuerpo grande bajo la elegante tela del vestido, los ojos de forma alargada se parecían a los de un lobo y eran tan claros como el hielo y capaces de despertar miedo a primera vista. La boca delgada y fría lucía unos labios lívidos.

Para esta figura marcial suya el marco ideal lo completaban sus formas fanfarronas, su manera de hablar insultante en el momento exacto en que abría la boca. Se trataba de una conducta bastante natural en él, como si su pertenencia al linaje más vistoso de Florencia, el de los Donati, lo autorizara a ser el basilisco que era.

La túnica roja y el vestido plateado reproducían los colores de la insignia de los Donati. En contra de cualquier convención, Corso no llevaba ni cofia ni chaperón. Tenía el cabello castaño, bastante largo, como para remarcar de nuevo su actitud agresiva, ya que de esa manera su determinación resultaba aún más evidente.

Estaba de pie en el centro de la sala. Parecía incapaz de sentarse, tal era su impaciencia por hablarles a los que pertenecían a su facción.

Después de calentarse las manos frías ante la chimenea y haber mirado los cristales de las ventanas y la mesa puesta, Dante se había sentado en un rincón, esperando escuchar en la voz de Corso los hechos de los que se quería dar cuenta.

Mientras tanto, los otros líderes del partido habían ido llegando. En primer lugar, Vieri de Cerchi, quien, aunque sospechoso de arrogancia e infidelidad, seguía siendo el segundo exponente más importante de la facción de los güelfos. Carbone de Cerchi, su primo, había llegado con él, con su cabello y barba negros, gran guerrero. Y luego estaba Bicci Novello, el hermano de Corso, que era más delgado y elegante, pero no menos traicionero que él. Y además Rosso della Tosa y sus otros acólitos, y también Giacchinotto y Pazzino de Pazzi. Sin olvidar a los Adimari: Filippo y Boccaccio en particular. En resumen, los líderes estaban allí, y con ellos un nutrido grupo de partidarios, y todo sugería que ese exaltado de Corso no tardaría demasiado en declarar la guerra. No importaba a quién, pero a alguien con toda seguridad, ya que no era capaz de hacer nada más.

Su reciente cargo en Padua como alcalde parecía, entre otras cosas, haber inflamado todavía más su sed de sangre.

Fue así como, mientras algunos de sus invitados se atiborraban de pan, carne y vino, él empezó a relatar lo que tenía intención de decir.

—Bueno, me alegro de veros, tan numerosos y tan bien dispuestos —comenzó con brío—. Listos para satisfacer vuestros apetitos, haciendo honor a mi mesa —subrayó, dirigiendo una mirada a cuantos se servían abundante comida y bebida—. Sin embargo, es de muchos otros alimentos que os pido que tengáis sed y hambre a partir de ahora. —Tras hablar así se detuvo, como si quisiera subrayar con el silencio la gravedad de lo que estaba a punto de añadir—. Sí, porque en estos días, cuando todos creíamos que finalmente habíamos aniquilado a los gibelinos, cuando bajo los muros de Arezzo se celebraban espectáculos y torneos, humillando a nuestros enemigos... pues bien, se estaba preparando el exterminio de los nuestros. Vos, Vieri, que hoy os atiborráis en mi mesa y que compráis los edificios de los condes de Guidi en San Pier Maggiore, para subrayar una vez más vuestra codicia y vuestra liquidez, ¿sabéis que ayer a la hora novena, cerca de Pieve al Toppo, Buonconte, del linaje maldito de los Montefeltro, junto con Guillermo de Pazzi de Valdarno, tendieron una emboscada a los tres mil hombres de Ranuccio Farnesio y los trituraron? ¿Sabéis que los perros del emperador persiguieron a nuestros aliados güelfos por los meandros de las marismas y les rebanaron el cuello? ¿Que el propio Ranuccio fue asesinado y que han degollado a más de trescientos jinetes?

Al escuchar aquellas palabras se hizo un gran silencio. Vieri de Cerchi, que departía con algunos de los suyos y que se había puesto rojo de cólera cuando Corso se dirigió a él de aquel modo, ahora parecía que no encontraba las palabras. Dante se quedó petrificado. Entonces ¿ese era el significado de su pesadilla? ¿Ahí residía la razón del negro presagio que percibió claramente el día anterior, cuando cabalgaba bajo la lluvia desde el campo hasta su casa?

Inspiró profundamente.

Corso, al parecer, no había terminado aún.

—¿Os dais cuenta de lo que esto significa? Arezzo está en manos del obispo Guglielmino degli Ubertini, de quien el Loco que antes mencioné es pariente. Los Montefeltro son, sin duda, la casa de mayor solidez y prestigio de Urbino y son nuestros fieros adversarios. Pisa, actualmente gobernada por el conde Ugolino della Gherardesca, nuestro aliado, corre el riesgo de caer en las fauces del imperio.

—¿Pisa? —preguntó Vieri con incredulidad—. ¿Y desde cuándo? ¿No se había quedado ya tranquila después de la lección que le ha dado Génova? —dijo mirando a Carbone de Cerchi y luego a sus secuaces y partidarios, que le devolvieron gruñidos y señales de asentimiento.

—¡Qué ingenuo sois, amigo mío! Lo que os acabo de decir lo escuché de los propios labios del conde Della Gherardesca. El arzobispo Ruggieri degli Ubaldini conspira contra él. Es inútil deciros de qué lado está. Y, a todo esto, yo me pregunto: ¿dónde estamos nosotros? ¿Tal vez queremos dejar que Buonconte da Montefeltro crea que puede hacer lo que le venga en gana en nuestras campiñas? ¿Tenemos la intención de darle libertad de acción después de que haya aniquilado a los hombres de Ranuccio Farnesio? ¿Tenemos la intención de entregar nuestras fincas primero y nuestra ciudad después a quien más que nadie en el mundo representa al imperio y nuestra mayor facción adversaria? —Nadie se atrevió a responder a esa tormenta de preguntas—. ¡Pues ya os digo yo que no! ¡No lo permitiremos! ¿Y sabéis por qué? Porque si demostramos ser débiles, ineptos, inertes, ¡los siervos del imperio tomarán no solo la campiña y Florencia, sino incluso nuestras casas y nuestras mujeres, matarán a nuestros hijos, degollarán a los animales que nos pertenecen! ¡Así que lo que quiero es una guerra! ¡Aquí y ahora, sin más demora!

—¿Y los priores? —preguntó alguien.

—¿Los priores? —dijo Corso con desdén—. Me importan poco si corro el riesgo de perderlo todo. —Luego levantó el puño, como para amenazar a un enemigo invisible—. ¡No serán ellos los que nos liberen de esta escoria! Por lo tanto, bastará con sobornarlos. Están a la venta, como siempre, ya que el poder obtenido ha sido a fuerza de dinero, que es el idioma que entienden. Por eso os digo que os preparéis. Afilad las hojas de las espadas y sacad los cuchillos. Probad el filo de las hachas y tened listos a vuestros palafreneros, ya que como que hay Dios quiero llevar la muerte a Arezzo, antes de que se hagan con Florencia.

Y mientras los partidarios de los güelfos miraban a su líder con ojos perplejos, y Vieri de Cerchi palidecía por haber sido humillado al ignorar lo que había ocurrido tan solo un día antes, Dante entendió, más que nunca, que algo se agitaba en su mente y le había advertido de lo que estaba a punto de suceder.

¿Acaso se había vuelto loco?

6

Ugolino

Ugolino se estremeció de rabia. Alto como una espingarda, se puso de pie en la cima de la torre de su castillo di Settimo. Dominaba el Valdarno y con ojos de buitre escudriñaba el desfiladero de más abajo. A lo lejos se veían los bosques de carpe y encina, y los verdes prados cubiertos de salpicaduras rosadas y blancas. Las casas se arremolinaban en racimos marrones y destacaban en la distancia. Miró hacia arriba y vio el cielo azul y el disco amarillo del sol. Se pasó una mano por la frente. Hacía calor y las gotas de sudor le mojaban la espalda. Suspiró, pensando en las noticias que sus hombres le habían traído de la ciudad. Sabía que no le quedaba otra opción. Lo que le habían contado no admitía vacilaciones. Su sobrino Nino Visconti había sido expulsado de Pisa. Ruggieri degli Ubaldini había aprovechado su ausencia para tomar la ciudad, arrebatándosela a él, que había sido su señor. Aquella serpiente finalmente manifestaba su verdadera naturaleza. Y de nada le serviría ostentar el título de arzobispo, ya que de misericordioso y piadoso no tenía ni una pizca. Muy al contrario, estaba dotado de un feroz oportunismo y de esa ambigua naturaleza que le había permitido convertirse en el nuevo caudillo de la facción gibelina.

Escuchó unos pasos tras él.

—Bienvenido, Lancia, viejo amigo —dijo el conde.

El hombre que estaba a sus espaldas era de mediana estatura, pero de complexión robusta, que la armadura de cuero hacía aún más imponente. Una mata de pelo castaño y el bigote enroscado hacia arriba le daban un aire belicoso que ciertamente no se molestaba en esconder; más bien todo lo contrario: casi se jactaba de ello. Era Gherardo Upezzinghi, de noble linaje pisano, fiel consejero del conde Ugolino della Gherardesca, quien lo llamaba «Lancia» por su habilidad con el arma.

—Bueno, pues en esas estamos, mi señor —dijo este último. Tenía una voz áspera y desagradable, como su apariencia—. Ruggieri degli Ubaldini finalmente ha declarado de qué lado tiene la intención de quedarse.

—No del mío —dictaminó Ugolino. Un soplo de brisa despeinó su cabello largo y ralo.

—Debemos volver a Pisa, mi señor —dijo lacónicamente Lancia.

El conde de Donoratico respiró hondo porque sabía que volver a la ciudad en ese momento no era asunto menor.

—Estáis en lo correcto, por supuesto. Ya había advertido a Corso Donati de la división interna de mi ciudad. Con mucho esfuerzo logré crear un puesto güelfo, pero ¿por cuánto tiempo? ¡Nino fue mi perdición!

—Vuestro sobrino es un joven hábil y obstinado, aunque, si me lo permitís, más codicioso de lo que nunca hubiera creído —corroboró Lancia con amargura.

—Eso es. Para deshacerme de él consentí al arzobispo maldito que encendiera la mecha de la rebelión y lo expulsara del palacio Municipal, y yo me he retirado aquí solo para no despertar sospechas —dijo Ugolino, incapaz de ocultar su propia exasperación—. Esperaba contar con el apoyo de Florencia. El resto lo he pagado abundantemente, enviando a Corso veinticuatro frascos de vino Vernaccia llenos de florines de oro. Pero ahora la situación se ha precipitado.

Lancia negó con la cabeza, confirmando las peores predicciones del conde.

—Hay que responder a la afrenta sufrida. Ruggieri ha esperado pacientemente a que os retirarais al campo para poner en marcha su propio plan de usurpación y faltar a su palabra.

—Debí haberlo previsto —lamentó Ugolino—. Ese hombre no aceptó nunca la ejecución de su sobrino Farinata, que yo mismo decreté el año pasado. Y, a pesar de las bonitas palabras y de alentarnos a estar tranquilos, desde ese día el arzobispo anhela venganza.

—Mi señor, volveremos a Pisa y veremos cuáles son las intenciones del arzobispo. Lo conozco, al menos un poco, y sospecho que intentará negociar —dijo Lancia.

—Yo también lo creo —confirmó Ugolino—, pero si no alcanzamos un acuerdo satisfactorio, debemos estar preparados para iniciar una guerra.

—Si es necesario, así será —concluyó Lancia con fatalismo.

—Está bien —dijo el conde—. Entonces vamos.

—Los hombres os están esperando.

Luego, sin perder más tiempo, Ugolino tomó las escaleras de la torre y bajó los escalones.

Un momento después, Lancia lo siguió.

Capuana lo recibió mientras bajaba. Su rostro estaba inflamado por un enrojecimiento difuso. Llevaba suelto el largo cabello castaño rojizo. Le brillaban los ojos, azules como el lapislázuli. Bajo las prendas ligeras de lino se le marcaba un pecho potente.

—Os lo ruego, mi señor —dijo—. No vayáis. No os fieis del arzobispo. Es mi tío y lo conozco mejor que nadie, y podéis creerme si os digo que jamás ha mantenido su palabra.

Ugolino despidió a Lancia haciendo una seña con la cabeza.

—Esperadme abajo —ordenó.

Cuando se quedó a solas con su esposa, tomó sus manos entre las suyas.

—Capuana —suspiró—, creedme, no querría nunca dejar a una mujer tan hermosa. Es más, si pudiera pasaría con vos todos los días de mi vida, pero eso no es posible. Pisa está en manos de los gibelinos y puesto que en los últimos tiempos he hecho todo cuanto estaba en mi poder para que fuera segura adhiriéndome a los güelfos y ganando la alianza de Florencia, no puedo eludir mi obligación de arreglar las cosas. —Le acarició la cara. Luego la miró a los ojos, devorándolos con los suyos—. Tenéis razón. El arzobispo Ruggieri ha demostrado repetidamente su naturaleza traicionera. Y por esto iré a Pisa con un contingente de soldados.

—Si regresáis a la ciudad, ni todos los soldados del mundo podrán protegeros de las oscuras tramas de mi tío. Por favor, quedaos.

—No puedo, mi señora, ni aunque quisiera. El honor me exige ir a Pisa.

—¡El honor! —dijo Capuana con amargura—. Está demasiado sobrevalorado. Los hombres lo usan para justificar las acciones más descabelladas y crueles, sin pensar en el mal que infligen a los demás...

—¡No digáis eso! —le rogó Ugolino, abrazándola y besándola apasionadamente. Entonces la envolvió en un abrazo y la levantó como si se tratara de un pájaro, llevándola a su altura, él, que parecía un olmo por su cuerpo alto y fuerte. La miró con dulce determinación—. No tenéis que preocuparos. —Finalmente le dijo—: Volveré y siempre estaremos juntos.

Capuana quiso creerle.

—No podemos esperar más —tronó Ugolino. Montaba un gran rucio castrado. Se encaramó en su grupa—. Tenemos que regresar a Pisa y emprender las negociaciones con ese gusano de Ruggieri. Preferiría que me cortaran el brazo solo para no tener que hacerlo, pero ha sido más astuto y ahora pago el precio de mi generosidad.

Los hombres de armas asintieron. Destellos de sol brillaban en las cotas de malla y los cascos. El hierro pulido atrapaba la luz, reflejándola en gemas luminosas.

—Si es necesario, os quiero listos para el combate. Por supuesto primero probaremos el camino de la sabiduría, pero vosotros conocéis a ese hombre. No es de fiar, y estoy seguro de que en un día Pisa se convertirá en un mar de sangre. Mi sobrino el Brigada ya tiene instrucciones de dejar entrar en la ciudad, si fuera preciso, a Lottieri da Bientina con varios hombres armados. Entonces seremos unos cuantos los que estaremos dispuestos a hacer pasar un mal rato a nuestro adversario.

Los hombres que tenía delante lo vitorearon. Sus gritos se unieron en un solo rugido de guerra. La insignia del conde ondeaba: medias águilas del imperio, sobre un campo de oro tronchado de rojo y plata, que chillaban amenazadoramente.

El conde Ugolino buscó con la mirada a su fiel Lancia.

Este asintió con la cabeza. Finalmente dio la orden.

—¡Hombres! ¡En marcha!

Las compuertas del castillo ya se habían abierto. El conde marchaba al paso. Detrás de él, caballeros y soldados de infantería.

Pocos instantes después, Ugolino se plantó en el puente levadizo y puso rumbo al camino que conducía de Settimo a Pisa.

Sabía que al día siguiente podía tocarle cita con la muerte, pero no había otra manera de recuperar su amada ciudad.

Daría toda su sangre para que fuera suya de nuevo.

7

Guido

Guido estaba sentado sin fuerzas en un sillón. Dante también ocupaba su lugar en una hermosa silla forrada de terciopelo. El jardín de la torre Cavalcanti estaba en plena floración y, en el montículo sobre el que se encontraban, los dos amigos dominaban la ciudad desde lo alto.

Dante estaba fascinado por la fresca belleza de las rosas. Reencontraba en los matices de los pétalos la misma pureza de Beatriz y por un momento su mente volaba hacia ella, a su dulce rostro.

Y, sin embargo, mientras intentaba ahogar sus pensamientos en el amor y se preparaba para debatirlos con su amigo y maestro, no podía olvidar por completo los feroces auspicios de Corso, que parecía querer evocar el Apocalipsis. Y en esa fatídica espera, Dante no se daba cuenta de cómo lo miraba Guido.

Cavalcanti era un hombre de buena figura: alto y delgado, vestía una magnífica túnica de seda azul. Llevaba alrededor del cuello una cadena de oro. Los ojos, vivísimos, parecían no conocer el descanso y observaban con atención los de Dante, que daban la impresión de haber sido raptados por quién sabe qué epifanía.

—Por lo que veo —dijo el señor Cavalcanti— habéis llegado, aunque haya tenido que esperar muchísimo para volver a veros. —En sus palabras había un toque de reproche, como si la ausencia del amigo lo llenara de una amargura que no lograba controlar totalmente—. Pero me temo que la distancia no os ha traído consuelo, ¿o tal vez me equivoco?

Dante suspiró. Quería a Guido porque lo entendía mejor que nadie. Hubo un tiempo en que para él no tenía secretos. Sin embargo, esos días quedaban ya lejos, aunque tenía razón al decir que había tardado mucho, demasiado tiempo en regresar y que su alma no estaba apaciguada.

—Entonces... ¿veis cómo, a pesar vuestro, os veis obligado a estar de acuerdo conmigo? ¡Ah, el amor! ¡El amor, amigo mío, qué maldición! —Y dejó entrever una sonrisa.

—¡Nada de eso! —espetó Dante—. Si creéis que es el amor lo que me procura esta desdicha y, por lo tanto, lo que me tiene cansado y herido, pues bien, os lo tengo que desmentir de inmediato. Guido, mi buen Guido, no es por amor por lo que estoy sufriendo, sino por Florencia, que ahora me parece un embudo infernal, lleno de condenados, una parodia de la ciudad que fue, destrozada como nunca por tanto grupúsculo. Está al borde de un apocalipsis que avanza y que pronto nos abrumará a todos como las tempestuosas olas del mar pasadas las Columnas de Hércules.

Guido suspiró.

—Hoy pronunciáis palabras fatales.

Dante asintió.

—Lo son, pero es lo que está ocurriendo lo que me hace hablar de este modo. Son los actos de los hombres, no mis fantasías. Sabéis lo que pasó...

—¿En Pieve al Toppo? —lo interrumpió Guido.

—Sí.

—Lo sé, vaya si lo sé. No se habla de otra cosa.

—La otra noche soñé con una ciudad en llamas. Y las Furias miraban torvas los sepulcros incendiados de los muertos.

—¡Soñáis demasiado! —dijo Guido—. Quizá leísteis excesivamente a menudo a Virgilio. El descenso de Eneas al Averno es vuestra obsesión. Escuchadme. No confiéis en lo que veis en el mundo de Morfeo porque os deslumbra con sus pesadillas e imágenes que no existen, ya que son fruto de vuestra imaginación.

—Pero es precisamente en la fantasía donde encuentro la paz necesaria para poder afrontar mis días. En la fantasía y el amor, que es la única fuerza que me proporciona las ganas de seguir.

—De acuerdo. Sin embargo, no me parece que sea de gran ayuda. Como no lo son vuestros ángeles —lo azuzó Cavalcanti.

Dante estaba estupefacto. No esperaba que su amigo le propinara ese golpe bajo. Se sintió ofendido y se negó a pasarlo por alto. Confiaba en estar equivocado, así que le dio una última oportunidad.

—¿Por qué? ¿Qué sugerís?

Guido se quedó callado, como si se hubiera arrepentido de lo que había dicho. No se disculpó, pero cuando habló su tono fue menos áspero y afilado que antes.

—Os entregáis a amar creyendo que eso es participar de lo divino y, al hacerlo, esperáis poder escapar del mal del mundo. Pero no podéis hacerlo. Y si hoy Florencia está al borde del abismo es porque el intelecto del hombre está dirigido únicamente por razones naturales y no tiene nada de espiritual. Y eso no puede controlar el amor que, en cambio, abruma la mente y nos deja postrados a causa de pasiones y tormentos humanos. Escuchadme por una vez y olvidad ese deseo irracional de refugiaros en el amor. Es sufrimiento y miseria. Y os agotará más aún que la violenta sed de sangre de Corso Donati.

Dante ya no pudo seguir escuchando. Apretó los puños.

—¿Por qué —preguntó— hoy me golpeáis con palabras tan duras como el jaspe? ¿Qué os he hecho para merecer tal castigo? Sé lo que pensáis sobre el amor, lo hemos hablado muchas veces. Y si en alguna ocasión estuvimos de acuerdo, ahora ya no es el caso. ¡También continuamos siendo amigos, aunque no haya ocasión en la que no me deis a entender lo poco que me respetáis por haberme convertido en un cobarde, y no ser ya un hombre dotado de un corazón noble! Estáis tan devorado por esta ansia de demostrar la superioridad de vuestras convicciones que ahora ya ni siquiera me escucháis. Por eso vengo a visitaros con menos frecuencia, porque nuestras conversaciones demasiado a menudo terminan en un diálogo de acusaciones recíprocas y no quiero que esto suceda. —Habiendo dicho esas palabras, Dante respiró hondo. Luego dejó que su mirada vagara entre los cipreses y los setos del jardín, y en ese verdor intentó ahogar el resentimiento que, de repente, parecía haberle corrompido el corazón.

Guido se puso de pie. Dio unos pasos hacia un ciprés. Se detuvo, dándole la espalda a su amigo. Dante tuvo la sensación de que se preguntaba qué era mejor decir. O hacer. La suya no era una amistad fácil. Requería compromiso.

Como si estuviera leyendo en lo más profundo de su ser, Guido se volvió y dijo:

—Las amistades deben cultivarse. Y la nuestra especialmente, ya que de los anteriores acuerdos perfectos de intelecto y espíritu ambos hemos emigrado hacia creencias diferentes. Vos tenéis gran confianza en la fe y veis en el amor vuestra salvación, ya que en la mujer a la que veneráis encontráis al ángel dispuesto a salvaros, capaz de acercaros a Dios. Yo, en cambio, solo veo dolor y sufrimiento y ella me parece distante e inalcanzable. Y en estos tiempos oscuros y feroces, en los que Florencia no es más que la prostituta muerta que los perros devoran, creer que se puede combatir la rabia de los hombres con la devastación del corazón no es algo que me parezca muy sabio. Sin embargo, conozco las razones que os hacen pensar lo contrario y las respeto, y después de todo no pueden ser motivo suficiente para romper nuestra amistad. ¿Qué clase de hombres seríamos si fuera de otro modo?

Y mientras Guido decía esto, Dante se dio cuenta de que estaba apelando al sentido común y a la templanza que, entre otras tantas virtudes, era una de las que más le faltaban. Apreció ese esfuerzo porque conocía la naturaleza desdeñosa de su amigo, fácilmente propenso a la culpa y la soledad. Él también era así, y durante mucho tiempo habían sido el uno refugio para el otro. Por eso se puso de pie, acercándose a él, mirándolo a los ojos.

—Guido —dijo—, os agradezco vuestras palabras. Desde hace un tiempo tal vez no pensemos de la misma forma, pero reconozco en vos un corazón fuerte y leal. A pesar de algunas de nuestras diferencias, acordémonos siempre el uno del otro, puesto que, podéis creerme, se acerca un tiempo en el que nada será como antes.

—Estáis preocupado, Dante, lo he advertido en cuanto os he visto. ¿Qué os corroe?

—Los tiempos que vienen. Estas continuas pesadillas que me laceran el alma y no me dejan descansar. No entiendo su significado, pero me aterrorizan. No puedo hablar con Gemma sobre eso porque me tomaría por loco. Hay algo extraño en mí, como si presagiara lo que está a punto de suceder sin comprenderlo del todo. Y esta apariencia de verdad, esta frágil intuición, me hace temer lo peor y ser plenamente consciente de ello incluso sin saber qué hacer. Hoy he visto los ojos de Corso Donati y he divisado el abismo. Sospecho que pronto todos estaremos perdidos.

—Si este es nuestro destino, así será, pero al menos no habremos malogrado nuestra amistad. —Y, sin añadir nada más, Guido lo abrazó.

8

El dolor de Gemma

Miró el papel de pergamino. Hojas de color amarfilado manuscritas con letra apretada y elegante. Las líneas oscuras de la tinta. Los códices. Los tomos consultados se amontonaban en torres que se elevaban desde el suelo. Era una habitación pequeña, laboriosamente arrancada a un espacio de por sí angosto, pero que Dante había transformado en su mausoleo personal de palabras.

Cuando no estaba fuera se encerraba allí y pretendía que nadie lo importunara. Y Gemma lo complacía, ya que sabía que cuando salía de esa habitación estaba de mejor humor: más dulce, atento, dispuesto a escuchar. Por otro lado, sin embargo, él le dedicaba escasa atención como si, en el fondo, no fuera capaz de ver que en la filosofía y en las letras y en aquellas construcciones abstractas se iba perdiendo a sí mismo, se extraviaba y se olvidaba de lo cotidiano. Estaba convencido de poder vivir de las ganancias de sus versos y de que, poco a poco, sin duda conseguiría conquistar una reputación.

Se había hecho amigo de Guido Cavalcanti, quien sin

embargo pertenecía a una de las dinastías más nobles de Florencia. Sus posesiones, los feudos, los recursos financieros eran los de un hombre para el que no cabía aspirar a más de lo que ya tenía. Desde lo alto de su torre, que se elevaba sobre una loma, Guido dominaba Florencia. Por no hablar de los edificios y las propiedades que tenía en el campo.

Para Dante era diferente. Los Alighieri eran una familia de la pequeña nobleza y ciertamente no podían permitirse el nivel de vida de los grandes. Gemma sabía que su esposo era orgulloso y le gustaba su dignidad, su deseo de afirmarse por sus propios medios e ingenio. ¿Cómo no apreciar tales virtudes? Aun así, una cosa era intentar realizarse a través de la determinación y la confianza en uno mismo y otra muy distinta negarse a trabajar, confiando en los laureles de la fama y en la gloria de las letras.

—Hija mía, sé lo que pensáis —le dijo una voz a sus espaldas.

Gemma se volvió y vio a Lapa mirándola con ojos llenos de misericordia.

—Acabo de regresar del campo. Como no os he visto abajo me preguntaba dónde podríais estar; perdonadme la intrusión.

—Señora, no tenéis ninguna razón para ello, esta es vuestra casa —dijo Gemma.

—¡Cuántas veces me dije a mí misma que debería haberle quitado de la cabeza algunas ideas extrañas! —La voz de Lapa estaba llena de desesperación—. Y, sin embargo, nunca he podido. Hay en él tal fuerte convicción y una ambición tan grande que le imposibilita entrar en razón. Hace mucho que me he rendido, y ciertamente él nunca ha tenido en cuenta mis consejos.

Gemma notó que perdía el sentido. Esas palabras le recordaron todos sus miedos y su sensación de impotencia. Entonces, sin darse apenas cuenta, se encontró diciendo lo que incluso a sus oídos sonaba como una confesión:

—Sale por la mañana y vuelve a casa por la tarde, cuando no de noche. Casi siempre con las manos vacías. Cuando reúno el valor de preguntarle cómo ha pasado el día, si ha conseguido un trabajo, me mira con desdén y se niega a responderme. Y mientras tanto pasan los años y vivimos casi en la miseria, manteniéndonos solo gracias a los pocos frutos de la pequeña granja propiedad de la familia.

—Conozco bien esa granja —dijo Lapa, apesadumbrada—. Y podéis estar bien segura de que si da algún ingreso es por mi trabajo, no por el de Dante. Rara vez lo veo. ¡Viene solo por los caballos! —exclamó con amargura—. Y cuando trato de decirle algo, ¡deberíais escuchar qué reprimendas me reserva!

Gemma suspiró.

—¡Cómo os entiendo! Tampoco a mí me ahorra las reprimendas. Nunca han faltado las riñas en esta casa. Según él, mi primo Corso debería haberme dado muchos otros bienes o, al menos, engrosar mi exigua dote. Y es cierto, Dante tiene razón, sin embargo, ¿qué ha hecho él por nuestra familia, aparte de asegurar que la situación mejorará gracias a la fama que está adquiriendo? ¿Y qué fama? ¡Si él es el primero en señalar que precisamente su obra no está dedicada a la gente vil, sino concebida para corazones bondadosos, capaces de apreciar su valor? ¡Cuántas veces he tratado de hacerlo razonar! Pero no hay forma. ¿Y cómo lo haremos cuando nazca nuestro primer hijo... y luego el segundo?

—¿Estáis embarazada? —preguntó Lapa.

Gemma negó con la cabeza.

—Por lo que a eso respecta —dijo—, ahí tenemos otro problema, puesto que Dante apenas me mira. Tan poco que me pregunto, no sin miedo, si mi aspecto es desagradable o si tengo una fea presencia.

—¡No digáis tonterías! —estalló Lapa—. Salgamos de esta sala de silencio y soledad, y miraos. —Según hablaba hizo aparecer una pequeña placa de metal perfectamente pulida y allí Gemma observó su reflejo—. ¿No veis que la superficie os devuelve la imagen de una mujer joven, con piel fresca, cabello castaño largo y formas plenas? Vuestro rostro tiene rasgos regulares: labios rojos, bien dibujados y ligeramente arqueados, por lo tanto, no desprovistos de atractivo. Y lo mismo se podría decir de los pómulos marcados pero hermosos, y de la nariz proporcionada. En cuanto a los ojos, son castaños y brillantes. No, Gemma, tenéis que creerme: vos no sois el problema.

En el fondo, la joven le estaba agradecida a Lapa por esas palabras. Sabía que gustaba a los hombres, más de una vez había descubierto a parientes y amigos mirándola de una manera incompatible con la buena educación. Pero tener una confirmación, escucharlo en voz alta, le produjo una sensación agradable.

—Sin embargo, Dante me ve de manera diferente —comentó Gemma—. O más bien, tal vez no vea nada en absoluto. Al principio yo me decía que poco a poco las cosas mejorarían, pero cuando, después de dos años, me doy cuenta de que muy poco ha cambiado y que mi marido apenas se acuerda de mí... —Y en ese momento su voz se quebró.

Lapa la abrazó.

—Animaos, Gemma. No sabéis cuánto me gustaría ayudaros. Por desgracia, tengo la desdicha de no ser su madre —musitó—. Dante nunca me lo ha perdonado, como si la muerte de Bella hubiera sucedido por mi culpa. —Respiró profundamente; parecía estar poniendo palabras a un dolor antiguo.

Gemma la agarró por el hombro.

—Es duro —se lamentó—. No sabéis cuánto.

Recordó la hostilidad de su marido cuando ella había intentado recurrir a las artes de la seducción que conocía, sin que Dante se impresionara por ello en absoluto. Gemma se había sentido más sola que nunca y así, poco a poco, fue tratando de entender sus razones, aceptando de buen grado su voluntad, procurando satisfacerlo en otros campos.

¿Se había rendido? No completamente. Aun así, a pesar de haberse prometido cuidar de él lo mejor posible, sentía por un lado que no hacía lo suficiente y por el otro que no tenía la más remota idea de cómo conquistarlo.

—Es un enigma—dijo Lapa, poniendo palabras al mayor miedo de Gemma—, pero ahora tenéis que calmaros —agregó—. No querréis que os encuentre en este estado cuando regrese.

Gemma se apartó de aquel abrazo. Se secó las lágrimas con el dorso de la mano. Se encontró de nuevo vagando entre los tomos y los papeles del estudio. Comenzó a hojear los que parecían composiciones.

De repente escuchó la puerta cerrarse.

Alzó la mirada. Vio que Lapa palidecía. Una voz detrás de ella le heló la sangre.

—¿Cuántas veces os he dicho que no podéis entrar aquí?

9

Palabras

Dante estaba furioso. Sus ojos se habían reducido a dos rendijas y su rostro parecía encendido por un odio visceral, como si lo que se acababa de cometer fuera un acto imperdonable. Y, después de todo, ¿qué había hecho ella? Únicamente se había permitido mirar los papeles sobre la mesa. No podía leerlos. ¿Qué amenaza podría representar para él?

—Os prohibí entrar en mi estudio. Y por una vez que me olvido de cerrarlo con llave, no perdéis ocasión de decepcionarme entrando para... ¿para hacer qué?

Dante señaló con el dedo índice a Gemma, que daba la impresión de empequeñecerse ante aquellas palabras, como si hubiera recibido una bofetada. Retrocedió hasta salir de la habitación. Lapa, incapaz de soportar esa actitud arrogante del hijastro, y menos aún ser ignorada, consideró oportuno intervenir.

—¿Cómo podéis hablar así a vuestra esposa?

La voz de Dante sonó como venida de muy lejos.

—Os lo ruego, este no es asunto vuestro. —La frialdad con la que pronunció esas palabras dejó a Lapa consternada.

Pero fue un momento, porque la madrastra se recuperó de inmediato.

—¿Osáis dirigiros a mí de ese modo? Soy yo quien ha traído al mundo a vuestros hermanos, y amé a Alighiero cuando estabais demasiado ocupado acusándome de robar el lugar de Bella, vuestra madre, sin que yo tuviera la culpa. Conocí vuestro rencor y no permitiré que lo viertas sobre una persona inocente. Y todo ¿por qué? ¿Porque ha entrado en vuestra preciada habitación?

—No podéis entenderlo... —respondió Dante.

—¿En serio? ¿Y por qué no?

—¿Creéis acaso que os lo voy a decir? —En ese momento fue Dante el que pareció manifestar un celo casi sospechoso por aquellas composiciones suyas.

—¿Vais a quedaros callado? ¿Pensáis que me importa? —presionó Lapa—. Deben ser realmente fundamentales para vos esos versos, si llegáis incluso a amenazar a Gemma. Uno casi podría creer que esconden quién sabe qué secretos.

—¡Callaos!

Gemma permanecía en silencio. Seguramente se preguntaba qué había de cierto en la acusación que había lanzado Lapa.

—¿Por qué tendría que callarme? —insistió esta última.

—No lo entenderíais... Si sigo vivo hoy, se lo debo a eso que está sobre la mesa.

—De acuerdo, ¿y esto justifica vuestro comportamiento? ¿Puede hacer que ataquéis impunemente a vuestra esposa?

—¿Por qué? —Gemma rompió a llorar—. ¿Por qué me hacéis esto? ¿Por qué no confiáis en mí? —gritó comenzando a golpear el pecho de Dante con los puños cerrados—. ¿Qué os he hecho? ¿No veis que solo estoy pidiendo poder hablar con vos, compartir vuestros miedos, vuestros temores, vuestras angustias?

Lapa sacudió la cabeza.

Dante tomó a Gemma por los hombros. Ella trató de abrazarlo, pero él la apartó. Se giró y cerró la puerta para evitar que ella entrara de nuevo.

Luego, sin añadir nada, bajó las escaleras.

—¿Os vais así? ¿Ni siquiera os quedáis para afrontar vuestras responsabilidades? —gritó Lapa.

Pero ya estaba en la planta baja.

Cuando la puerta principal se cerró de golpe, las dos mujeres se quedaron solas. Se miraron a los ojos.

Ambas solo tenían preguntas.

Para ambas, Dante era un misterio.

10

Negociaciones

Los cientos de velas emitían una luz intensa y, a pesar de que era de noche, se veía como a pleno día. Ruggieri degli Ubaldini parecía haberlo estado esperando durante mucho tiempo. Estaba sentado en el gran salón del palacio Municipal, como si fuera el señor de Pisa. Ugolino tuvo que contenerse para no sacar la espada y cortarle la cabeza. Y tal vez, pensaba, eso era justo lo que debería haber hecho.

Frío y arrogante con las sacras vestiduras de su túnica de arzobispo, Ruggieri acudió a recibirlo, mostrando una distante cortesía, como si estuviera recibiendo a un súbdito suyo.

—No os esperaba tan pronto —dijo lacónicamente. El labio delgado se torció de lado, en una mueca.

—Me lo puedo imaginar —replicó Ugolino, que no tenía intención de perder el tiempo—. Gracias por guardarme el lugar que me pertenece, ahora haceos a un lado.

El arzobispo sonrió, pero no había nada divertido en aquella expresión. Más bien producía escalofríos.

—Las cosas han cambiado —se limitó a decir.

—¿De verdad? —preguntó Ugolino con desdén.

Ruggieri asintió. Luego prosiguió:

—Mirad, amigo mío...

—¡No soy vuestro amigo! —lo interrumpió de inmediato el conde de Donoratico.

—¿Lo decís en serio? Sin embargo, era vuestro interés que mis partisanos sacaran a vuestro sobrino de la ciudad para que Pisa volviera a vuestras manos. ¿Lo habéis olvidado?

—¡En absoluto! Ciertamente no me falta memoria, pero tengo la impresión de que estáis mintiendo.

El arzobispo se puso las manos en las caderas.

—¡Bonito ingrato estáis hecho! —Su voz fina pronunció la palabra «ingrato» como si fuera el silbido de una serpiente—. Realmente fuisteis vos quien me pidió ayuda, y ahora... ¿esta es la gratitud con que me pagáis?

—Tenéis una extraña forma de contar los hechos. Fuisteis vos quien me propuso alejar a mi sobrino. Acepté esa propuesta, ¡y ahora me arrepiento de haberlo hecho! Porque lejos de querer favorecerme, simplemente habéis urdido un plan con el único propósito de tomar posesión de Pisa.

—Ahora estáis exagerando —respondió el arzobispo—. Algo ha cambiado, por supuesto, pero de modo completamente ajeno a mi voluntad. Veréis, la facción a la que pertenezco se ha convertido en portadora de algunas propuestas y, desde luego, como jefe no pude ignorarlas, ¿no os parece? ¡Señor Sismondi! —dijo Ruggieri con una voz de repente imperiosa. Fue entonces cuando apareció un joven apuesto, pero de mirada arrogante, con cuatro escuderos.

—¡Lancia! —llamó Ugolino. Dijo el nombre con calma, aunque con la plena conciencia de que si se trataba de llegar a las manos, no hacía falta que se lo pidieran de rodillas.

Mientras su hombre de confianza colocaba la mano derecha sobre la empuñadura de su espada, Ruggieri levantó los brazos.

—¡Por caridad! Ciertamente no estamos aquí para hacernos pedazos, ¿no creéis? Si tan solo me escucharais... —dijo en tono desconsolado—, no habría necesidad de espadas ni dagas.

—Sin duda así será, cuando dejéis de actuar de una manera que desmienta vuestras palabras.

—No hacen falta espadas —terció Uguccione Sismondi—. Lo que el arzobispo quiere deciros hoy es que la parte gibelina de la ciudad de Pisa apoya vuestra guía y, al hacerlo, quiere que acompañéis a mi persona.

¡Ahí estaba el misterio revelado, entonces! Ahí estaba el engaño astutamente preparado. Querían que le brindara apoyo un noble vástago del lado adversario para condicionar sus elecciones. Y ese bastardo de Ruggieri ni siquiera había tenido agallas para enfrentarse a él personalmente. Se escondía detrás del rostro imberbe de ese muchacho para fingir que no le interesaba la ciudad, cuando ocupaba su palacio más importante. Ese hecho le revolvía el estómago. No se esforzó en disimular su disgusto. No le importaba si con ello arruinaba cualquier posibilidad de negociación. Había ido allí para recuperar la ciudad, no para llegar a acuerdos que lo dejaban en una situación todavía peor que la anterior.

—Pero ¿cómo? —preguntó incrédulo—. ¿Me habéis librado de Nino Visconti para endilgarme a un ejemplar aún más joven de una noble casa gibelina? ¿Y con qué propósito? ¿Y por qué, vuestra gracia, debería aceptarlo, a vuestro parecer?

—¡Vamos, caballero! —dijo el arzobispo, tratando de calmarlo—. ¡Para legitimar vuestra investidura como señor de Pisa! Si disponéis del señor Sismondi, también obtendréis la alianza de Gualandi y Lanfranchi, ¡y bien sabéis cuán necesario resulta su apoyo para poder gobernar la ciudad!

Pero el conde Ugolino no tenía intención de morder el anzuelo. Había caído directamente en una trampa y ahora quería salir de ella cuanto antes. Hizo un gesto a Lancia, que, sin perder más tiempo, sacó su espada.

—Bien —les dijo a los hombres armados que acompañaban a Uguccione Sismondi—, si alguno de vosotros intenta amenazarme, tendrá que cruzar su espada conmigo. Y no va a salir bien parado de eso.

El arzobispo levantó la mano, deteniendo cualquier reacción incipiente.

—¿Así que esta es vuestra última voluntad? ¿Dejar el lugar de la palabra a la espada?

—No he tenido otra opción desde el momento exacto en que regresé.

Ruggieri negó con la cabeza.

—No es cierto. La habéis tenido, vaya si la habéis tenido. Se os propuso compartir el gobierno de la ciudad con el heredero legítimo de la casa de los Sismondi, un joven líder del partido gibelino, y lo habéis rechazado.

—Sabéis perfectamente bien que lo que estáis diciendo

no es más que un puñado de mentiras. La verdad es que, utilizando su nombre, queréis reinar sobre Pisa. Pero os puedo garantizar que no será tan fácil.

Sin esperar más, el conde Ugolino y Lancia se movieron hacia atrás con las espadas desenvainadas. Este último agarró una antorcha e iluminó el camino. Juntos bajaron las escaleras del palacio Municipal. Nadie los siguió, pero sabían que era solo una cuestión de tiempo y que Pisa se cerraría con ellos dentro como una boca llena de colmillos.

En unos instantes llegaron a la puerta. Los guardias no les pusieron impedimentos y los dejaron pasar.

Pronto estuvieron afuera y la oscuridad los acogió, pero ya escuchaban las órdenes a gritos y el estrépito de espadas. Corrieron por las calles estrechas hasta la piazza delle Sette Vie y el palacio del Pueblo, donde Ugolino había establecido su cuartel general. Incluso en el negro manto de la noche, el conde y Lancia sentían la amenaza de la torre de la Muda, que se erigía como un presagio a las espaldas del palacio Gualandi.

Justo cuando estaban a punto de entrar, advirtiendo a los guardias de las puertas de que pronto la ciudad se convertiría en un infierno, las campanas empezaron a tocar a rebato.

La lucha por el poder había comenzado.

Y no terminaría hasta que la sangre inundara Pisa.

11

Fantasma

Arezzo había gritado su nombre. Cuando entró en la ciudad, después de los sucesos de Pieve al Toppo, fue aclamado a voz en grito. Ahora asumía el papel de capitán del pueblo y se encontró, a pesar suyo, teniendo que presidir el consejo que hacía de contrapeso al del alcalde. Por supuesto, el señor de Arezzo seguía siendo monseñor Guglielmo degli Ubertini, pero, gracias a su éxito militar, era precisamente a ese arte al que Buonconte tenía que dedicarse con todas sus fuerzas y, en una ciudad como esa, con ganas de demostrar su propio temperamento belicoso, las oportunidades estaban a la orden del día.

Por no mencionar que, para ser del todo honestos, lo que más extrañaba era la libertad de vivir su vida como quería. Así, en una rara pausa entre sus muchos deberes, se quedó en una de las posadas en los alrededores de la ciudad. Tenía una buena jarra de Montepulciano tinto sobre la mesa y un poco de carne, ya fría, que no fue capaz de terminarse a pesar de que estaba guisada en una sabrosa salsa.

Se sirvió un poco de vino y probó su fuerte sabor. Estiró las piernas y disfrutó de la copa hasta el final.

El posadero lavó los platos en un rincón, detrás del mostrador, y en algún lugar alguien se estaba entregando a los placeres de la carne. Al menos, a juzgar por los gemidos que se escuchaban a intervalos regulares.

Le parecía que había pasado un siglo desde la última vez que se había acostado con su esposa. El puesto de capitán del pueblo lo absorbía por completo. La vista de la sangre y el horror, que para él eran asuntos cotidianos, lo dejaba sin esperanzas de poder dar afecto. El esfuerzo y los compromisos que se vio obligado a aceptar, debido a la complicada maquinaria administrativa y judicial de la municipalidad, lo volvieron sensible a la ira, y estaba disgustado consigo mismo porque ya no era el hombre que había sido. Y por eso prefirió dejar a su esposa Giovanna en casa sin forzarla a soportar su presencia. Claro, a veces volvía, pero sobre todo vivaqueaba en alguna posada, como aquella noche. ¿Lo convertía eso en un fantasma? Probablemente sí, pero mejor limitarse a ser la sombra de sí mismo que levantar la mano a su esposa, consumido por la guerra y por la sangre.

Se sirvió más vino hasta que escuchó gritos. Esta vez el placer no estaba involucrado en absoluto. Aquel era un grito de terror.

Se puso en pie de un salto un instante después, apartando la mesita de madera de un empujón, dejando caer la jarra de vino y la copa. El posadero blasfemó.

Desoyendo las maldiciones y agravios de este último, Buonconte ordenó silencio. Se oían constantes gritos y luego un nombre. La voz era la de una mujer.

—Esa puta de Maddalena —murmuró el posadero.

—¿Dónde está su habitación? —preguntó Buonconte.

En respuesta recibió una mirada hacia arriba.

Sin perder ni un segundo, corrió hacia la escalera de madera. Se apresuró a subir los escalones. Cuando llegó a la galería, caminó por un corredor. Tan pronto como vio la puerta detrás de la cual se escuchaban los gritos, la abrió de un empujón con el hombro.

Los goznes cedieron y se encontró en un cuartucho escasamente iluminado. En el claroscuro proyectado por la luz frágil de algunas velas vio el rostro de una mujer llorando y un hombre parado allí desfigurándola con un cuchillo.

—¡Vos! —tronó Buonconte—. ¡Deteneos inmediatamente!

El hombre miró hacia arriba. Los ojos negros eran los de un animal.

—¿Y quién sois vos? ¿Qué queréis?

—Soy el capitán del pueblo y haré que te arrepientas de haber nacido —rugió Buonconte.

Luego en un par de zancadas estuvo sobre el hombre y lo agarró apretándole el cuello con la mano derecha enguantada. A continuación lo lanzó contra la pared.

Mientras el hombre intentaba averiguar dónde estaba, Buonconte comprobó cómo se encontraba la mujer. La vio tratando de levantarse. Su rostro goteaba sangre de un corte profundo.

Pero Buonconte no tuvo tiempo de hacerle caso como quería, puesto que su adversario estaba de nuevo en pie. Había sido más rápido de lo que esperaba.

Ni siquiera consiguió sacar la espada: la hoja de la daga brilló en la tenue luz de la habitación. Esquivándolo de un salto, Buonconte evitó la estocada con la que el hombre intentó abrirle el vientre. Entonces, mientras el otro volvía al ataque nuevamente, logró bloquear su mano armada a la altura de la muñeca, golpeándola contra la pared. Una vez, dos veces, tres veces. Mientras luchaba con todas las fuerzas que tenía en el cuerpo, los ojos de Buonconte se posaron en el cuello del hombre y vio que tenía una marca de nacimiento oscura: la forma de alguna manera recordaba a la de un gran anzuelo.

Finalmente, su enemigo soltó la daga. Buonconte lo golpeó con un derechazo, lo que hizo que se estrellara contra la puerta.

Visto cómo había reaccionado antes, el capitán del pueblo no perdió el tiempo y se le abalanzó encima. Hizo lo más simple y efectivo: agarró al adversario por la camisa y lo arrojó escaleras abajo. El hombre se contusionó el costado, luego el hombro y la cabeza. Cuando llegó al final parecía más muerto que vivo. A pesar de todo, encontró la manera de ponerse de pie. Bastante magullado, era cierto, pero aún con la fuerza para proferir amenazas:

—Lo pagaréis muy caro, podéis estar bien seguro de ello.

—Me estremezco solo de pensarlo —replicó con sorna Buonconte.

El otro lo miró con los ojos inyectados en sangre. Luego cojeó hasta la puerta de la posada y salió bajo la mirada incrédula del dueño.

Buonconte gritó en dirección de este último:

—Conseguidme aguardiente. Y también necesitaré aguja e hilo. ¡Rápido!

Sin perder ni un instante más regresó a la habitación de la joven prostituta. La encontró llorando.

—Maddalena... Te llamas así, ¿no? —le preguntó con la mayor dulzura posible.

La niña asintió.

—Está bien, tendrás que ser fuerte —dijo Buonconte—. Ahora necesito más luz. Tenemos que bajar las escaleras. ¿Te ves capaz?

Maddalena asintió. Buonconte la tomó en sus brazos. Era frágil e inocente. Se preguntaba cómo podía haber terminado en ese tugurio. Pero luego se respondió a sí mismo que la miseria estaba en todas partes y que las mujeres nunca habían tenido elección en aquel mundo. Y si no disponían de medios, no eran más que esclavas.

Ella se le aferraba como si fuera su última esperanza. Se quedó callada. Había dejado de llorar.

El posadero había cerrado la puerta del mesón y preparado una palangana con agua fría y una toallita. El capitán del pueblo la empapó y limpió la herida. El corte era bastante profundo, pero no tanto que no se pudiera coser.

Después de lavar la sangre, Buonconte tomó un frasco de aguardiente, arrancó el corcho con los dientes, escupiéndolo quién sabe dónde, y enjuagó el corte de nuevo para desinfectarlo lo mejor posible.

—Ahora bebe tanto como puedas. Tengo que curarte la herida y te dolerá —dijo, entregándole el frasco a la niña.

Maddalena se lo llevó a los labios y bebió unos sorbos. Poco a poco su mirada se fue nublando. Finalmente perdió el sentido. Fue entonces cuando Buonconte, tomando los bordes de la herida, comenzó a coser.

12

Giotto

La campana de la iglesia de San Tommaso y la de la abadía habían dado la novena hora hacía ya un buen rato. No tenía nada en contra de su esposa, pero esperaba al menos que un punto estuviera claro: si ella se había visto obligada a casarse con él, pues lo mismo era válido para él. Y como le era fiel en todos los sentidos, eso tenía que ser suficiente para ella. Su lealtad no le daba derecho a esperar nada más. Gemma sabía cuánto le importaban sus versos, aquellos fragmentos de libertad que le permitían expresarse a sí mismo para conjurar la mediocridad de la vida en cualquiera de las Artes de Florencia. No era lo que quería y había intentado hacérselo entender de todos los modos posibles.

Pero Gemma no era tonta.

No lo era en absoluto. En cuanto la conoció tuvo claro que estaba ante una mujer de notable inteligencia y sobre todo sensible, perspicaz y por tanto perfectamente capaz de entender a quién se enfrentaba. Sin embargo, ella persistía en oponerse a sus aspiraciones, su desesperada necesidad de afirmarse en las letras. Sus torpes intentos de seducirlo no le pasaban para nada inadvertidos. De todos modos, no importaba lo dispuesta y guapa que fuera: eso no bastaba. Entre ellos faltaba poder compartir la sincera adoración por el mundo de las letras. Y el amor, entendido como idolatría del sentimiento que libera el alma y te permite desafiar al cielo, tener un corazón que vuela alto incluso cuando la amargura pretende alimentarse de miserias humanas.

Por supuesto, ella no podía imaginarse cuánto lo consumía aquel demonio todos los días, qué necesidad sentía de escribir, de poner sobre el papel las imágenes que aparecían en su mente. Procedían de vete tú a saber dónde y no podía apartarlas. En el pasado lo había intentado, pero luego, poco a poco, se había rendido: solo abrazando la fuerza arcana que albergaba y que lo poseía hasta el punto de condenarlo a escribir días enteros conseguiría encontrarse a sí mismo.

Al principio era una energía virgen y salvaje, algo que no lograba controlar y que lo devoraba. Entonces había conocido a Guido y, hablando con él, aquel molinillo de fiebre y palabras, el duermevela que lo perseguía, las pesadillas y las carencias habían adquirido un orden.

Había descubierto una forma de superar las debilidades que lo condenaban: la inquietud que lo impulsaba con demasiada frecuencia al sueño, las extrañas crisis que lo llevaban a temblar hasta caer en una especie de delirio y a perder los sentidos.

Quitarle la poesía, las letras, las imágenes... era como quitarle la vida misma. Tal vez Gemma no lograba entenderlo, no tenía las herramientas para hacerlo. O tal vez, muy al contrario, era él quien habría debido leerle algunos pasajes de Guinizelli o de Guittone de Arezzo. De esa manera, acaso habría conseguido que los apreciara. Después de todo, la belleza de sus composiciones era universal. Y con eso su mutua comprensión aumentaría y entonces quizá ella realmente entendería lo que él intentaba hacer. A lo mejor él podría haberle enseñado a leer.

Sin embargo, cuanto más pensaba en ello, más le parecía que estaba albergando una ilusión y que revelaría una parte de sí mismo que probablemente aún no estaba dispuesto a compartir.

Lo que componía era su único refugio. ¿Qué habría pensado Gemma de lo que escribía sobre las mujeres, de su idea del amor vinculada a muchachas que no eran ella? ¡Y cuánto lo habría odiado si hubiera sabido lo de Beatriz! Porque ella encarnaba el amor perfecto, la salvación, la promesa de una vida incluso para aquello que no era vida. ¿Tanta era la obligación de casarse? ¿De pertenecer a un oficio, de ganar dinero con el trabajo manual? No estaba hecho para eso, era impermeable a las reglas, quería liberarse en cielos maravillosos y pasiones, quería conocer la belleza absoluta, deslizarse por lugares desconocidos y aferrarse al corazón de mujeres magníficas e inalcanzables. ¡Quería sentirse vivo! ¡Invencible!

Dante suspiró. Aquel rompecabezas no parecía tener solución.

¿Qué debía hacer? ¿Quién habría entendido lo que estaba tratando de conquistar? ¿Quién no lo habría tomado por loco, exaltado, un joven arrogante que creía que podía dar forma a las palabras, como para componer formas arquitectónicas admirables, capaces de cambiar el mundo?

Solo se le ocurrió un nombre.

Las calles estrechas aparecían desbordadas de bancos de cambistas, con las monedas apiladas en los mostradores. Protegidos por marquesinas, un par de notarios redactaban documentos en presencia de algunos testigos; zapateros y remendones resollaban y recosían botas y zuecos; los chamarileros exhibían sus artículos, brillantes y lustrosos como si fueran tesoros bizantinos.

Cuando finalmente llegó al taller de Cimabue, en el distrito de San Pancrazio, no lejos de la basílica de Santa Maria Novella, Dante esperaba encontrar a quien estaba buscando sin demasiadas tribulaciones.

Tuvo suerte.

De hecho, Giotto estaba en una esquina machacando colores en un mortero. Trabajaba tan concentrado en su tarea que al principio ni lo percibió. Era un joven de considerable tamaño, con hombros anchos como los de un toro y dos ojos claros que se destacaban en una gran luna llena.

Era de pocas palabras. Por eso cuando se dio cuenta de que su amigo había llegado a visitarlo, lo saludó con un movimiento de cabeza. Pero después esbozó una sonrisa. Dejó lo que estaba haciendo y le estrechó la mano. Dante tuvo la impresión de haber deslizado su mano derecha en un tornillo de banco.

—¿Y entonces? ¿Habéis escrito la oda que os dará fama eterna? —le preguntó Giotto.

Dante se puso a la defensiva.

—Todavía lo estoy intentando.

El amigo asintió.

—Venid —dijo—. Quiero mostraros algo.

Y lo condujo a otra habitación abarrotada de mesas, sobre las que yacían dibujos al carboncillo, tablillas de madera, cuencos que contenían esmaltes, yeso y cola para la témpera, recipientes para imprimir colores, por no hablar de los pinceles, cepillos, peines, limas y, además, los polvos molidos para colores, como hematita, cinabrio y ocre, polvo de azurita y lapislázuli azul ultramar.

Giotto parecía encantado al mirar los colores. Luego clavó los ojos en Dante, casi asustándolo, porque su mirada ausente era como la de un loco.

—Perfeccioné un proceso anoche con el que obtener una nueva tonalidad de índigo.

—¿De verdad? —dijo Dante, sorprendido.

—Sí —asintió Giotto—. Hace dos días molí mármol blanco hasta convertirlo en un polvo muy fino, y lo dejé reposar durante un día y una noche en estiércol caliente. Esperé. Luego mezclé el barro obtenido en un caldero con espuma de agua sucia después de lavar paños de color índigo. Obtuve un azul suave y muy brillante. Nunca he visto nada semejante —afirmó con una mirada soñadora.

Dante comprendía esa mirada. Él también la tenía cuando encontraba las palabras adecuadas para definir la melancolía y la culpa, la felicidad y la amistad, la traición y la duda, las aspiraciones y los miedos, cuando trataba de capturar el atardecer de la esperanza o el amanecer de una nueva pasión. La conciencia de lograr expresar los claroscuros de lo cotidiano en una sola frase era la recompensa más hermosa, atrapar aquel vaivén de tonos que se iluminaban con destellos repentinos en los momentos que merecían ser vividos y volvían a sumergirse de nuevo en las tinieblas más profundas debido a la codicia y a la mediocridad de los hombres.

Esa era la magia del arte, se tratara, ya de pintura, ya de escritura; ya de imagen, ya de palabra.

—Me gustaría ofreceros algo de beber, amigo mío —dijo.

—Muy bien, ya había terminado la tarea que tenía asignada para hoy. ¿Os importa si me llevo algún dibujo en el que estoy trabajando? —propuso Giotto.

—En absoluto —concluyó Dante, y en estas últimas palabras pareció flotar una sensación de apaciguamiento.

13

Trazos

Después de ir al Oltrarno y disfrutar de un buen vino tinto, el poeta y el pintor habían dado un paseo hasta llegar a un pequeño campo. Allí se sentaron en la hierba y Giotto puso a la vista sus dibujos.

Dante cedió a su propio asombro.

Su amigo había hecho dibujos a carboncillo increíbles, por decir lo menos. Lo había conseguido usando docenas y docenas de recortes de pergamino.

—Los recuperé de los restos de la *scriptoria* —le dijo a Dante—. Tengo un amigo monje que los colecciona y me los proporciona a cambio de unas pocas monedas.

—¿Y los llenáis de estas maravillas? ¿Y de dónde sacáis los carboncillos para dibujar de una manera tan fascinante?

El joven pintor asintió. Le complacía que las imágenes hablaran por él. Además, estaba más que dispuesto a mostrarse ante Dante: primero, porque era amigo suyo, y segundo, porque cuando podía hablar de dibujo y pintura su proverbial laconismo se rendía a una pasión ardiente que lo llevaba a revelar una cantidad impensable de detalles.

—Me gusta caminar. La tierra siempre da buenos frutos. Especialmente a nosotros, a los que amamos dibujar y pintar. Por eso me encanta ir recogiendo ramitas de sauce, delgadas pero fuertes. Las pongo a secar y luego con mi navaja voy puliendo los extremos hasta conseguir una punta bien afilada. —Giotto hizo una pausa, como si estuviera hablando demasiado rápidamente. Miró el cielo azul y vio una perdiz en vuelo. Luego prosiguió—: Después los meto en una olla, sellando la tapa con arcilla, para que no se pueda abrir. Antes de irme a dormir pongo la olla en el fuego hasta la mañana siguiente. Una vez sacadas de la olla, las dejo enfriar y entonces las puedo usar sobre el pergamino.

Dante vio rostros de mujeres magníficas: rasgos delicados y angelicales, llenos de gracia. No obstante, también le impresionó una escena saturada de formas que Giotto había logrado dibujar con trazos simples y seguros pese a lo pequeño que era el trozo de pergamino. Era como si ese boceto suyo hubiera dilatado el espacio.

Sin embargo, no conseguía entender cómo las líneas de Giotto podían ser tan suaves y armoniosas hechas con un carboncillo obtenido de delgados palitos de sauce. Habría esperado que el trazo fuera mucho más duro y menos íntegro, en cambio, resultaba exactamente lo contrario.

—Pero ¿cómo os las arregláis para conseguir un trazo tan delicado? —preguntó, formulando sus dudas en voz alta.

Giotto sonrió.

—Sois un observador atento.

Dante negó con la cabeza.

—En absoluto, amigo mío; lo que veo es de tal belleza

que me deja sin palabras. Sería extraordinario poder emplear el lenguaje de la manera en que vos sois capaz de dar forma al espacio.

—Bueno, estoy intentando hacer una versión grasa y blanda de los palitos de carboncillo de los que os he hablado.

—¿Una versión... grasa? —peguntó Dante, extrañado.

Giotto asintió.

—Exactamente. Mirad, una vez que mis carboncillos ya están listos, los dejo ablandar en aceite de linaza por un cierto tiempo. Hay que ir con cuidado porque si se dejan en remojo demasiado tiempo se obtiene una friabilidad tan marcada que el carboncillo se desmenuzará al usarlo. Y el trazo en el papel será fácil que se altere y se borre.

—Por lo tanto, el aceite de linaza sirve para templar la dureza.

—Así es. Si se tiene la suficiente paciencia, el palillo carbonizado proporcionará una línea suave y aterciopelada.

—He ahí el misterio revelado —señaló Dante, perdiéndose de nuevo entre las delicadas y elegantes líneas de los dibujos.

Miró las caras de los abades, el rostro níveo de una virgen, las esbeltas columnas de un templo que recordaban a las de Arnolfo di Cambio, un Jesús sufriente en la cruz, con el cuerpo delgado y torturado, las huestes de ángeles guerreros en el acto de rebelarse, una ciudad con torres almenadas, una procesión de dolientes, mujeres gritando de dolor con las mejillas surcadas de lágrimas y muchas otras imágenes con un encanto magnético.

El amigo le puso una mano en el hombro. El sol de junio

brillaba alto en el cielo. Los rayos perforaban el algodón de una nube traviesa.

De repente, la luz inundó el prado. La hierba verde y las copas de los cipreses en la distancia.

Dante respiró hondo. Tenía la sensación de que aquella quietud, aquella paz que había encontrado después de la pelea con Gemma, precedía a una nueva tormenta.

Pero al alzar la mirada y cruzarla con aquella otra mirada, sincera, de Giotto, se dijo a sí mismo que bien podía disfrutar esos momentos.

De nada servía atormentarse por el futuro. Tarde o temprano, el dolor llegaría.

14

Carbone

Caía la noche. El cielo iba cambiando el azul por el marrón cobrizo. Sin embargo, el aire seguía incandescente y Florencia parecía hundirse en la boca del infierno. Dante volvía de Oltrarno y se dirigía a su casa.

En el camino se encontró en Baldracca, el distrito más infame e inmundo de la ciudad. Entre las antorchas y los fuegos de los vivaques, una humanidad miserable trataba de sobrevivir en esa letrina al aire libre.

Las calles estaban inundadas de aguas residuales. Mientras caminaba, Dante vio a dos hombres palear en el suelo y cargar de estiércol la plataforma de un carro. Se tapó la nariz con el brazo, pero aun así el hedor era insoportable. Se tambaleó, casi perdiendo el equilibrio, a causa de aquel olor mefítico.

Un mendigo se le acercó pidiendo dinero. Tenía los dientes podridos y los ojos brillantes y llorosos. Dante no llevaba siquiera una moneda encima, la última la había usado para ofrecer vino a Giotto, y lo apartó de sí lo mejor que pudo. A ambos lados de la calle que iba recorriendo se abrían las puertas de los burdeles y de las tabernas. Las voces enronquecidas por el vino recorrían el aire del crepúsculo. Dos hombres intentaban rajarse el vientre el uno al otro con cuchillos.

Dante siguió recto, completamente ajeno a ellos. Una prostituta de negra cabellera se dirigió a él en un intento desesperado de ofrecerle sus servicios, pero apenas podía tenerse en pie. Desaliñada y cubierta de hollín y sangre, se puso de pie gritando en su dirección hasta que Dante dobló la esquina.

Para aquel barrio no había esperanza: un estercolero de almas perdidas que luchaban todos los días para superar la noche.

Ladrones, vagabundos y asesinos cometían los crímenes más monstruosos sin que los capitanes del pueblo hicieran nada para mantener la situación bajo control. Ese era un territorio sin reglas, una zona franca donde cualquier cosa podía suceder. Ni siquiera la guardia de la ciudad se atrevía a adentrarse allí. Las bandas de asesinos se repartían las calles que atravesaban esa tierra de nadie.

Dante hubiera podido dar la vuelta y alargar el camino, evitando Baldracca, pero estaba cansado y quería llegar a casa. Y además era un hombre solitario, sin dinero. No vestía de manera llamativa y caminaba decidido, sin mirar a nadie. No tenía nada que temer.

Continuó hasta que, después de pasar por una tienda de chatarra, alcanzó la altura de una posada de cuarta categoría con un letrero cuarteado que representaba una luna en el pozo. Allí se encontró frente a un hombre de imponente tamaño. Una nube de luz proyectada por la antorcha que iluminaba el cartel se extendía todo alrededor, pero dejaba al gigante en las sombras. Dante no lo reconoció de inmediato, ya que el sol había dado paso a la oscuridad.

Sin embargo, tan pronto como el hombre se dirigió a él con una voz desagradable y arrogante, supo de inmediato quién era.

—¡Aquí estáis, señor! ¡En todo vuestro esplendor! —Después de hablar, Carbone de Cerchi estalló en una carcajada atronadora. Había algo perturbador en su risa, algo que habría helado la sangre a cualquiera.

Dante, en cambio, no se alteró. No era un león, aunque tampoco una oveja. Sabía que saldría perdiendo contra ese hombre, pero también era consciente del hecho de que este último no tenía nada en su contra.

—Decidme, Carbone, qué es lo que queréis de mí —requirió entonces con sincera curiosidad.

El gigante se acercó y, bajo la luz de la antorcha encendida, Dante lo vio sonreír en una mueca. Sus ojos oscuros brillaron en el reflejo de la antorcha. Carbone apuntó un dedo a su pecho, empujándolo levemente.

—No vinisteis donde Vieri cuando nos enteramos de lo que había sucedido en Pieve al Toppo.

Entonces ¡ese era el problema! Vieri tenía miedo de ser desautorizado. No por él, Dante nunca lo habría hecho, pero temía que Corso intentara cuestionar su autoridad dentro de la facción güelfa de Porta San Piero.

—Entiendo —dijo.

—¿En serio?

—Creéis que al presentarme directamente ante Corso Donati yo quería saltar por encima de Vieri y los Cerchi, aunque la cosa no fue así en absoluto.

—Ah, ¿no? ¿Y cómo fue? —preguntó, inclinándose hacia delante, bajando su gran cabeza a la altura de la de Dante. Lo miró fijamente a los ojos con una rabia fría, como si estuviera pensando en comérselo vivo.

—El otro día volví tarde a Florencia, después de las vísperas. Cuando llegué a casa, mi esposa Gemma me informó de que el señor Corso Donati, su primo, había ido a buscarme. No había dicho nada excepto que me presentase a la mañana siguiente en su palacio porque tenía que hablar con todos sobre un hecho importante.

Al escuchar aquellas palabras, Carbone de Cerchi guardó silencio. Como si quisiera pensar largo y tendido sobre las implicaciones de lo que acababa de escuchar.

—¿Qué debería haber hecho? —lo instó Dante.

Carbone reaccionó de inmediato.

—¡Ir donde Vieri!

—¿Por la noche?

—¿No os pareció extraño que el señor Donati acudiera directamente a vos? Prestad atención a lo que me vais a responder.

—¡Y tanto que me pareció extraño! Hasta tal punto que pedí a vuestro primo que viniera inmediatamente, mi esposa puede confirmarlo.

Carbone asintió.

—Está bien. Quiero confiar en vos por esta vez, señor Alighieri, pero no tengo intención de dejaros sin una advertencia: nunca más volveréis a hacer algo semejante. Así sea noche profunda siempre tenéis que acudir en primer lugar a los Cerchi, o como que hay Dios que os arrepentiréis amargamente.

—¿Me estáis amenazando?

—Y si fuera así ¿qué? ¡Por supuesto que os estoy amenazando! ¿Pretendéis cuestionar mi autoridad?

—En absoluto.

—Entonces id por el buen camino. No me gustaría que ciertas parentelas os metieran ideas extrañas en la cabeza.

Dante suspiró.

—Tengo muchas ideas que se consideran extrañas, pero entre ellas no se cuenta la de adquirir poder a través de mis relaciones familiares.

Carbone de Cerchi dejó escapar otro rictus, que esta vez se parecía mucho a una sonrisa.

—Sí, sois poeta, ¿no es cierto?

—Escribo con algunos amigos.

La sonrisa se ensanchó.

—Ese loco de Cavalcanti, otro que es mejor perder que encontrar.

—No estoy de acuerdo.

—Está bien, está bien —dijo Carbone, dando por zanjado ese discurso que no estaba llegando a ninguna parte. Luego, con una de sus manos colosales, agarró a Dante por el hombro—. De todos modos, espero haber sido claro. No habrá una segunda oportunidad. Confío en una fidelidad ciega de vuestra parte. De lo contrario, no viviréis lo suficiente para contarlo.

—La tendréis.

—Quitaos del medio. —Y diciendo eso, Carbone lo soltó, empujándolo hacia delante.

Dante se encontró apoyando los brazos contra la pared de la posada para mantener el equilibrio. Luego empezó a caminar de nuevo como si nada hubiera sucedido.

A sus espaldas, sin embargo, Carbone emitió una última advertencia.

—Recordad: sé dónde encontraros.

En el aire nocturno aquellas palabras sonaron, cuando menos, siniestras.

15

Héroes personales

Colocó la mecha en una varilla. Un resplandor pálido y tembloroso se extendió por todo el establo. Lo suficiente como para acomodarse en un rincón y ver los papeles que había escondido y que pretendía leer para hallar un poco de consuelo.

Las palabras de Carbone de Cerchi lo atormentaban porque, una vez más, había sido testigo de la destrucción a que se estaba sometiendo a Florencia. A nadie le importaba realmente esa ciudad. Cerchi y Donati eran iguales en su árida ambición de hegemonía absoluta. Y no les interesaba nada más. Aún cabría añadir, de hecho, que ese anhelo los consumía como un buitre que todos los días iba devorándoles el corazón. Y ciertamente eran desalmados, ya que se regocijaban con el temor que lograban infundir, el miedo que causaban a hombres pacíficos.

Por tanto, había optado por no volver a casa. Ya regresaría más tarde, para no preocupar a Gemma más de lo debido, pero en ese momento no se veía capaz. Prefería quedarse acomodado en la paja, cerca de Némesis, escuchar su respiración regular, disfrutar del calor que difundía su cuerpo grande, cálido y fuerte.

Amaba a esa potra. Había un orgullo en ella que lo sorprendía cada vez.

Así fue como, acercándose a una cajita de madera colocada en una esquina, abrió la puertecilla y extrajo un elegante códice encuadernado en cuero.

Estaba realmente feliz de tener ese pequeño objeto en sus manos, ya que ante las heridas de la vida cotidiana había aprendido a responder de la única manera que conocía: leyendo las líneas de los autores que amaba. Por esa religión suya laica debía dar las gracias a las lecciones de Brunetto Latini, que había sido su maestro de retórica y filosofía, y el de tantos otros, en Florencia y había salvado a muchos hijos de esa ciudad desgarrada por la ira de los violentos. Recordaba con verdadero cariño al maestro bueno y amable, cuya casa rebosaba de códices y manuscritos. Fue él quien le enseñó el amor por la lectura y por los grandes poetas, lo que lo había liberado del aburrimiento del ábaco, al que su padre tenía tantas ganas de encadenarlo.

Y tales poetas respondían a los nombres de Virgilio, Homero, Tácito, Estacio, Lucano. Eran ellos quienes lo sostenían, le proporcionaban sueños y esperanzas, los que lo llamaban desde lejos, desde las brumas de un mundo que ya no existía y que, no obstante, estaba vivo y resplandeciente en su alma. Los necesitaba. A Virgilio sobre todo. Él era la luz que atravesaba la oscuridad de aquel mundo impregnado de odio y egoísmo.

Su más grandioso poema, la *Eneida*, era la expresión más pura de una urgencia espiritual: la de tener el sosiego deseado, una tierra gobernada por la bondad de Dios, finalmente pacificada. Eneas, el protagonista de esa extraordinaria historia, era ante todo un hombre devoto, piadoso, paciente, que sacaba sus propias fuerzas de la celebración de los ideales y de la completa consagración a la misericordia. Y en ese momento más que nunca, Dante sentía que Florencia, atormentada por enemistades y guerras partidistas, habría merecido un héroe similar.

Le hubiera gustado ser él, pero sabía que no podía aspirar a semejantes empresas y, por lo tanto, entregaba sus esperanzas y sus ilusiones al papel.

Así que abrió el códice que tenía en la mano y se sumergió en una lectura impactante e irresistible. Aunque se sabía casi de memoria ese texto, releerlo no le resultaba una carga, ¡todo lo contrario! Le proporcionaba una serenidad inesperada, sin mencionar que tal era la maravilla de la escritura que cada vez descubría algún detalle nuevo, un matiz particular, una imagen que intentaba renovar en su memoria. Retomó la lectura desde el punto donde, unos días antes, se había visto obligado a dejarla.

De ese modo, leyó cómo Eneas siguió a la Sibila, cómo descendió con ella al Hades en busca de su padre, Anquises, luego cómo habían llegado al vestíbulo infernal donde aparecieron los remordimientos, las lágrimas y los males de los seres humanos. Después se presentaban los centauros, la quimera, las gorgonas y las arpías, hasta que, habiendo llegado al Aqueronte, se encontraban con Caronte, el demonio timonel que transportaba las almas de los condenados. Este último, para quien era inconcebible la presencia de un hombre vivo en aquel lugar, se negaba a recibir a Eneas en su barca para llevarlo a la orilla opuesta del río.

Entonces, la Sibila, que había guiado al joven troyano hasta allí, se oponía y finalmente convencía al infernal barquero, mostrándole una rama de oro y explicándole que el héroe que la acompañaba tenía que llegar a los Campos Elíseos para volver a ver a su padre.

Dante levantó la vista y se sintió conmovido. Siempre le sucedía lo mismo. Y tal vez solo estaba buscando esa emoción cuando decidió quedarse en el establo. No quería únicamente refugiarse en las palabras de Virgilio, quería encontrar un refugio en el amor. Esa era la fuerza que lo movía, después de todo.

Había en los hexámetros de Virgilio un poder arcano, una magia, había una gracia sublime y magnífica que lo mantenía entregado y al ir pasando las páginas lo instruía en un mundo nuevo, más justo, más hermoso, más lleno de una dulce paz. La misma que avistaba en el rostro de Beatriz. Y su pensamiento volvió hacia ella. Una vez más.

Suspiró.

La había visto cuando tenía nueve años y ya se le había aparecido entonces hermosa, con una belleza dulce, llana y gentil. Aquellos ojos verdes brillantes en su cara de ópalo eran los de un ángel. Cuando nueve años después la había vuelto a ver no solo le había sangrado el corazón por lo deseable que se había vuelto, sino que su mirada quedó cegada por la emoción. Beatriz le sonrió, saludándolo con un imperceptible movimiento de cabeza. Y fue como si Dios, en ese mismo momento, le hubiera inspirado ese gesto suyo y ella lo hubiera reconocido como el hombre preciso a quien mostrar el camino de la salvación.

Dante pensó en lo inspiradores que eran su amor y su

gracia. Luego, su mente volvió a las peleas entre güelfos y gibelinos. No era un cobarde, pero ciertamente rehuía la idea de una guerra con el único propósito de someter al enemigo aniquilándolo. ¿Quién era él para quitarle la vida a otro? ¿Qué derecho divino le garantizaba una impunidad así? ¿Cómo osaban Cerchi y Donati situarse por encima de la justicia de Dios, administrándola en nombre del poder y la corrupción? Si por lo menos pudiera escapar de la guerra que se avecinaba... Lo sentía en cada momento. Primero la pesadilla, luego las palabras de Corso, después las amenazas de Carbone. Era toda una ciudad la que se estaba preparando para la batalla.

Y él no sabía qué hacer para evitarla.

Él, que buscaba refugio en los dibujos y colores de Giotto, en la amistad de Guido, en las palabras de Virgilio.

Él, que solo aspiraba a dejar un rastro en esa historia humana tan oscura y despiadada, que parecía menospreciar a cuantos no se dedicaban en cuerpo y alma al oficio de las armas.

Entonces ¿no existía nada más?

Sin darse cuenta agarró un puñado de paja con las manos. Apretó los puños. Cerró los dedos con tanta fuerza que sintió un dolor extraño, áspero.

Némesis relinchó suavemente. Debía de haberla despertado.

Metió el códice en la cajita de madera y la cerró. Dejó caer la paja. Se acercó a la potra y le acarició el hocico. Luego apoyó la frente en la estrella blanca que Némesis lucía entre los ojos.

Por último le deseó buenas noches y, tomando el pabilo, salió del establo para finalmente volver a casa.

16

Resistir...

—La ciudad parece ahogada en un silencio sepulcral. —La voz de Lancia cortó el aire. A pesar del calor de ese día maldito, el frío parecía envolver el vestíbulo del palacio del Pueblo. Ugolino, delgado y larguirucho, golpeó la mesa.

—Si es necesario, resistiremos —respondió.

Miró a sus hijos, que lo habían estado esperando desde la noche anterior, cuando había elegido ese lugar como su cuartel general. Como se había decidido desde el principio. Allí pasó revista con la mirada. Gaddo, que era el capitán del pueblo, dejó escapar una sonrisa como si no esperara nada más que escuchar esa frase. Luego dijo:

—Hasta el final.

Uguccione se quedó en silencio, su rostro grande e inexpresivo.

Lancia prosiguió:

—Vuestros sobrinos, Anselmuccio y el Brigada, deberían haber entrado en la ciudad hace tiempo y seguro que habrán estado librando batalla.

—El contingente liderado por Lottieri da Bientina tiene que ir con ellos.

—Lo sé.

—Hemos escuchado gritos —convino el conde—, eso es seguro. Pero ¿cómo es que todavía no han llegado? Aun así, ese era el plan, ¿o me equivoco? —Y mientras esperaba confirmación miró fijamente a Gaddo.

Su hijo no apartó la mirada.

—Padre —dijo—, con mis hombres me aseguré de tomar el palacio. No he juzgado oportuno entablar batalla, yendo al encuentro de mis primos. Tengo muy pocos escuderos conmigo.

—E hiciste bien —asintió su padre, secundándolo.

—Me gustaría disponer de una docena de hombres y reunirme con ellos —prosiguió Lancia—. Prefiero no tener nada más que un buen puñado de gente para poder moverme por las calles con mayor facilidad. Por la noche será posible.

El conde pareció pensar en ello.

—Está bien —respondió finalmente—. Luego nos volveremos a encontrar aquí.

—Mientras tanto yo defenderé el palacio —observó Ugolino.

—Procedamos entonces. No hay tiempo que perder.

—Sí, al menos tendrás a favor la oscuridad —concluyó el conde.

Poco después, Lancia estaba en la piazza delle Sette Vie. Sus hombres se movían en las tinieblas; solo las antorchas pintaban trémulamente nubes de luz sanguínea a medida que avanzaban. Pasaron de largo por el sur la iglesia de San Sebastiano alle Fabbriche Maggiori y tomaron el camino angosto que conducía a San Frediano.

Lancia no confiaba demasiado en avanzar. Temía que los hombres del arzobispo Ruggieri los sorprendieran. Fue mientras estaba perdido en esos pensamientos cuando la campana del palacio Municipal volvió a tocar a rebato otra vez, convocando a los partisanos.

A pesar de ello dio unos pasos más y le pareció distinguir enfrente, a lo largo de la calle, algunas extrañas formas que no tenían por qué estar allí. A la luz de las antorchas no sabía con certeza lo que había visto.

A menos que... Llegó a la iglesia y pasó de largo, así como del hospital contiguo de los monjes camaldulenses. Sus hombres lo siguieron.

Al principio fue el olor lo que lo dejó sin aliento. Dulzón y fétido al mismo tiempo, resultaba insoportable y se elevaba desde la calle como si alguien hubiera dejado carroña de animales en descomposición.

Fue entonces cuando vio el horror.

La calle estaba atestada de muertos. Hombres con la garganta cercenada, otros decapitados, otros clavados a las puertas de las casas con flechas hundidas en manos y pies, como si fueran clavos infernales.

Reconoció los colores del conde Ugolino en las libreas y algunos de los rostros de los partidarios de los Gherardeschi. Entonces ¿esos eran los soldados liderados por el Brigada? Pero no atisbaba los colores de los Upezzinghi. ¿Dónde estaba Lottieri da Bientina? Y aunque los muertos se veían tapizando la calle hasta donde alcanzaba la vista, no podían hallarse todos allí.

—Bastardos —dijo.

En aquel momento, su mirada captó algo conocido, aunque le costaba creer que lo que había visto pudiera ser verdad.

—Dadme un poco de luz —le ordenó a uno de sus hombres. En cuanto el espacio se iluminó ante él se estremeció—. Banduccio... —murmuró con un hilo de voz.

El hijastro del conde yacía atado a un barril. El cuerpo arrugado cubierto con harapos, la cabeza inclinada hacia un lado, la lengua fuera. Alguien le había cortado las manos y los pies, que yacían por tierra, en un charco de sangre. Había muerto allí, en el acto, desangrado. El silencio era insufrible. Los hombres de Lancia no emitían ni un respiro.

—¡Perros! —maldijo este último, conteniendo una blasfemia—. Han provocado una matanza. No han perdonado a nadie.

Entonces algo le goteó en la frente empapada de sudor. Al principio no lo entendió, pero cuando se limpió lo mejor que pudo con la mano derecha la vio cubierta de sangre. Un presentimiento terrible le produjo un escalofrío helador. Miró hacia arriba.

—Levantad las antorchas —ordenó.

A la frágil luz de las antorchas vio decenas de cadáveres suspendidos en las ventanas. Colgaban de lo alto, como extraños frutos ensangrentados.

Ancianos, mujeres y niños.

La ira del arzobispo había sido aterradora. No solo había hecho masacrar a los partidarios del conde, sino que también tuvo cuidado de que a quien se le pasara por la cabeza dar apoyo o cobijo al enemigo tuviera una serie de argumentos válidos para negarse.

Aquellos pisanos sacrificados y abandonados a la putrefacción representaban la más espantosa de las advertencias.

Lancia respiró hondo. Los refuerzos que esperaba el conde no llegarían nunca.

Y lo peor era que las campanas que había escuchado antes no podían más que anunciar una cosa: los gibelinos emprenderían el asedio del palacio del Pueblo.

Tenía que volver, aunque solo fuera para organizar las defensas.

—Regresemos —dijo—. Ya no podemos ayudar a estos desgraciados.

Sus hombres asintieron.

Partieron de nuevo, tratando, en la medida de lo posible, de moverse en silencio. Si tuvieran algún desafortunado encontronazo se verían obligados a luchar y no eran suficientes. En eso iba pensando Lancia mientras desandaba sus pasos, de nuevo hacia la iglesia de San Frediano.

Fue en ese momento cuando ocurrió.

El portón de madera de la iglesia se abrió y una silueta oscura se deslizó hacia fuera.

Otras la siguieron.

—¿Quién va? —preguntó Lancia, desenvainando su espada.

17

... hasta el final

—Señor Upezzinghi, ¿sois vos? —preguntó el hombre que había salido por la puerta de la iglesia.

Lancia reconoció la voz. Era la del Brigada.

—Nino —le dijo—, ¿qué os ha ocurrido?

—Nos han destrozado. Durante una emboscada. Los hombres del arzobispo...

—Venid —lo instó Lancia—. Me lo contaréis todo cuando estemos a buen recaudo. Primero regresaremos al palacio del Pueblo. No me gustaría tener algún encontronazo. ¿Cuántos hombres tenéis con vos? —preguntó al ver que varias otras siluetas iban saliendo por la puerta de San Frediano.

—Somos unos quince. Anselmuccio también está con nosotros.

—¡Mejor así! ¡Seguidnos! —ordenó Lancia.

Y sin añadir nada más partió, con el sobrino del conde y los soldados a su espalda. Dejaron atrás la iglesia y, avanzando velozmente, llegaron de nuevo a la piazza delle Sette Vie. Milagrosamente estaba todavía vacía.

Corrieron a una velocidad vertiginosa hacia el palacio del Pueblo. Las luces parpadeantes de las velas brillaban detrás de los cristales. Los guardias los dejaron entrar.

—Por favor, tío, os pido que perdonéis a mi marido.

El arzobispo Ruggieri miraba a la mujer que estaba frente a él. Guapa y altiva, su rostro expresaba, a pesar de todo, humildad y sincera reverencia. Capuana cayó de rodillas. Su tío no había calculado tanta pasión y serena dignidad.

—Misericordia —repitió con aquella voz melodiosa y sensual al mismo tiempo.

Desde siempre al arzobispo le costaba mucho negar a su bella sobrina cualquier cosa que le solicitase, pero esta vez sabía que iba a decepcionarla. Y, sin embargo, a pesar de lo que le dictaba su cabeza, le parecía tener que desclavarse un puñal de su propio pecho para pronunciar las palabras necesarias.

Titubeó, aunque sabía que llegaría aquel momento. Se lo había estado repitiendo todos los días anteriores. Tenía que mantenerse lúcido. No podía ceder solo porque lo había seducido el rostro de su sobrina.

¿Había quizá alguna posibilidad de salvar a Ugolino? No realmente. Si tan solo hubieran tenido la valentía de ceder, los Gualandi y los Sismondi habrían pedido su cabeza. Y por mucho que se preocupara por Capuana, por más que en varias ocasiones hubiera fantaseado con la posibilidad remota de seducirla, ya que a pesar de la ostentación de moralidad abrigaba un alma impura, y por mucho que finalmente hubiera sublimado ese deseo prohibido con la voluntad de cumplir cada petición suya, pues bueno, se repitió a sí mismo, aquella noche no podría ser.

Sabía perfectamente que la ciudad había resonado con el hierro de sus secuaces. Y que con ello entregaba Pisa a los gibelinos. Y ahora tenía que seguir adelante hasta el final.

Se puso de pie y, tomando las manos de Capuana entre las suyas, la ayudó a levantarse.

—Por favor, no debéis permanecer arrodillada frente a mí —dijo con un hilo de voz.

—Respondedme, tío —contestó la mujer, instándolo a seguir.

Ruggieri suspiró. Bien podría explicarle cómo estaban yendo las cosas.

—Capuana —comenzó con una voz quebrada por la emoción—, me encantaría complaceros, ni siquiera llegaríais a imaginar cuánto, pero lamentablemente el conde Ugolino me amenazó de muerte. Y, creedme, esto es lo de menos. Yo lo perdonaría con mucho gusto si dependiera solo de mí. No obstante, como sabréis, también traicionó a su ciudad para entregarse a Corso Donati y a Florencia, y eso no podemos tolerarlo. ¿Acaso deberíamos dejar que los odiados güelfos, que tanto anhelan nuestra ruina, nos hagan pedazos?

Capuana le estrechó las manos y se las llevó al pecho.

—Tío, os lo ruego con la fuerza que aún me queda en el corazón. No me procuréis un dolor como este. O me moriré.

—No digáis eso, que no podría soportarlo.

—Pero ¿cómo creéis que puedo aceptar una tragedia similar a la que me estáis anticipando? —Y se echó a llorar.

Ruggieri ya no sabía qué hacer. La vista de Capuana en aquel estado le resultaba intolerable. Y, no obstante, tenía que mantenerse firme en su propósito.

—Porque estaré de vuestro lado —dijo con un hilo de voz—. Y eso debería bastaros.

Su sobrina se obstinaba en negar con la cabeza, ya incapaz de pronunciar ni una sola palabra.

—Pero ¿no entendéis que la situación está mucho más allá de mi capacidad de control? —espetó finalmente, exasperado—. Mientras hablamos, ¡Pisa está anegada en la sangre de los muertos! Ya sería un milagro si lograra salvaros a vos.

—Tío, por favor —volvió a insistir Capuana entre sollozos, haciendo acopio de todas las fuerzas que aún le quedaban en el pecho.

Ruggieri la abrazó y trató de mecerla.

—Todo irá bien —le dijo finalmente—. Todo irá bien.

Los tintes de grafito del amanecer desvelaron lentamente el aspecto real de la plaza. Desde lo alto de las gradas, Ugolino la vio llenarse de escuderos. Había al menos mil y se estaban preparando para atacar. Llevaban armaduras de cuero. Blandían lanzas, espadas y escudos. No se detendrían hasta alcanzar su objetivo: conquistar el palacio del Pueblo.

Así que iban a ajustar las cuentas. Los refuerzos nunca habían llegado. El Brigada y Anselmuccio habían logrado de milagro entrar en la ciudad con una multitud de ellos y, a pesar de que habían luchado a muerte, se salvaron únicamente encerrándose en la iglesia. Pero la mayoría de los hombres habían sido víctimas de una matanza cerca de San Frediano, entre ellos su pobre hijastro, Banduccio. Y, junto con él, también los ciudadanos que habían intentado ofrecerle refugio: los hombres habían terminado colgados en las ventanas; las mujeres, violadas y asesinadas; los niños, masacrados sin piedad. En cuanto a Lottieri da Bientina, había sido repelido incluso antes de poder entrar. Habían terminado con él fuera de las murallas de Pisa.

Y ahora lo que Ugolino veía era la marea humana de los gibelinos, que se instalaban en la plaza y se disponían a llevárselos por delante a él y a todos los que se les opusieran.

Los soldados empezaron a correr.

No perdió los estribos. Si iba a morir, bien podía hacerlo peleando.

—¡Apuntad! —gritó sin demora.

Detrás de él, dos filas de ballesteros obedecieron la consigna.

—¡Ahora! —ordenó el conde Ugolino.

Unos instantes después una nube de dardos cortaba el aire. A pesar de estar amaneciendo, el calor ya era insoportable.

Era el primer día de julio.

La facción gibelina fue alcanzada por los dardos. Los hombres cayeron de rodillas llevándose los brazos al pecho. Otros se desplomaron con la garganta sajada por los estiletes de hoja cuadrada que habían dado en el blanco. Se elevaron los gritos, pero nuevos escuderos iban sustituyendo a los anteriores. Y la formación se iba haciendo más compacta.

—¡Segunda línea! —volvió a gritar el conde Ugolino.

Nuevamente los ballesteros apuntaron con sus armas. De nuevo los dardos segaban a los enemigos que avanzaban hacia abajo.

Aun así, los gibelinos no se detuvieron.

18

Sueño y dolor

Cuando la vio salir de la casa, decidió seguirla. No podía arriesgarse a exponerse y que lo descubrieran, así que se mantuvo a distancia, y, sin embargo, sabía que no tenía otra opción. Ya no había remedio. Durante demasiado tiempo había renunciado. Ahora quería al menos verla, aunque solo fuera por unos instantes.

Beatriz llevaba un vestido verde como sus ojos. Dante la miraba desde detrás de una columna, luego la siguió mientras se dirigía a la plaza del mercado. Creía percibir en ella la personificación del verano a causa de la luz que casi de manera natural emanaba de su persona. Su sonrisa suave y serena comportaba que quien cruzara la mirada con ella la saludara, como si reconociera en ella a una reina, y poco importaba que quien le prestara atención fuera un joven de familia noble o un granjero que intentara venderle sus verduras, un comerciante tacaño y cauteloso o el charlatán que jugaba con pelotas de madera de colores mientras los clientes vagaban entre los puestos del mercado.

Dante la vio acercarse al carrito de un florista y aspirar el aroma de un ramo de flores de aciano. El comerciante quiso regalárselo, ella rehusó, protegiéndose, con la modestia y la gracia que él tan bien conocía. La vio llevarse la mano al pecho, como si no esperara tamaña gentileza.

Dante sintió que se ruborizaba y algo le reconcomía las entrañas. Tuvo deseos de dejar su escondite para salir y proteger a Beatriz de los elogios inapropiados de aquel joven impertinente.

Pero no podía. ¿Qué le diría? ¿Qué pensaría aquella hermosa mujer de alguien como él? Todo el mundo sabía quién era y con quién estaba casado. El señor Portinari, su padre, no se habría alegrado mucho. Apretó los puños y permaneció en la sombra. Al final Beatriz se negó, tan solo aceptó una pequeña flor, que se puso en su larga cabellera castaña.

Le quedaba muy bien, pensó Dante. Cuando se dio cuenta de que se estaba arriesgando a perderla de vista porque se había alejado demasiado entre los puestos del mercado, abandonó el escondrijo en el que se había refugiado y se mezcló con la multitud de clientes.

Fingió estar interesado en los arneses para caballos, pero pronto terminó absorbido por el torbellino de la vida del mercado. Alguien lo golpeó sin darse cuenta, y un momento después Beatriz había desaparecido. Nunca había gozado de una vista particularmente aguda y sus torpes intentos de encontrarla resultaron ser inútiles por completo debido a la gran muchedumbre que abarrotaba los puestos, atiborrados de toda clase de mercancías —los más diversos tipos de frutas, verduras, jamones y embutidos, quesos—, además de los mostradores con pescados o con telas y los carros repletos de herramientas y chatarra de toda índole. Dante se quedó atrapado entre clientes y vendedores ambulantes de dulces mientras la confusión iba en aumento gracias a las voces de los comerciantes que elogiaban a gritos las cualidades de sus productos.

Sintió que le estaba sucediendo algo extraño. Ya no veía a Beatriz, la cabeza comenzó a darle vueltas y percibió que la saliva le afloraba a los labios. Tenía que salir de allí, tenía que encontrar un lugar donde refugiarse.

Estaba a punto de ocurrir lo que él nunca hubiera deseado que ocurriera. A modo de confirmación de lo que temía, el mercado parecía ahora un carrusel enloquecido. El sol le incendiaba la cara, los gritos de los vendedores se habían vuelto insoportables y parecía que le fueran a aplastar la cabeza. Caminaba trastabillando y estaba empezando a temblar.

Se arrastró como un soldado herido, haciendo todo lo posible por mantenerse en pie. Apartó a un hombre, empujándolo a un lado, trató de correr para escapar de la multitud que se le antojaba dispuesta a asfixiarlo de un momento a otro.

Llegó como un náufrago a tocar las piedras de la iglesia de San Tommaso. Allí se apoyó contra la pared y caminó sosteniéndose como buenamente pudo. Sentía que las piernas se le derretían como la mantequilla. Se mordió los labios. «No te caigas ahora», se dijo apretando los dientes. Encontró una escalera de piedra que conducía a alguna parte, probablemente a un antiguo almacén.

Bajó los escalones hasta llegar al final, le pareció que se hallaba frente a la puerta de un sótano o un trastero. Notó que temblaba y se cayó. Se recostó con la espalda contra la piedra. No logró prevenir el ataque. Experimentó un calor repentino. Luego sintió que lentamente perdía el sentido mientras se le nublaba la vista.

Se abandonó.

Sabía que no podía hacer nada más.

19

El trueno

El ruido sordo del trueno llenó el cielo.

Dante se despertó de repente y se sintió como si estuviera nadando en un mar de sangre negra. Pasado un rato, sin embargo, esa sensación lo abandonó y se dio cuenta de que estaba en un lugar oscuro y silencioso. No obstante, no muy lejos de allí, un arco de luz de un rojo casi sanguinolento iluminaba tenuemente la bóveda, y tan pronto como se levantó, avanzando unos pasos, descubrió que se encontraba al borde de un abismo gigantesco, un desfiladero tan profundo que no se vislumbraba su fondo.

Se armó de valor y empezó a descender. Algo indefinible lo atraía hacia ese barranco escarpado que parecía articularse en una serie de círculos concéntricos. Gradualmente se iban haciendo más inclinados hacia abajo y, al cabo de un rato, caminando, se dio cuenta de que había llegado al primero.

Allí, poco a poco, empezó a encontrar mujeres, hombres y niños. Ninguno pronunciaba ni una palabra. Permanecían callados y tenían los ojos desmesuradamente abiertos, como si estuvieran atrapados entre la vigilia y el sueño eterno.

Suspiraban, y lo hacían de una manera tan fuerte que provocaban estremecimientos en el aire y en la tierra por la que caminaba. Prosiguió sin hacer preguntas.

Poco a poco fue dejando atrás ese manojo de seres y se encontró de nuevo andando a lo largo del sendero. Lentamente, mientras avanzaba, llegó a una especie de claro y vio una luz iluminando el camino. Advirtió a algunos hombres reunidos alrededor de un fuego que ardía impetuoso. Era una pira humeante cuyas llamas se extendían en una tempestad de chispas rojas hacia el cielo negro. Esas eran las luces sangrientas que había visto desde lo alto del barranco.

Se aproximó a la hoguera sin siquiera preguntarse por qué. Lo atraía y eso era suficiente.

Antes incluso de llegar al grupo de hombres reunidos alrededor en el fuego vio a uno de ellos separarse de los demás y avanzar hacia él. Parecía un viejo rey, decidido a darle la bienvenida. Llevaba apoyada una mano en la empuñadura de la espada que sostenía en su cinturón.

Cuando por fin lo tuvo delante, vio a un hombre con una espesa barba blanca y una cabellera hasta los hombros. Llevaba puesto un simple sayo. A pesar de su edad, tenía un cuerpo fuerte, como un guerrero. Detrás de él también iban los otros tres.

—Mi nombre es Homero —dijo—. Y los que me acompañan son Horacio, Ovidio y Lucano. Vuestra época nos ha honrado como príncipes de la poesía, y ahora venimos a vos como futuro cantor que sabrá conquistar la gloria y los laureles del arte. Y, sin embargo, seréis un poeta guerrero, forzado por el odio y los rencores de vuestra ciudad a empuñar la pluma y la espada al mismo tiempo, para escribir con tinta y sangre la historia de los pueblos humanos.

Dante se arrodilló al escuchar el nombre de Homero. Aquello que presagiaba suponía tanto honor que casi se había conmovido.

Y justo cuando Homero se acercaba a él para invitarlo a levantarse, su figura se desvaneció.

Dante volvió a su estado consciente. Al principio no entendió qué le había pasado.

Se dio cuenta de que se había desmayado y había sido presa de uno de sus ataques. Los padecía desde que era un niño, aunque, con el paso del tiempo, esas extrañas crisis que lo hacían temblar con espuma en la boca, perdiendo fuerza y el sentido, se volvieron menos frecuentes. No obstante, cuando llegaban era inútil luchar contra ellas, más bien al contrario, había aprendido que lo mejor que podía hacer era fluir con ellas, encontrar un lugar apartado donde pudiera superarlas en soledad. El mal, tal como venía, luego se iba. Bastaba saber esperar. Durante esas crisis le pasaba a menudo que tenía sueños o pesadillas.

Se puso de pie, apoyándose en la piedra. Le quedó claro que podía andar. Se recompuso y subió lentamente las escaleras. Se encontró cerca de Sant'Andrea y resolvió volver a casa.

Caminaba despacio como si tuviera que volver a aprender a poner un pie delante del otro. Siempre era así después de esas crisis. Pese a todo, no perdía el ánimo.

Haber espiado a Beatriz en ese día soleado le había inspirado el comienzo de un soneto que imaginaba que podría empezar con palabras como «Tan amable y tan honesta parece mi mujer cuando saluda a otros», ya que esa era la sensación que había tenido, al menos mientras no la había perdido de vista y había conservado la luz de la razón. No sabía cómo continuaría el poema. A menudo aquellos primeros gérmenes de la poesía iban tomando forma poco a poco. Tenía que protegerlos y alentarlos, pero era preciso evitar por todos los medios posibles forzarlos. Confiaba en que, al llegar a casa, refugiándose en su pequeño estudio, conseguiría agregar unas líneas. Quizá dos, quizá tres. Quizá todo el soneto. Bastaba con no esperar demasiado y tener paciencia para aguardar. Hablarían por su boca. Estaba completamente seguro.

Estaba a punto de rebasar la torre de Benincasa de los Albizi cuando oyó que alguien lo llamaba en alta voz.

—Dante, deteneos.

Dándose la vuelta, vio a su buen amigo Lapo Gianni que, sin aliento, iba a su encuentro. En su rostro se leía la preocupación y el miedo.

20

Gibelinos

Ugolino subía las escaleras de la torre y cada paso era para él una puñalada en el corazón. Habría preferido terminar colgado antes que encadenado y confinado en un lugar como aquel. Aun así, no era tanto su destino lo que le preocupaba sino saber que junto a él habían sido hechos prisioneros y condenados al mismo castigo también sus hijos y sobrinos. Lo seguían, atados como perros a las cadenas.

Sabía que Capuana le había pedido clemencia al arzobispo. Pero todas las peticiones fueron rechazadas. Su tío probablemente había encontrado una manera de salvarla de la violencia que se estaba desatando en la ciudad, y eso habría involucrado a todos los que se revelaran como partidarios suyos.

El sonido de las cadenas marcaba los pasos. Finalmente llegaron a una puerta hecha de madera y hierro, en la parte superior de la torre. Uno de los soldados del arzobispo desenganchó un gran juego de llaves de su cinturón y abrió.

Alguien tomó a Ugolino por los hombros y lo arrojó

adentro. Pronto, liberados de sus cadenas, Gaddo, Uguccione, Nino y Anselmo se reunieron con él.

Orgulloso, con su ridícula armadura de cuero, él, que nunca había ni siquiera propinado un golpe de espada y que se cuidaba en extremo de ensuciarse las manos de sangre, Ruggieri degli Ubaldini los miró con todo el desprecio del que era capaz.

—Aquí está lo que queda de vuestra arrogancia guerrera —dijo—. Bonito final habéis hallado. Y mira que os ofrecí una oportunidad, pero no quisisteis aprovecharla, ¿verdad, Ugolino? ¿O debería llamaros conde de Donoratico? Pues bien, dejadme deciros que será a vuestro título a lo que deberéis apelar, pues gracias a él es como habéis acumulado riqueza. Y, creedme, si queréis sobrevivir en este lugar olvidado de Dios, tendréis que hacer una sola cosa: pagar.

—¡Maldito seáis! —gritó Gaddo, tratando de levantarse y de arremeter contra Ruggieri. Entonces un guardia se interpuso entre él y el arzobispo y le dio un puñetazo en la cara, rompiéndole la nariz. El joven gritó, aunque no se dio por vencido, arrojándose con todo su peso contra el escudero.

—¡Gaddo! —exclamó el conde Ugolino—¡Ya basta! Tan solo conseguiréis que os maten. No se puede esperar otra cosa de estos cobardes.

Como para confirmar sus palabras, al soldado se le añadieron otros dos que agarraron a Gaddo y lo aventaron contra el suelo. Luego le patearon las costillas.

—¡Quietos! —bramó el conde—. Si acabáis con su vida os juro que os mataré.

—¡Bastardos! —gritó Uguccione, y comenzó a luchar tratando de ayudar a su hermano.

Anselmuccio se refugió en un rincón de la celda. Nino se estaba poniendo de pie.

—¡Basta! —ordenó el arzobispo—. Dejadlo en paz.

Los soldados obedecieron.

Ugolino se acercó a Gaddo y junto con Uguccione lo acarreó hasta una mesa, donde lo sentaron.

—Poco ganáis con amenazar —prosiguió el arzobispo—, os conviene pagar para manteneros con vida. De lo contrario, y si de mí depende, nadie os traerá comida a este infierno.

—Tendréis el dinero —respondió el conde—. Encargaré a uno de mis hombres que traiga lo que pedís, pero es preciso que pueda hablar con él.

—Qué ingenuo sois. ¿Acaso creéis que quedará algo de vuestra fortuna? Me serviré yo mismo —dijo el arzobispo—. Hasta que me sienta satisfecho con lo que encuentre en vuestras propiedades tendréis con qué alimentaros. Empezaremos con una recompensa por vuestra cabeza. Tres mil liras para empezar. Me pagaréis eso. Y luego más. Y más todavía. Y cuando ya no pueda ser así...

—Nos dejaréis morir —concluyó con ira y amargura el conde, aniquilado por la crueldad del arzobispo.

—Exactamente.

—Mi esposa... —dijo el conde Ugolino.

—¿Capuana?

—Me gustaría verla.

—Lo siento, pero ya no es posible.

—Si le habéis tocado siquiera un pelo...

—Ahorradme esas tonterías —lo cortó Ruggieri degli Ubaldini—. ¡Es mi sobrina! Y ya he tomado medidas para ponerla a salvo, lo que ciertamente no habría sucedido si os hubiera esperado. Al menos, lo mejor de vuestra familia se salvará. Después de todo, no podía dejar que Capuana pagara por vuestros errores.

—¡Perro! —murmuró Gaddo con la boca llena de sangre.

—Tendríais que ocuparos de la arrogancia de vuestro hijo, señor Della Gherardesca —dijo el arzobispo al conde Ugolino—. Su lenguaje es intolerable. Sus modales sediciosos podrían azuzarme las ganas de verlo gatear de nuevo a mis pies, embarrado de sangre. Como hace unos momentos.

Ugolino guardó silencio. El rostro lívido, los puños cerrados. Su mirada era terrible. Sin embargo, su ira era la de una bestia derrotada y, por mucho que trataba de mantener un aspecto belicoso e irreductible, sabía bien que el ánimo se estaba quebrando, porque desde esa torre nunca volvería a la libertad. Y era precisamente esa conciencia la que minaba su orgullo y la que lo debilitaba mucho más de lo que hubiera deseado. Especialmente porque no quería que sus hijos perdieran la esperanza. No quería darles falsas ilusiones, pero tampoco podía soportar la idea de que perdieran toda la confianza.

No en aquel momento.

—¡Así que callaos! —se enfureció el arzobispo, y se dibujó en su rostro una sonrisa—. Portaos bien. Es la conducta propicia, creedme. Si me quedo satisfecho con vos, podría incluso cambiar de idea. —Entonces les hizo una seña a los suyos—. Y ahora vámonos. Dejemos dos guardias en la puerta, aunque, en el lugar donde estamos, es prácticamente imposible intentar escapar. En cualquier caso, tomemos todas las precauciones necesarias.

Dicho esto, Ruggieri degli Ubaldini se fue y tras él, los guardias.

Ugolino y sus muchachos se quedaron solos.

—¿Qué haremos? —preguntó Nino, mientras la puerta de la celda se cerraba ante sus ojos.

—Esperaremos —respondió Ugolino.

—¿A qué?

—A que alguien venga a rescatarnos.

—¿Seguís creyendo que hay alguna posibilidad? —dijo desesperado Uguccione.

El gigante apoyaba un brazo en el hombro de su hermano Gaddo, que permanecía en silencio. Había empapado su pañuelo en el agua fría de un balde y ahora estaba tratando de detener la hemorragia de su nariz ensangrentada.

—Creo que pronto se tendrán noticias de nuestro encarcelamiento. Y si, como espero, Corso Donati realmente se mantiene en Pisa, no dudará en promover una guerra contra la ciudad. No es ningún misterio que Arezzo sea gibelina, y si Pisa llegara a serlo también, Florencia acabaría aplastada entre dos enemigos mortales. Así que tengo confianza.

Mientras así hablaba, Ugolino sabía que no estaba diciendo la verdad, pero necesitaba aferrarse a algo.

—¿Y mientras tanto? —preguntó Anselmuccio, preocupado.

—Esperaremos. Y nos comportaremos como los hombres Della Gherardesca que somos.

21

Hacia Lucca

Mientras el carro se sacudía y crujía debido al pésimo estado del camino, Capuana reflexionaba sobre lo sucedido. Aunque trataba por todos los medios de absolverse a sí misma, sabía que era culpable. Había aceptado que su esposo fuera encerrado en la torre de los Gualandi junto con sus hijos y sobrinos, y ella, en lugar de quedarse a su lado, iba recorriendo la senda que, en un carro, la conducía a Lucca.

Como una traidora.

Aquella toma de conciencia la angustiaba. No tenía sentido repetirse que, aun en el caso de que se hubiera rebelado, su tío habría impedido que llegara a ser encarcelada. Sus remordimientos no se aplacaban y las mentiras que trataba de explicarse a sí misma, entre lágrimas, agudizaban su sentimiento de culpa.

Le hubiera gustado dormir únicamente para no pensar en el dolor que había causado. ¡Qué cobarde! Estaba disgustada por lo que había aceptado hacer. Ella, mujer inútil, estúpida, débil, incapaz de empuñar una espada o incluso simplemente de golpear con una daga.

Y ahora la aguardaba el monasterio. Días de oración y soledad. Al menos expiaría sus pecados, que eran muchos.

Si tan solo Ugolino la hubiera escuchado cuando todavía estaban en la torre del castillo de Settimo... Le había rogado que no volviera a Pisa. Capuana conocía a su tío. Era un hombre ambicioso e implacable que nunca hubiera permitido que el conde de Donoratico volviera a ser el indiscutible señor de la ciudad.

Pensó en Beatriz, su hija, de grandes ojos tristes. Y en Matteo, al que había dejado durmiendo en brazos de una nodriza. Sus lágrimas también eran por ellos, se dijo. Sus dos hijos. Suyos y de Ugolino. ¿Qué sería de ellos? Se los habían arrebatado con una violencia silenciosa y fría. Del amor de Ugolino no le quedaba nada. Ni siquiera la presencia de sus dos hijos.

Su tío había exigido que permanecieran con él, no podían acompañarla a donde la llevaban.

No sabía cómo lograría vivir con una carga como aquella. Le pareció inhumano.

Finalmente, sacudida por los sollozos, se quedó dormida.

Lancia iba sentado en el pescante. Era experto en manejar carros y la idea de ocupar el lugar del cochero que debería haber llevado a Capuana a Lucca había sido una genialidad. La suerte, sin embargo, había secundado su ingenio, ya que, al entrar en las caballerizas del palacio del arzobispo, había encontrado al carretero totalmente solo. Este último esperaba que la pequeña escolta armada, llamada a acompañar a

Capuana, le diera la orden de conducir el carro que se hallaba en el patio. Ya había enganchado los caballos y así, cuando Lancia, fingiendo ser un mozo de cuadra, le preguntó adónde iba, reveló el destino final del viaje. Lancia no dudó en propinarle un golpe en la cabeza con una pala, para luego amordazarlo y esconderlo debajo de una bala de paja.

Sin perder ni un segundo, la mano derecha del conde Ugolino subió al pescante y, tan pronto como el jefe de la escolta armada hizo su aparición, ordenándole que condujera el carro fuera del establo, obedeció sin titubeos.

Y ahora estaba allí, para llevar a Capuana a Lucca, al monasterio de San Romano.

Con eso, se dijo, rendiría homenaje a la memoria de su señor, a quien estaba ligado por una fidelidad absoluta.

Quizá, si pudiera saber lo que estaba haciendo, Ugolino le estaría agradecido.

No había sido fácil escapar de la carnicería: cuando los soldados derribaron las puertas del palacio y subieron las escaleras dando muerte a los hombres del conde, este último, mirándolo a los ojos, le rogó que se pusiera a salvo y encontrara a su esposa para protegerla.

Por esa razón, abriéndose camino a golpe de espada, Lancia había conseguido, con una fuga rocambolesca, que aquellos gibelinos sedientos de sangre le perdieran la pista y llegar al último lugar en el que sus enemigos hubieran pensado encontrarlo: el palacio del arzobispo. Precisamente de allí, y gracias al viento del destino a favor, estaba a punto de partir el carro que buscaba.

La puesta de sol coloreaba el cielo de rojo sangre, pero ya habían llegado. Un gesto de asentimiento del comandante de la escolta, que montaba un caballo capón de color pardo, lo confirmó.

Continuaron todavía un buen trecho, pero sin muchas dilaciones llegaron a la vista de la puerta de San Gervasio. Lancia quedó impresionado por la abrumadora altura de las paredes, que sin duda superaban las veinticinco brazas.

Ahora reinaba la oscuridad y las antorchas ardían en las gigantescas torres gemelas que daban la bienvenida a los viajeros. Los soldados de la guardia de la ciudad apuntaron con las ballestas, hasta que el comandante de la escolta les mostró sus credenciales, explicando los motivos de esa llegada. La mujer que llevaban a la ciudad era Capuana da Panico, noble esposa del conde Ugolino della Gherardesca, jefe de la facción de los güelfos pisanos. Había pedido que le permitieran ir al convento dominico de San Romano para abrazar una vida de fe y oración con las beatas que vivían en comunidad bajo la dirección de los frailes dominicos.

Los hombres de la guardia se miraron fijamente y confabularon entre ellos. Pidieron ver a la condesa. Se les concedió. Cuando Capuana, aun con sus fuerzas agotadas, se mostró orgullosa y altiva, presentaron sus respetos.

Finalmente abrieron y el carro y la escolta pudieron pasar. Traspasando el portón doble, dejando atrás el grande y sólido arco de piedra, el pequeño convoy tomó la calle de San Giusto. Al llegar cerca de la hermosa iglesia de austera fachada bicolor giraron a la izquierda y alcanzaron sin inconveniente alguno el convento de San Romano.

Allí, el fraile guardián, alerta y atento, se apresuró a abrir y dejar entrar el carro y al comandante de la escolta, que, cumplida ya la tarea que se le había asignado, se despidió.

Fue Lancia quien bajó del pescante y tomó entre sus brazos a Capuana, ayudándola a bajar.

Cuando ella lo reconoció se quedó sin habla. Mientras dos de las beatas se aproximaban para darle la bienvenida, Lancia tuvo tiempo de hablar con ella.

—No tengáis miedo —dijo—. Yo velaré por vos y os contaré cómo luchó Ugolino y de cuánto honor se cubrió el día de su derrota.

—Lancia —murmuró Capuana—, sois un ángel.

22

Vieri de Cerchi

Vieri estaba nervioso. Sabía perfectamente bien que lo que pasaba empujaba a Florencia al borde del abismo. A diferencia de Corso, no anhelaba en absoluto la guerra. Él tenía otros intereses, pero los hechos de Pisa no dejaban dudas sobre cuáles serían los pasos que debería dar. Florencia estaba entre dos grilletes: Arezzo por un lado y por el otro Pisa.

Según lo que se decía por ahí, el conde Ugolino della Gherardesca no solo había sido derrotado, sino incluso confinado en la torre de los Gualandi con dos de sus hijos y otros tantos sobrinos. Había sido una terrible afrenta, el arzobispo Ruggieri se había pasado de la raya.

—Amigos míos —dijo, mirando a sus secuaces y a todos los que pertenecían a su círculo—, monseñor Ubaldini no únicamente derrotó al bando de los güelfos con engaños, sino que también demostró tal desprecio por el honor y la decencia que, lejos de expulsarlos de Pisa, los mató en sus propias casas y arrojó a nuestro buen aliado, el conde Ugolino, a la torre de los Gualandi. ¿Entendéis la enormidad de su afrenta?

Dante también estaba entre los presentes. Lapo Gianni le había hecho un resumen de lo que sucedido y juntos se habían acercado al palacio de Vieri. Consciente del aviso de unos días antes, había considerado necesaria esa visita para no incurrir en la ira del líder de su facción.

—Entonces, después de todo, Corso Donati tenía razón —espetó Carbone de Cerchi, que hincaba el diente a un muslo de pollo, fingiéndose distraído, pero en realidad escuchando sin perder detalle lo que decía su primo.

—¿Qué queréis decir? —preguntó, molesto, Vieri, que no se esperaba tal reacción.

—Que tendremos que hacer pagar a estos gibelinos por sus infames acciones de los últimos tiempos. O como que hay Dios que terminarán haciéndonos pedazos también a nosotros.

—Sabéis muy bien que nada me haría más feliz que enfrentarnos a nuestros enemigos, pero hasta que los priores no lo hayan deliberado nos tocará esperar.

—¡Al diablo con los priores! —exclamó Carbone—. ¿Tenemos que esperar a vernos todos muertos? —Y, sin más preámbulos, se fue.

Vieri no dijo palabra. Conocía bien el temperamento de su primo y sabía que cuando perdía los estribos nada ni nadie podía convencerlo de que depusiera su actitud. Se encogió de hombros.

—Veremos qué debemos hacer —declaró finalmente, dando a entender que se estaba despidiendo de ellos.

Aprovechando tal eventualidad, Dante se dispuso a marcharse, pero Vieri, haciéndole una seña con la cabeza, le advirtió que necesitaba hablar con él. El poeta se le aproximó.

—Señor Alighieri —dijo el rico comerciante—, ¿qué pensáis de lo que ocurrió?

—¿De verdad os hace falta mi opinión? —preguntó Dante bastante sorprendido.

—Amigo mío —respondió Vieri con cierto paternalismo—, estoy buscando la voz de un poeta en la locura de estos días.

—¿Conocéis mis escritos?

—Bueno, confieso que algo he oído decir. El mérito es de ese pendenciero de Cavalcanti, a decir verdad.

—¿En serio? —preguntó Dante, cada vez más asombrado.

—Sí. Sé que sois buenos amigos.

—Así es.

—Pero vos, a diferencia de él, sabéis cuándo hablar y cómo hacerlo.

—Si vos lo decís... — Dante no estaba seguro de saber dónde quería Vieri ir a parar.

—Es exactamente así. Veréis, señor Alighieri, lo que he escuchado acerca de vuestros versos me gustó. Por no añadir que os he estado observando en los últimos tiempos.

—¿Observando?

—Sí —dijo Vieri con una sonrisa—. Nada especial, que quede muy claro, exceptuando vuestro último encuentro con Carbone, del que lo sé todo. Bien podéis entender que un hombre como yo no llega a ser quien es sin saber todo lo que se cuece en cualquier parte.

Dante asintió. De modo que Vieri de Cerchi se estaba manifestando como un cuidadoso estratega. Su apariencia de banquero arrogante y tonto era solo una fachada, un rostro público ofrecido a la descarada fanfarronería de Corso Donati.

—De todos modos —continuó Vieri—, tengo la sensación de que deberíais pensar en usar vuestra elocuencia en un arte más rentable y provechoso que la poesía.

—Sed más explícito.

—Lo seré, pues. Estoy cansado de vivir rodeado de hombres que no ven el momento de lanzarse a la pelea. Como si fuera la única solución posible. Llegará el día en que la razón prevalezca y vos, señor Alighieri, podríais ser uno de mis hombres. —Dante iba a contestar, pero Vieri prosiguió—: No tenéis que responderme ahora, solo prometedme que lo vais a pensar. Es evidente que en este momento la guerra es inevitable. Y, por eso mismo, para mostraros mi buena fe, tengo la intención de nombraros uno de mis *feditori.*

Esas palabras desconcertaron a Dante aún más. Y lo llenaron de un orgullo que jamás habría esperado. Él, que tanto se oponía a la guerra, se daba cuenta de que ese ofrecimiento lo halagaba. Por primera vez experimentaba una sensación que no lograba definir. Por un lado, estaba la coherencia y la conciencia de que el conflicto no podía ser la forma de buscar una verdadera solución; por el otro, sorprendente y casi incontenible, el placer dictado por el halago de ser nombrado *feditore*. No le era fácil pensar en participar en una batalla con cierto protagonismo. No anhelaba la pelea. En absoluto. Y, sin embargo, ¿estaba en condiciones de negarse? No quería ser acusado de cobardía. Sin mencionar que lo que Vieri le estaba ofreciendo, es decir, su apoyo y un lugar entre los caballeros, suponía un gran honor y la mejor propuesta que le habían hecho en toda su vida. Significaba formar en la primera línea del orden de batalla y cabalgar codo con codo con los grandes de Florencia.

Por sí mismo nunca podría haber aspirado a ese papel, pero si Vieri mencionaba su nombre, entonces no habría obstáculo alguno.

Y, sin embargo, el dilema seguía estando ahí. Él, que siempre se había opuesto a la guerra, ahora deseaba aceptar la propuesta de Vieri. Quizá podía creer en el amor y en la escritura y, al mismo tiempo, luchar por su ciudad si fuera estrictamente necesario. Y hacerlo en primera línea. Con valentía y honor.

«El poeta guerrero», había dicho Homero en su sueño. Y ahora las palabras del príncipe de los bardos se estaban convirtiendo en realidad.

SEGUNDA PARTE

El miedo

(Invierno de 1288-1289)

23

Montefeltro

Buonconte se había enterado. Pisa había caído en manos del arzobispo Ruggieri degli Ubaldini. En una lucha a muerte la facción gibelina había aniquilado a los hombres del conde Ugolino. Este último había sido arrojado a la torre de los Gualandi juntos a hijos y sobrinos.

En cualquier caso, a medida que pasaban los meses, el arzobispo no había sido capaz de gobernar la ciudad y Buonconte estaba lo suficientemente convencido de que su padre, Guido da Montefeltro, sería la panacea para cualquier mal, ya que tenía una experiencia militar de primer nivel y sabía cómo actuar con puño de hierro. Y ciertamente de ello había buena necesidad en Pisa, a juzgar por cómo iban evolucionando las cosas.

Sin mencionar que tenerlo en esa ciudad habría fortalecido cada vez más la facción gibelina, que, en ese punto, hubiera podido asediar Florencia. También el obispo de Arezzo, monseñor Guglielmino degli Ubertini, estaba convencido de ello.

Según se decía, desde que fue derrotado, el conde Ugolino languidecía en prisión en una agonía sin fin. En un primer momento, sus palacios y sus feudos y castillos habían sido saqueados por el arzobispo, que solo por esa razón lo había mantenido con vida. Pero nadie sabía por cuánto tiempo.

Sin embargo, los gibelinos no habían logrado sacar provecho de tal ocasión: dispuestos a repartirse, como perros, los huesos de su presa, habían perdido la visión de conjunto. Y ahí entraba en escena su padre, para concebir y garantizar un plan más amplio.

Por eso, mientras la aguanieve caía sobre las torres oscuras de Arezzo y el viento silbaba contra los bastidores, se alegraba de verlo subir las escaleras del palacio del Capitán del Pueblo. A pesar de estar bordeando los setenta, todavía era un hombretón, alto y fuerte y de frente ancha, pelo corto y dos ojos de águila a los que no escapaba nada. El gran manto de piel de lobo, que debía resguardarlo del frío durante el viaje a caballo, hacía que su figura fuera aún más formidable. Lo seguían sus lugartenientes.

Buonconte lo acogió en un espacioso salón, amueblado espartanamente: solo una mesa, ocho sillas de paja, un gran candelabro de hierro forjado, coronado de velas, y una gran chimenea en la que crepitaba un fuego intenso. El espacio era el único lujo que podía ofrecer, junto con una jarra de vino especiado.

Fue al encuentro de su padre, el conde de Ghiaggiolo, quien, tan pronto como lo vio, lo abrazó.

—Ah, hijo mío, qué alegría verte —le dijo—. Pero no me abraces demasiado, este maldito frío me ha calado hasta el tuétano, a tal punto que no me gustaría verme hecho pedazos por el suelo —agregó.

—Padre, por fin habéis llegado —respondió Buonconte—. Para el frío, sentaos aquí, junto al fuego, y quitaos esa capa chorreante.

—Así se habla —rugió el viejo león, liberándose de la gran capa, que colocó sobre el respaldo de una de las sillas, y tomando asiento cerca de la chimenea, sin prestar atención a alguna que otra chispa rojiza que iba depositándose en su chaqueta de terciopelo azul claro con bandas de oro puro, para visibilizar los colores de su linaje. Su hijo, sin dudarlo, le ofreció una taza de un fuerte vino hirviendo. Guido la sostuvo en sus manos.

—Ah —dijo—. Me mimas, muchacho. —La vació de dos largos tragos, y se la alargó de nuevo pidiendo beber más.

—Es lo menos que puedo hacer por un héroe —respondió Buonconte volviendo a llenar la taza y sirviéndose una para él.

Dos de los lugartenientes se sentaron a la mesa.

—Servíos vosotros mismos —dijo el joven Montefeltro.

—¿Héroe? ¡Quizá estés hablando de ti mismo! Los rumores acerca del Giostre del Toppo siguen aún vivos, por no mencionar que tengo frente a mí ¡al capitán del pueblo de Arezzo!

—Sois demasiado amable. Pero soy yo quien habla con el vencedor de Bolonia y la batalla de San Procolo...

Guido estalló en una risa entrecortada.

—Bueno, bueno —lo interrumpió, mientras sus mejillas pálidas se volvían moradas por el calor del hogar y el vino hirviendo—. Dejémoslo aquí, porque parecemos dos pobres tontos, dos soldados de desfile que se pierden en zalamerías inútiles. Cambiemos de tercio y vayamos a la razón por la que me pediste que me reuniera contigo en Arezzo, aunque creo haberla intuido.

—Está bien, iré al grano, entonces. Sabréis perfectamente cuál es la situación en Pisa en este momento.

—¿Te refieres a que está en manos de los gibelinos, quienes, pese a todo, no han sabido sacar partido de su posición favorable?

—Así es —confirmó Buonconte—. Añado, sin embargo, que lo están haciendo aún peor de lo que parece, porque no entienden un aspecto fundamental.

—Que si Pisa y Arezzo son gibelinas, entonces...

—La güelfa Florencia podría convertirse en gibelina muy pronto.

—Por supuesto —dijo su padre, dejando la copa de vino caliente en la repisa de la chimenea y golpeándose con el puño la palma de la mano.

—El problema es que el arzobispo Ruggieri actuó bien al deshacerse del conde Ugolino, pero ha sido incapaz, incluso al cabo de varios meses, de someter a un liderazgo seguro la ciudad, que está en manos de distintas bandas de su propia facción. Hace semanas que esos dementes sedientos de sangre están más entregados a exterminar a los adversarios políticos y saquear sus posesiones que a consolidar un gobierno y una estrategia. Y ya ni hablemos del hecho de que las fuerzas güelfas están ahí, reorganizadas y empujando bajo las murallas de la ciudad.

—Entonces sugieres que sorprenda a estas últimas con mis hombres, las venza aprovechando el efecto sorpresa y entre en la ciudad.

—Y, de este modo —continuó Buonconte—, consigáis ser nombrado alcalde y capitán del pueblo. Vos sois el jefe natural de los gibelinos, y Ruggieri degli Ubaldini no ve la hora de encomendar la gestión de la ciudad a un hombre de armas capaz y carismático.

—¡Ahora entiendo cómo te las arreglaste para hacer carrera! Desde luego, no se puede decir que no eres lo bastante inescrupuloso, ¿no lo veis así, amigos míos? —dijo Guido a sus dos pretorianos, que no habían pronunciado una palabra durante todo ese tiempo. También en esa ocasión solo asintieron, gruñendo como señal de aprobación—. Me gusta —concluyó el conde de Ghiaggiolo.

—Y os gustará aún más saber que puedo proporcionaros un centenar de escuderos de apoyo —continuó Buonconte.

—¡Ah, sí, muchacho! ¡Eso estará muy bien! Después de todo, no podemos permitirnos fallar, recuerda que he violado el confinamiento para llegar aquí.

—Por supuesto, lo sé, y por eso nuestra maniobra debe triunfar a cualquier precio.

—Exactamente.

—¿De cuántos hombres disponéis?

—Tengo al menos doscientos caballeros y trescientos soldados de infantería, acampados fuera de las murallas de Arezzo.

—Si aumentáis en cincuenta los primeros y en cien los segundos, las cuentas salen claramente a vuestro favor. Como capitán del pueblo es todo lo que puedo daros. Sin contar con que nadie, excepto los dos arzobispos, espera vuestra intervención.

—Entonces ¿Guglielmo degli Ubertini también está con nosotros?

—Es él quien me autorizó.

—Y lo hizo porque tú sugeriste el plan.

—Por supuesto. De hecho, se disculpa por no estar presente hoy, pero como os hemos obligado a violar el confinamiento que el papa os impuso, ha preferido guardar las apariencias.

—No puedo culparlo. Como siempre, son los soldados quienes hacen el trabajo sucio —admitió Guido con cierta fatalidad—. ¿Y Arezzo? Quiero decir... ¿sus habitantes aceptan que apoyes mi entrada en Pisa con su ayuda?

—Como os dije, todo estaba preparado antes de que llegarais. Monseñor Ubertini consigue cualquier cosa en esta ciudad, pero confieso que incluso las familias más nobles han apoyado la iniciativa. Y no me detengo en detalles como que, conociendo bien a nuestros adversarios güelfos, puede que incluso podáis entrar sin ni siquiera tener que dar un golpe de espada. Bastará que os vean para que se derritan como nieve al sol.

—Así se habla —dijo Guido da Montefeltro. Y, sin agregar nada más, volvió a agarrar la copa de vino caliente y brindó con su hijo por el éxito de ese plan tan bien concebido.

24

Soledad

Capuana entró en el claustro. Había salido de la iglesia, donde acababa de celebrarse la santa misa de laudes. El aire frío le cortaba el rostro. Sin embargo, daba gracias al cielo por esa vida dura, pero que le permitía expiar sus pecados. No resultaba nada cómoda, si bien no era en la comodidad donde ella buscaba la redención. Durante el acto, Piera, que estaba a cargo de las beatas del monasterio, le había dicho que tenía una cosa para ella y ahora Capuana se dirigía hacia el cuartito que los monjes habían concedido como oficina a su superiora.

Una vez dentro, la vio detrás de un escritorio diminuto y atestado de papeles y códices. También había una pluma y tinta negra. Piera era una mujer de gran cultura y cuando no estaba de oración pasaba buena parte de su tiempo leyendo. Su saber era infinito. Hablaba no menos de cinco idiomas y tenía un conocimiento profundo de la retórica y la poesía, así como de teología, filosofía, geografía, historia y botánica. Era una mujer de carácter fuerte y autoritario. Esa era la única forma de garantizar el respeto por las reglas y una vida de devoción y misericordia. Las beatas no pertenecían a una orden religiosa y, como tales, no disfrutaban de protección alguna. Por esta razón resultaba mucho más extraordinario que los dominicos del monasterio las hubieran acogido bajo su ala. No obstante, tal confianza tenía que ser recompensada con una disciplina estricta y una observancia absoluta de la vida comunitaria.

—Tengo una carta para vos, hermana —dijo Piera, y le entregó un sobre a Capuana. Era de papel color marfil, sellado con un lacre oscuro que parecía sangre.

Capuana lo tomó en sus manos como si fuera una reliquia. Hasta una simple carta era un lujo para ella. Piera vigilaba su vanidad y la de las otras hermanas para que no cedieran ni un segundo a los agasajos de su vida anterior. Capuana inclinó la cabeza y lo agradeció. Esperó a que Piera la despidiera y salió. Al llegar al claustro no le apeteció leer, por el riesgo de encontrarse a alguna de las otras mujeres. O, peor aún, a alguno de los monjes. Resolvió caminar por todo el lado de la columnata. Luego abrió una puerta de madera. Subió una escalera y llegó a un rellano. Desde allí continuó hasta su celda. Se quitó la llave del cuello, la puso en la cerradura y abrió.

Se sentó en la cama y, con manos febriles, abrió el lacre y desdobló la hoja.

Leyó.

A la excelentísima condesa Capuana da Panico:

Mi señora, como prometí, os escribo para informaros de todo lo sucedido a su esposo en los últimos meses. Pido disculpas por este reprobable retraso, pero no pude hacerlo antes. Comprenderéis que, como leal que soy de vuestro esposo, mi posición no era la más fácil en los últimos tiempos.

Sin embargo, dicho todo esto, aquí están los hechos tal como los conozco.

Tras ser encarcelado en la torre de los Gualandi, el conde de Donoratico al principio logró superar la opresión y el abuso de poder a que el arzobispo Ruggieri lo sometió. Siempre ha mostrado dignidad y orgullo, y junto a él también sus hijos y sobrinos. No voy a mentir sobre el hecho de que los guardias no le ahorraron castigos y dolores, pero nunca se rindió ni pidió favores.

El arzobispo no solo ha saqueado el patrimonio de su esposo, sino que lo ha hecho de la manera más vil y mezquina.

De hecho, hay una costumbre bárbara en Pisa por la que la parte ganadora solicita al rebelde derrotado el pago de una recompensa que se coloca sobre su cabeza. Si no lo hacen, los carceleros se niegan a administrar agua y comida a los condenados. Como dije, el conde no se rindió, al principio, pero luego, cuando vio a sus hijos y sobrinos dando vueltas en la celda por el dolor dictado por el hambre, se rindió. Lo hizo solo por ellos.

La primera vez, por lo tanto, acordó pagar una recompensa por valor de tres mil liras. Con ello ganó tiempo, les permitió a Gaddo, Uguccione, Nino y Anselmuccio alimentarse y no morir de hambre. Que quede claro que, mientras todo esto sucedía, Florencia se cuidó mucho de intervenir. Corso Donati, a quien vuestro marido pagó profusamente, y que había entrado en alianza con él para garantizar su apoyo en caso de necesidad, ni siquiera se dignó a escribir a Ruggieri degli Ubaldini.

En ese momento, Capuana se vio obligada a dejar de leer. Unas lágrimas amargas surcaban sus mejillas y caían sobre el papel que sostenía en la mano. El relato, por doloroso que fuera, le hacía bien, y aunque los sollozos le quebraran el aliento, gracias a esas palabras al menos pudo seguir el martirio de su marido. Se llevó la carta al pecho, como si fuera un pequeño y frágil tesoro. Luego sacó un fino pañuelo de batista del bolsillo de su túnica, el único capricho que se había permitido llevar consigo, el único objeto que le recordaba su noble nacimiento. Se secó las lágrimas.

Suspiró y continuó la lectura.

> Después de aproximadamente un mes, los guardias dejaron de llevar comida y agua a los prisioneros. El arzobispo, por su parte, informó al conde de que el dinero se había terminado y por eso puso precio a la cabeza de Ugolino por segunda vez. De nuevo, en un primer momento, el conde se resistió. No se rindió hasta que, exhausto por el hambre y la agonía, cedió. Por lo tanto, ordenó que se le pagara al arzobispo Ruggieri una segunda y desproporcionada suma de cuatro mil liras.
>
> Han pasado otros dos meses. Mientras tanto, he intentado por todos los medios reunir un puñado de soldados, dignos de tal nombre, que, a mi lado, se decidieran a entrar en Pisa y liberar al conde, pero me he dado cuenta a mi pesar de que hoy, con solo escuchar su nombre, todos reaccionan con miedo y terror.
>
> No os imagináis lo doloroso que me resulta escribir estas palabras ya que hoy, sin mi señor, me siento huérfano e inútil y el simple pensamiento de no poderlo ayudar a escapar me hace querer quitarme la vida.

Por eso os pido perdón por mi ineptitud y cobardía; con este escrito mío confío al menos en haber hecho por vos algo grato, comunicándoos lo que sé yo de vuestro marido, que con su valentía ennoblece el papel de los güelfos y representa un ejemplo de audacia irreductible.

Con la esperanza de encontrarme con vos algún día, aunque sea con el único propósito de compartir nuestros pensamientos acerca de un hombre tan noble y orgulloso, me declaro a partir de ahora vuestro servidor y me permito rendiros homenaje con el humilde fruto de la fidelidad.

Vuestro,

GHERARDO UPEZZINGHI

Terminada la lectura, Capuana se sintió conmovida como nunca. Lo que había sabido no le dejaba muchas esperanzas, pero ya las había perdido cuando la alejaron de Pisa. Por eso había decidido encerrarse en un convento. No quería cultivar ningún tipo de expectativa o ilusión. Rezaba a Dios y llevaba una vida casi de reclusa, y guardaba el recuerdo de su amor en lo más profundo de su corazón. Las palabras de ese hombre, su dedicación, su lealtad, le hacían bien, a pesar del dolor que las acompañaba.

Dobló el papel y lo escondió en una pequeña caja de madera en la que conservaba lo más preciado.

Luego pensó que le respondería a Lancia. Y que le pediría que fuera a visitarla.

25

Preparativos

Ya era el momento. El invierno había empezado y había traído consigo las primeras nieves. Corso había optado por no esperar la mejor estación. No podía permitírselo. Había esperado incluso demasiado. Había llegado al límite. Pisa había encontrado un liderazgo firme en la figura del conde de Ghiaggiolo, por lo que los Montefeltro y la facción gibelina consiguieron asediar Florencia. Con el fin de demostrar que por su parte no había miedo, el líder de los Donati primero había azuzado a sus comerciantes para que animaran a los buenos ciudadanos con propósitos belicosos, y luego, por medio de su propia influencia y la de Vieri, había logrado que los priores se manifestasen a favor de un enfrentamiento armado con Arezzo.

Los gibelinos no se habían echado atrás. Y así se había decidido: al día siguiente los hombres se desplazarían hacia Laterina con el objetivo de desatar una batalla.

En las agitadas horas que siguieron, Dante preparó el equipo de *feditori* que había logrado comprar, en el último momento, gracias al apoyo de Vieri de Cerchi y la familia de su hermana Tana.

Sabía que tenía que ir con cuidado, y se sentía orgulloso y asustado al mismo tiempo al ver brillar en la mesa de la cocina la cota de malla, las manoplas y los escarpes, el almófar y el yelmo. Las llamas de la chimenea se reflejaban en el hierro reluciente de la armadura ligera, dibujando arabescos rojos.

Sabedor de que unirse a las filas de los *feditori* representaba un gran honor, era igualmente consciente de que sus habilidades guerreras resultaban, en el mejor de los casos, normales si no modestas. Sabía empuñar una espada y apuntar con una lanza. Se apañaba bien con el escudo, pero, además del orgullo que en esos momentos le henchía el pecho, también sentía miedo.

¿Seguiría vivo dos días más tarde? Con las primeras luces del alba saldría para Laterina y una vez allí, después de una noche en una tienda de campaña, se enfrentaría a los gibelinos de Arezzo junto con sus hermanos güelfos. Y entonces ya no podría refugiarse en las palabras y la tinta. Tendría que luchar para vivir o morir.

Como mínimo de algo le sirvieron los ejercicios con Carbone de Cerchi. Si lo que había aprendido le permitía salvar la vida, le estaría agradecido a ese sinvergüenza para siempre. Sin duda había mejorado en los movimientos básicos: ahora sabía cómo lanzar un golpe efectivo, detener una estocada de manera impecable y, con un poco de suerte, incluso usar el escudo para desequilibrar al oponente.

Se percataba de lo aterrorizada que estaba Gemma. Su nombramiento como *feditore,* tras la intervención de Vieri, la había dejado sin palabras. También porque él se lo había comunicado en el último momento.

Y ahora ella no le hablaba, rehuía su mirada, como si estuviera asumiendo la idea de perderlo.

Dante miró una vez más el hierro de la cota de malla, el reflejo brillante de las llamas del hogar. Suspiró. Gemma estaba en un rincón, con el rostro sombrío, con los ojos reducidos a rendijas. Comprendió que no podía marcharse sin hacer las paces con ella. Necesitaba saber que estaba de su parte, al menos en una situación como esa.

—Gemma —comenzó—, ya no soporto veros así. Dentro de dos días podría morir y debo estar seguro de que estáis conmigo. Sé que os hago daño, una vez más, pero tratad de entenderme: si os hubiera confesado enseguida que estaba nominado entre los *feditori*, habríamos tenido que convivir conscientes de ello durante un tiempo demasiado largo. He callado solo para protegeros.

Esperaba que Gemma le respondiera, pero ella parecía encerrada en un silencio impenetrable. Sin embargo, Dante no se rindió. Al margen de las riñas, incluso duras, relacionadas con su vocación literaria, sabía que la quería de su parte. Bien podría no regresar. Valía la pena luchar por su perdón. Si no conseguía ganar un desafío como ese, ¿cómo podía esperar sobrevivir en los días subsiguientes?

—Sé que merezco que me culpéis —continuó—, pero si actué de esta manera fue solo porque no soportaba la idea de alargar vuestro sufrimiento más de lo necesario. Y tampoco puedo aceptar la idea de irme sin escuchar vuestra voz. Por favor, habladme —insistió, apretando los puños.

—Pero yo no os culpo, Dante —dijo ella finalmente—. Estoy asustada, simplemente. Y no es culpa vuestra. ¿Cómo habríais podido sustraeros a la obligación de participar en la batalla? Sois joven y fuerte, y es vuestro deber cabalgar hacia Laterina. Y, sin embargo, no soy capaz de aceptarlo, ¿lo entendéis? Tengo miedo de que os pase algo... La mera posibilidad de que no regreséis me aterroriza. Porque, aunque sé que no me creéis, os amo. Durante mucho mucho tiempo he tratado de decíroslo, pero ni siquiera parecéis verme —murmuró con melancolía.

—Gemma... —dijo, pero ella lo interrumpió.

—No he terminado todavía —replicó su esposa—. ¿Cómo podéis pensar que no estoy con vos, si lo que pido no es más que ser acogida en vuestro corazón? Pero, por más que yo haga, vos me excluís. Sé perfectamente bien que no me elegisteis vos, pero fue igual en mi caso. Y si de verdad queremos intentar vivir juntos, al menos tendremos que dar con el modo de entendernos. No ignoro que os refugiáis en la lectura y en vuestros escritos porque odiáis esta vida que consideráis mediocre. No sé leer, si bien esto no me convierte en una estúpida. Y entiendo sin problemas que esas letras vuestras y vuestra lírica están dedicadas a otras mujeres.

Una vez más, Dante intentó hablar, pero Gemma no había terminado. Era como si en ese momento estuviera confesando un profundo dolor que hubiera mantenido oculto durante demasiado tiempo.

—No digáis nada. No os hago culpable. Ya os lo dije, no os lo reprocho. Trato todos los días de complaceros o al menos de comprenderos. Y espero que poco a poco podáis hacer lo mismo conmigo. Por eso estas palabras vuestras son las más hermosas que podría escuchar. Os lo ruego, volved con vida, Dante. Sin vos me sentiría perdida.

No esperaba oír tal declaración. Comprendió que había sido injusto y que si Beatriz seguía siendo su fuente de inspiración, el ángel, la mujer a quien consagrar sus promesas de amor, Gemma merecía al menos una oportunidad. Por primera vez deseó abrazar a su esposa.

Así que se acercó a ella y la estrechó.

—Volved a mí, Dante —dijo Gemma.

—Haré todo lo posible —respondió él.

26

Antes de la batalla

Ahora ya divisaban Laterina. Los campos salpicados de nieve y los árboles negros, desnudos y cubiertos de escarcha daban una sensación de angustia. Estaba cansado. Después de casi dos días a caballo, armado hasta los dientes, a Dante le dolían tantas partes del cuerpo que ni siquiera habría podido enumerarlas.

A medida que la meta se acercaba, el miedo le acaparaba la mente y le arrebataba cualquier otro pensamiento. Némesis lo conducía hacia el Arno, que dividía en dos la llanura frente a él. El río era una cinta oscura en medio de una extensión blanca. Dejaron el poblado —nada más que un puñado de casas rodeadas de un cinturón de sólidos muros— en el lado izquierdo.

Fue en aquel llano donde se dio la orden de acampar.

Dante estaba junto al fuego, con la mente confusa. No tenía muchas ganas de hablar. Por supuesto, hubo quienes intentaban sofocar el miedo contando historias y alzando la voz, pero no estaba con el mejor ánimo para ello. Nunca se había enfrentado a una pelea y no sabía qué podía encontrarse. Sus compañeros no le habían ahorrado relatos horripilantes.

Trató de no pensar en ello, pero, por una razón u otra, las imágenes espantosas que habían evocado no lo abandonaron. Se parecían a las de las pesadillas que solía tener. No sabía qué provocaba aquellos sueños suyos tan terribles como frecuentes, pero durante algún tiempo los había interpretado como una exigencia inconsciente de justicia, la siniestra retribución de un mal infligido. Y sabía perfectamente que le aguardaba aquella recompensa tremebunda a él también, ya que, por supuesto, no estaba libre de culpa.

Y luego, se dijo a sí mismo, ese tormento interior suyo, esa fuerza desconocida que lo llevaba a ver una y otra vez en su mente un mundo monstruoso y escalofriante —como cuando había soñado con las Furias— sugería la necesidad de sentir saldado el daño con más daño.

En eso pensaba Dante mientras las llamas de la hoguera se elevaban altas hacia el cielo nocturno.

Movió la cabeza. No tenía sueño, pero sabía que debía descansar. Por otro lado, el corazón agitado lo retenía en su desvelo. Había guardado su casco, manoplas y escarpes en la tienda. Sobre la túnica de lana solo llevaba la sobrepelliz y el almófar.

Mientras sus compañeros entonaban una cancioncilla, con la desesperada intención de liberarse de la angustia, alguien se sentó a su lado.

—Os diré algo, amigo mío. Tengo al menos tanto miedo como vos.

Dante volvió la mirada y vio a Giotto. Sonrió porque, a

pesar de la tensión, aquella inesperada presencia amiga le agradaba más que cualquiera otra cosa.

—Oh, sí —prosiguió el pintor—. Nadie, y yo tampoco, puede escapar a determinadas obligaciones. Pero esto es lo que pienso: aunque tenga miedo, no me comportaré como un cobarde, podéis estar seguro.

—No lo dudo —respondió Dante—. Espero poder hacer lo mismo.

—Oh, bueno, os convendrá —respondió Giotto—. Estáis entre los *feditori*, los primeros en atacar.

—Ya. ¿Y vos?

—Tuve mejor suerte. No soy más que un pobre soldado de infantería. Ni siquiera tengo espada. Usaré un hacha. —Luego sonrió—. Es tan grande que me romperé el brazo con solo levantarla.

Dante lo miró con incredulidad.

—No lo creo en absoluto. Sois enorme, como una montaña. Eso lo sabéis, ¿verdad?

Giotto asintió.

—Es bueno ver que el miedo no os ha quitado el buen humor.

—Al contrario, sois vos quien me lo devuelve.

—Ah —respondió el pintor—, no pensé que pudiera lograrlo.

—¿Entonces? ¿Cómo vamos a pasar esta noche? Estar de buen humor es una cosa y otra muy diferente dormir.

—Bueno —dijo Giotto—, me esperaba una pregunta semejante. Os diré algo: no soy un borracho, pero hay veces en la vida de un hombre en que beber es la única forma de llegar al día siguiente.

Y sacó una botella de vino de quién sabe qué escondite.

—Y... ¿de dónde sale eso? —preguntó Dante.

—Directamente de la intendencia —fue la respuesta.

—Si es así, descorchemos y bebamos hasta que terminemos cayendo exhaustos cerca del fuego.

—Que así sea.

27

La batalla

Los gibelinos los esperaban al otro lado del Arno. Fue Corso Donati quien dio la orden de detenerse. Y cuando lo hicieron, los *feditori* de los güelfos vieron a la formación enemiga frente a ellos.

Dante distinguió los colores de Montefeltro, las banderas a franjas azules y amarillas revoloteando en el gélido viento invernal. Vio a un hombre cabalgando sobre un corcel negro como el carbón. Dividía y organizaba sus filas y causaba una gran impresión.

—Es Buonconte —dijo alguien—. ¡Así que ha venido! No hay esperanza alguna para nosotros.

Esas palabras hicieron palpable el miedo. Si hasta entonces las filas de los güelfos estaban atravesadas por un extraño frenesí, como si los hombres no supieran ya qué hacer, tan pronto como apareció el héroe invencible de las Giostre del Toppo, todos tuvieron claro que ese día no les sonreiría.

—¡Quedaos quietos! —gritó Corso Donati—. Hoy ganaremos. Haremos pedazos a estos malditos de una vez por todas. ¿Recordáis que hace tan solo unos meses le arrebatamos el pueblo de Laterina al señor Lupo degli Uberti? Además, si nuestros oponentes son tan valientes e invencibles, ¿cómo es que ponen tanto cuidado en no atacar?

Eso era cierto. A pesar de lucir novísimas cotas de malla y una impresionante determinación, los gibelinos no parecían dispuestos a vadear el río. El Arno dividía la llanura y los dos ejércitos estaban frente a frente. Por supuesto, Buonconte y su familia podían confiarse por haber ganado ya una vez ese año, en las Giostre del Toppo, y lo habían hecho de forma incuestionable. Sin embargo, era evidente que en aquella coyuntura no anhelaban el ataque.

Los soldados de infantería golpeaban con sus espadas los escudos. Los *feditori* ponían a patear a sus caballos de guerra, aparentemente dispuestos a lanzarse sobre el enemigo para cargar contra él, y había movimiento en las filas de ballesteros. Pero, a pesar de esa obvia impaciencia, nada hacía presagiar que los gibelinos atravesarían la corriente del río.

La inquietud crecía. Poco a poco habían ido llegando todos. Los estandartes que Carlos de Anjou había concedido a los florentinos, a la mitad de sus propios embajadores, ondeaban azules con lirios dorados. Legitimados por el rey de Francia a mostrarlos, los güelfos se jactaban de ello, y a Corso Donati, junto a Vieri y Carbone de Cerchi, el orgullo no le cabía en el pecho. Pero no era con banderas con lo que ganarían en esa jornada, pensaba Dante. Y los que estaban en primera línea con él debían de ser de la misma opinión, ya que, mirándolos a los ojos, no veía la resolución necesaria para ir hacia la otra orilla.

Era una guerra de miradas, una larga espera destinada a determinar quién cedería primero. Después de un tiempo,

Corso Donati, que estaba cansado de aguardar y era un luchador famoso, elevó su voz al cielo.

—¡Vosotros! —gritó—, que estáis al otro lado del río, se puede ver claramente que la corriente es pobre en agua y es fácil de cruzar. Entonces, o venís a esta orilla y os haremos espacio en la llanura o seremos nosotros los que vayamos al otro lado y vosotros retrocederéis para permitirnos tomar terreno.

Y, diciendo esto, clavó las espuelas en los flancos de su caballo blanco hasta hacerlo enloquecer. Después, no conforme con ello, blandió su espada en el aire. Cuando su palafrén plantó las cuatro patas en el suelo estalló un grito atronador, y los soldados güelfos empezaron a golpearse con los puños de hierro sus pechos acorazados. La admiración que sentía Dante por el desprecio con que Corso Donati había hecho su propuesta era sincera.

Les tocaba a los gibelinos responder. Y a pesar de que la perspectiva no era la mejor, cualquiera que hubiera sido la respuesta, el entusiasmo desatado por Corso fue tan abrumador que el miedo parecía derretirse y la energía arder en las venas.

Para intimidar aún más, los güelfos levantaron los brazos armados hacia el cielo y gritaron con todo el aliento que tenían en los pulmones.

Ahora eran ellos los que asustaban. Y, a juzgar por la reacción gibelina, realmente podía decirse que la demostración de coraje de Corso había dado en el blanco.

Porque no solo Buonconte no respondió, sino que tampoco lo hicieron los que estaban con él. Los gibelinos guardaban silencio como una manada de fantasmas a la orilla del río.

—¡Responded! —los instó Corso—. ¿Qué vais a hacer? —Luego, por si acaso, se levantó sobre los estribos—. ¿Qué tengo que pensar? ¿Que nos tenéis miedo?

Algunos de los güelfos sonrieron burlonamente. Si era por miedo a que los gibelinos reconsideraran la situación y cruzaran el río o solo se trataba de una forma de mofarse de ellos, nadie lo sabía. Con todo, antes de una batalla cualquier demostración de coraje tenía el efecto de multiplicar por diez el habitual y pronto surgieron insultos y ofensas desde el lado güelfo en dirección a sus enemigos.

Y, no obstante, estos últimos no se inmutaron.

Los miraron durante un rato hasta que los caballeros de la primera línea se dieron la vuelta sobre sus corceles tomando el camino de Arezzo, con la intención de regresar de donde habían venido.

Dante no creía lo que veían sus ojos. O sea... ¿no iba a haber ninguna batalla? ¿Habían ido hasta Laterina para quedarse mano sobre mano? Casi lo lamentaba, después de que la tensión lo hubiera dejado en un estado lamentable: empapado en sudor, tenso como una cuerda de arco, dolorido por la malla y otras partes de la armadura, con las piernas destrozadas tras dos días cabalgando. Y, sin embargo, era así: los caballeros se marcharon desfilando y cuando desaparecieron de la primera línea, los ballesteros hicieron lo mismo y luego también la infantería.

Y a esa vergonzosa retirada la acompañó, desde el otro lado del río, un rugido de orgullo, ya que los gibelinos, que tantos temores habían infundido, se estaban mostrando como un puñado de cobardes. Ya había quien quería cruzar el Arno para perseguirlos.

—¡Alto! —ordenó Corso, mientras del otro lado continuaba la retirada en absoluto silencio—. ¡Nos quedaremos aquí en la orilla del Arno hasta las vísperas! Si nuestros enemigos no regresan, entonces romperemos filas. Hasta ese momento permaneceremos en formación.

Esa orden dejó a las filas heladas. Dante entendió su significado: quedarse para defender la orilla era una forma de remarcar la victoria que se estaba vislumbrando. Los demás lo entendieron como él. Aunque, para ser del todo honestos, no tenía claro por qué Buonconte había decidido retirarse.

Quizá, pensaba, el capitán enemigo no se había fiado de las palabras de Corso, temiendo que este último quisiera engañarlo para luego traicionarlo, guardándose en la manga algunas artimañas. Por lo demás, no cabía descartarlo en absoluto.

Cualquiera que fuera la razón, sin embargo, era un hecho que los gibelinos continuaron retirándose ordenadamente mientras, frente a ellos, los güelfos se mantenían fuertes y unidos, conscientes de que ese día se habían mostrado intrépidos y que con ello habían enviado un mensaje claro a sus enemigos de siempre: aunque Pisa y Arezzo la amenazaran, Florencia no tenía miedo y, si era necesario, se enfrentaría a ambas.

28

La Muda (torre de los Gualandi)

La celda estaba helada. La piedra, fría como la muerte. Ugolino miraba los rostros lívidos de Gaddo y Uguccione. Anselmuccio permanecía acurrucado en el suelo, envuelto en una manta. A Nino le castañeteaban los dientes. Nadie sabía si era por hambre o por frío.

El invierno estaba pudiendo con ellos. Y si hasta unos pocos días antes Ugolino había logrado levantarse y asistirlos, ahora ni siquiera podía moverse. Los labios azulados, el rostro ahuecado por el hambre, los ojos brillantes de alguien al borde de la desesperación, el conde tenía la espalda apoyada contra la pared gélida.

Mirando a los hijos y a los sobrinos, víctimas inocentes de aquella disputa entre él y Ruggieri degli Ubaldini, se avergonzó de sí mismo, pero no pudo encontrar ni siquiera la fuerza necesaria para pedir ese perdón que afloraba de sus labios.

Inmóvil, devastado, trataba de recordar los días pasados, la gloria de cuando fue alcalde y capitán del pueblo de Pisa, la ciudad que lo había traicionado, arrebatándole todo aquello que tenía y que ahora odiaba.

El sol invernal penetraba como plata líquida por las rendijas. Unos rayos delgados y claros finalmente iluminaron la celda de la torre. Entonces el conde vio que los rostros de Gaddo, Uguccione, Anselmuccio y Nino llevaban los signos de la muerte y nada ni nadie podría salvarlos.

Sintió que su propio rostro se convertía en piedra, porque esa visión era la más cruel e injusta de toda su vida. Por fin oyó una llave girar en una cerradura de hierro y aguardó, con la esperanza de que alguien viniera a traerles algo de comer.

Pero no sucedió. Y a medida que pasaba el tiempo, Ugolino comprendió que nunca llegaría nadie y que el arzobispo los dejaría en ese lugar sin comida hasta que estuvieran muertos. Y esa enésima confirmación le dolió tanto que, desesperado, se mordió las manos hasta sangrar. ¿Qué podía hacer? No eran únicamente los calambres en el vientre lo que le causaba dolor, sino la impotencia, la progresiva aniquilación de sí mismo y de sus hijos, reducidos a larvas día tras día.

Un gemido rompió aquel aire frío que se asemejaba a la hoja de un cuchillo. Anselmuccio levantó la cabeza. La cara más parecida a una calavera, el cuerpo consumido por la inanición, los labios agrietados como a punto de quebrarse a pedazos.

—Tío —murmuró finalmente, levantando el torso con un esfuerzo que parecía romperlo—, no tengáis miedo. Vos me vestisteis. Y ahora sois vos quien me desnudaréis. Tomad mi carne. Moriré feliz sabiendo que vos, mi hermano y mis primos os habéis alimentado. —Y al decirlo volvió a desplomarse.

Nino parecía secundarlo con una voz débil y asintiendo con la cabeza al escuchar esas palabras. Y lo mismo hizo Uguccione. Sin embargo, eran los débiles gemidos de los que están a punto de morir.

Ugolino ni siquiera tuvo tiempo de hablar, puesto que Gaddo se movió hacia él, o más bien se arrastró. Emitía un sonido inarticulado, dictado por el hambre. Avanzaba con lentitud de reptil, sus enormes ojos parecían salir de las órbitas, aumentado su tamaño por una delgadez impactante.

—Padre mío —lo llamó finalmente con un esfuerzo supremo—, por favor, ayudadme. —Un último aliento emanó de su boca.

—Gaddo —dijo Ugolino, pero no le salía la voz—. Gaddo —intentó repetir, aunque no emitió más que un traqueteo, el gemido ronco de un animal agonizante.

Su hijo extendió la mano, arañando el aire con sus dedos huesudos, a punto de tocar la mano de su padre. Entonces, de repente, después de un espasmo, se derrumbó sobre el suelo frío de la celda y no se movió más.

El conde lo vio y comprendió. Y lloró. Mientras lo miraba a la cara, tuvo la sensación de que su expresión se congelaba en una mueca tallada en mármol, como si el alma hubiera abandonado el cuerpo y él hubiera sido testigo de un hecho indescriptible.

Nadie volvió a moverse ya. No tenía forma de saber si al menos Nino o Uguccione todavía estaban vivos. Parecían haberse buscado un pequeño espacio donde acurrucarse, como si estuvieran preparándose silenciosamente para la muerte.

Ugolino cerró los ojos. ¡Oh, cómo odiaba a Ruggieri degli Ubaldini! ¡Cuánto hubiera deseado hacérselo pagar! ¡Qué feliz se habría sentido arrancándole la cabeza del cuello para luego devorarla a mordisco limpio, clavarle los dientes en la nuca y roer hasta despojarlo del último jirón de carne!

Finalmente, con toda su voluntad, logró ponerse de pie. Se apoyó con el brazo en la pared de piedra y dio un paso. Luego otro. Caminó hacia cada uno de sus hijos y sobrinos y, apelando a la poca energía que le quedaba, los llamó.

—¡Gaddo! —dijo—. ¡Uguccione! —Pero no recibió contestación—. ¡Nino! ¡Anselmuccio!

En cada ocasión, el silencio fue la única respuesta a su voz. Cuando por fin vio que todos estaban muertos no pudo resistir más y cayó de rodillas. Le parecía que el corazón se le había roto en pedazos, como si fuera de cristal y una espada lo hubiera hecho añicos. Por último, cansado y devorado por el hambre, se dejó arrullar por el abrazo de la muerte, entregándose a ella.

29

Compiobbi

El pueblo parecía una cueva del infierno. La muralla estaba reducida a una masa de piedras ahumadas y en gran parte derrumbada. Las puertas destrozadas. Mientras entraban a caballo, Dante tuvo la siniestra sensación de que a sus ojos les aguardaba un espectáculo terrible.

Con mucho gusto habría evitado seguir a Carbone de Cerchi hasta la Val di Sieve, en el Casentino, pero los hombres enviados por Corso Donati en la avanzadilla —para evitar caer en emboscadas en el camino de regreso de Laterina— habían vuelto de las patrullas portando consigo noticias escalofriantes: mientras Buonconte mantenía ocupado al ejército florentino a orillas del Arno, alguien debía haberlo aprovechado y, con un cierto número de soldados, había penetrado casi hasta las puertas de Florencia, quemando y devastando pueblos como Pontassieve, adentrándose hasta Compiobbi.

Al escuchar la noticia, el líder de los güelfos había optado por dividir el ejército. Una parte volvería inmediatamente a Florencia y otra hallaría el modo de dirigirse al Casentino, bajo el mando de Carbone de Cerchi, para hacer frente y expulsar a los grupos gibelinos, suponiendo que todavía estuvieran allí.

Por eso no estaba el Loco, pensó Dante. Nadie lo había visto en el campo de batalla. Esto debería haber desatado las alarmas, pero los florentinos estaban tan embriagados con aquella victoria moral que no se habían preguntado cuál era el motivo real de la retirada de Buonconte y, así, no habían entendido el verdadero objetivo del líder de los gibelinos. Había arrastrado a una mayoría de los hombres de armas enemigos lejos de Florencia, de modo que el Loco podía actuar sin ser molestado, prendiendo fuego a los pueblos del Casentino.

Y, por lo que parecía, había conseguido totalmente su objetivo.

Así, mientras Corso Donati y los suyos regresaban a Florencia, poniendo los caballos al galope y haciendo moverse a marchas forzadas a la infantería, Carbone de Cerchi y la mayoría de los *feditori* habían puesto rumbo a la Val di Sieve.

Habían cabalgado hasta Compiobbi y ahora aguardaban lo peor. Tan pronto como estuvieron a la vista de las murallas del pueblo comprendieron que no encontrarían a nadie esperándolos. Avanzaron con cautela, los cascos de los caballos pisoteando el barro congelado. Dante vio la calle principal del pueblo cubierta de costras de escarcha, negro de hollín y sangre seca. Luego fue el turno de los cuerpos: destrozados, desplomados en la nieve, apoyados contra las paredes de las casas, despedazados.

Le hubiera gustado estar ciego para no tener que ver lo

que, poco a poco, se iba manifestando ante sus ojos: la guerra en toda su cruda realidad, el horror primordial de la violencia ciega. Nadie hablaba, solo se oían los pasos de los soldados de infantería acompasados con el canto de la muerte.

Dante no podía hacer nada. Mudo, se dio cuenta de lo que había sucedido. Percibió el olor ferroso de la sangre seca, el color violáceo de las entrañas humeantes, arrancadas del vientre de un hombre, vio el blanco de los rostros, teñido de moratones amarillos, se ahogó en la oscuridad de ese infierno en la tierra y se quedó atónito. Algunos hombres habían sido crucificados a las puertas de las casas. Una mujer colgaba ahorcada en el vientre negro de un pozo. Las imágenes estallaron ante su rostro en un carrusel que lo dejaba sin aliento. Respiraba con dificultad, como si una lanza le hubiera roto el pecho. Sintió un dolor agudo, una herida que inundaba su corazón de sangre.

Si al principio había querido escapar, ahora se llenaba los ojos de aquel horror.

Para no olvidar.

Se dio cuenta de que no tenía la menor idea de qué era la guerra. No había nada noble u honorable en aquella tierra maldita desgarrada por los conflictos. Sin embargo, si alguna vez había intentado sustraerse a todo aquello en nombre de la poesía y el amor, ahora entendía que no había poesía sin sangre, sin conciencia de lo que era la muerte. Fue como recibir la patada de una mula en la boca del estómago, pero comprendió que no había otra forma de saberlo realmente sino resultando traspuesto por el mal. Solo el horror podría abrirle los ojos de verdad. No lograría describirlo hasta que no lo mirara a la cara.

Y era lo que estaba sucediendo.

De hecho, nunca renegaría de su ángel. Ahora más que nunca creía que solo en el amor podía haber salvación, pero si hasta aquel momento ese pensamiento suyo había sido una simple idea, una aspiración alimentada por las lecturas, ahora el hedor de la muerte que llenaba el aire del pueblo lo obligaba aún más a aferrarse a la belleza y la bondad hechas del amor por una mujer con el rostro de un ángel, y por aquella idea, pensaba, valía la pena batirse en duelo, con la espada y con la tinta de la poesía.

Entonces le quedó claro lo que Homero había dicho en su sueño: tenía que luchar, porque solo arriesgándose a perder la vida sería capaz de encontrar las palabras adecuadas, idóneas para expresar y evocar una fuerza virgen y sublime.

Se ensuciaría las manos. Por eso había aceptado ser designado *feditore* y, por la misma razón, había resuelto tomar en consideración la propuesta de Vieri de entrar en política. Demostraría su valía.

El hombre era la más despiadada de las criaturas, un ser vil y despreciable que sometía a sus semejantes a hierro y fuego. Tenía que conocerlo, pensaba. Entender quién era y con quién debía tratar. Y rezar para que, un día, una mujer desplegara sus alas y fuera a salvarlo de aquel valle de lágrimas.

30

Nevada

Giotto miraba al cielo. De aquella cúpula del color del estaño caían unos copos tan grandes como puños.

Se había refugiado durante unos días en la colina, cerca de Asís. Lo hacía a menudo y por una razón: le encantaba contemplar la naturaleza en su simple maravilla. Y además, Cimabue le había pedido que lo ayudara en el taller para pintar las historias de san Francisco en la catedral del pequeño pueblo que había visto nacer al beato. Por lo tanto, intentar respirar la atmósfera de aquellos lugares, cuando menos únicos, era para él una forma indispensable de abordar el tema del próximo fresco.

Lo hacía para estar solo. Había dejado a Ciuta, su mujer, en Florencia. Estaría fuera apenas unos días, pero lidiar con las actividades normales sin tener que preocuparse por concebir algo artístico le permitía devolver la vida al nivel más humilde, incluso tosco, y así lograba recuperar el contacto con su alma.

Lo necesitaba. Después de la tensión de los días de guerra, regresar a la pura esencia de la vida era todo lo que pedía.

No importaba que no hubiera pasado nada y Buonconte hubiese regresado a Arezzo sin atacar. No estaba acostumbrado a ese tipo de emociones.

Respiró en la fría mañana invernal. Una nube de vapor blanco llenaba el aire.

Amaba ese lugar. Con las primeras ganancias de su trabajo había comprado una pequeña choza donde iba a retirarse de cuando en cuando.

Agarró el hacha y se dirigió a la leñera.

Tomó un leño y lo colocó sobre el tronco. Levantó el hacha por encima de la cabeza. Luego la bajó, formando un arco. La hoja partió la madera en dos. Las dos piezas terminaron en la nieve. Giotto las recogió y volvió a ponerlas en la cesta. Agarró otro leño y repitió el movimiento. Una vez más logró un corte neto. Sonrió. No había perdido la buena mano, pensó.

Así estuvo por un tiempo. No solo llenó la cesta, sino que preparó una gran cantidad de troncos que usaría en los días venideros.

Cuando se dio por satisfecho, apiló la madera recién cortada. Luego agarró la cesta y se dirigió hacia la puerta.

Entró. En la chimenea ardía ya un buen fuego. Dejó la cesta y añadió un par de los leños que acababa de cortar. A continuación, después de cargarse un cesto al hombro, salió de nuevo.

Tomó el sendero y entró en un bosque de robles. Unas pocas hojas del color del oro despuntaban en las ramas desnudas, salpicadas de nieve. Giotto caminaba apoyado en un grueso palo de cornejo para no arriesgarse a tropezar.

Al menos había dejado de nevar. Siguiendo el camino,

miraba bajo los árboles. Pronto vio que no llegaría al porquero con las manos vacías. Entre las hojas secas ligeramente blanqueadas por las primeras nieves se veían unas bellotas.

Se inclinó para recogerlas y comenzó a llenar el cesto que acarreaba al hombro. Puso empeño en ello, aguzó la mirada y encontró otras más.

Estaba satisfecho. Y feliz. Las sencillas tareas a las que se entregaba a lo largo del día constituían un motivo de gran satisfacción. Si hubiera podido, una parte de sí habría querido vivir siempre de aquella manera.

Por supuesto, estaba también la pasión ardiente por la pintura y el color, el sentido mismo de su vida, aunque en ese momento no los extrañaba ni un ápice. Entendía perfectamente por qué Francisco deseaba cultivar el amor y la armonía universales entre el hombre y la naturaleza. Liberar la mente, involucrar al cuerpo, enfrentarse a los pequeños desafíos cotidianos, saborear el paso de las horas, levantarse con la salida del sol y acostarse al atardecer. Las colinas de Asís eran el lugar perfecto para realizar su voluntad.

Continuó por el sendero, hasta que el bosque terminó y se encontró en una suave pendiente. Abajo, en el fondo del valle, divisó el techo de una granja. Una chimenea lanzaba humo contra el cielo gris.

Reconoció la pequeña granja de Vanni, el porquero. Sabía que lo esperaban y por tanto no quería llegar tarde.

Con un poco de suerte estaría allí al tocar la sexta y tendría tiempo para entregar las bellotas y recibir a cambio las mejores cerdas con las que hacer los pinceles que utilizaría para el siguiente trabajo.

Iba pensando que no veía el momento de mudarse a Asís. Compraría una carreta, se dijo. Subiría con Ciuta en el pescante y recorrerían la Toscana y Umbría juntos, dejando atrás aquella ciudad que parecía haber sido maldecida por Dios. Si quisieran, podían ir con ellos Dante y Gemma. Cuantos más fueran, tanto mejor, al menos para él.

Tan pronto como regresara a Florencia se lo propondría. El tiempo justo para realizar el último trabajo acordado con Cimabue, y entonces sería libre.

Acarició ese momento y, con una sonrisa en los labios, se puso a descender hacia el fondo del valle.

31

Monseñor

Monseñor Ubertini vestía una casulla de seda color púrpura, ribeteada con hilo de oro. Su rostro delgado, que se percibía más alargado por la barba cuidada y afilada, expresaba satisfacción. Miró a su sobrino, Guillermo de Pazzi de Valdarno, y al capitán del pueblo, Buonconte da Montefeltro. Luego, con un movimiento de la mano, subrayó lo que tenía en mente decir.

—Os habéis comportado —dijo—. Esos malditos florentinos estaban convencidos de que pueden con nosotros, de habernos derrotado y, en cambio, gracias a la hábil maniobra de nuestro capitán del pueblo —y se volvió hacia Buonconte— habéis logrado devastar el Val di Sieve —concluyó, mirando ahora a su sobrino.

—Nada me hubiera podido hacer más feliz —respondió el Loco—. Confieso que hicimos todo lo posible por sembrar el miedo.

—Que es el argumento disuasivo más poderoso —remarcó el obispo y señor de Arezzo—. El único problema de verdad está relacionado con la liberación de Carlos II de Anjou.

—¿En qué sentido representa un problema? —preguntó el Loco.

—Tiene la intención de ser coronado rey de Sicilia por el papa —respondió con frialdad Buonconte da Montefeltro—. Ya se ha decidido en qué lugar: Rieti.

—Esto significa que lo más probable es que se detenga en Florencia, beneficiándose de la hospitalidad de los güelfos. No se puede descartar que deje algún contingente de refuerzo —dijo monseñor Ubertini. Sacudió la cabeza porque constatar ese hecho le provocaba una evidente desazón.

Se acercó a la gran chimenea y extendió las manos sobre las llamas, de espaldas a sus interlocutores.

—Eso es lo que yo también temo, vi los estandartes franceses en Laterina —confirmó Buonconte.

—Lo cual quiere decir que la situación no debe subestimarse. Los embajadores del rey deben de haber llegado ya a Florencia y muy probablemente llevarán la autorización para usar la insignia francesa —comentó con amargura monseñor Ubertini.

—Su Alteza tiene razón —dijo el capitán del pueblo.

—Entonces ¿qué podemos hacer? —preguntó el Loco con franqueza.

El obispo no contestó.

—Expediciones. Emboscadas. Saqueo. Fingir que vas a la batalla y golpearlos donde menos se lo esperen. Laterina es un ejemplo perfecto de cómo procederemos en los próximos meses. Hacer creer que los aguardamos detrás de los muros y luego sorprenderlos en las marismas, como en Pieve al Toppo —fue la respuesta de Buonconte.

—Pero no entiendo por qué siempre tenemos que escondernos, ocultar nuestras verdaderas intenciones, cuando podemos ganarlos en el campo de batalla —soltó Guillermo de Pazzi, quien estaba verdaderamente cansado de la continua táctica de golpear y salir corriendo—. Somos más fuertes que ellos, ¡eliminémoslos de una vez por todas!

—Yo no estaría tan convencido —dijo Buonconte—. Las batallas campales son insidiosas. Implican grandes pérdidas, incluso cuando se tiene la suerte de ganarlas. Y eso no está dicho que vaya a suceder. Sin embargo, una emboscada o una incursión sorpresa —continuó el capitán del pueblo— genera miedo, temor, y tal vez el enemigo se sienta más inseguro y acepte negociar. Lo mismo podría decirse de un buen asedio. Nadie pierde la vida, pero se ganan rehenes y se reducen las existencias de alimentos de los adversarios.

Monseñor Ubertini se giró. Ahora asentía con convicción.

—Así es —agregó—. Y tuvisteis una gran idea al convencer a vuestro padre de que se apoderara de Pisa.

—Fue fácil. Poco esfuerzo y un resultado importante.

—Ya lo entiendo, maldita sea. Vosotros dos parecéis haberos puesto de acuerdo —dijo el Loco con impaciencia—. Lo siento si me tomo la libertad de recordaros que los soldados ganan en el campo de batalla.

—Pero ¿a qué precio, sobrino mío? —respondió el obispo—. No, lo siento. Estoy totalmente de acuerdo con el capitán del pueblo, especialmente en una situación como esta, con el riesgo de que el rey de Francia de alguna manera manifieste su apoyo a Florencia... Únicamente con la negociación y la guerra de emboscadas nos impondremos a nuestros adversarios.

—¿Y el emperador? ¿Aquel en cuyo nombre luchamos?

¿Qué es lo que va a hacer? ¿Nos va a dejar solos contra Carlos II de Anjou?

—Como bien sabéis, sobrino mío, el emperador ya no es emperador, después de la deposición de Federico II.

El Loco resopló por enésima vez.

—De acuerdo, de acuerdo. Me refiero al rey de los romanos, y más exactamente a Rodolfo, de la casa de Habsburgo.

—Pues bien, aquí está la respuesta: tras ser elegido por los príncipes, sin haber recibido la consagración papal, el rey de los romanos tiene otras cosas en que pensar. Ya será mucho si consigue reclamar para sí las tierras que se han fragmentado en el interregno. No podemos confiar en él de ninguna manera. Por esto creo que tendremos que proceder con la estrategia sugerida por Buonconte da Montefeltro. Y, además, será mejor hacerlo rápido.

El capitán del pueblo inclinó la cabeza en señal de respeto.

—No perderemos tiempo —dijo—. Los florentinos esperan que nos quedemos en nuestros cuarteles de invierno. En cambio, reanudaremos el saqueo de sus campiñas, desangrándolas poco a poco.

—Así es —confirmó el obispo.

—¡Que así sea! —Guillermo de Pazzi de Valdarno abrió los brazos—. Si eso es lo que queréis, podéis contar conmigo.

—Muy bien. Y pronto volveréis a tomar las riendas —concluyó monseñor Ubertini.

32

Los priores

Florencia tenía miedo de Arezzo. Los gibelinos parecían no respetar nada ni a nadie y, en esos fríos días de invierno, lejos de permanecer encerrados en sus guaridas, azotaban la campiña con asaltos y saqueos continuos. Después de depredar Montevarchi, en Siena, los imperiales habían devastado San Donato en Collina, masacrando a la población y quemando las casas, de tal modo que el humo se veía hasta desde las murallas de Florencia.

Los campesinos estaban exhaustos. Los que sobrevivieron al asalto cargaron lo poco que les quedaba en sus carretones y se dirigieron a la ciudad para refugiarse tras sus formidables murallas.

Florencia estaba atestada de desgraciados y vagabundos desarraigados de la campiña y sin medios de subsistencia. Y con la pobreza y la indigencia proliferaba la ira y la frustración. Los delitos aumentaban, los hurtos y la rapiña estaban a la orden del día y las calles no eran tan seguras como antes.

La gente protestaba y la situación iba empeorando.

En el palacio de los Priores, los seis nominados debatían

desde temprano por la mañana. Cada día se informaba de un nuevo ataque. La fama siniestra de Buonconte da Montefeltro y Guillermo de Pazzi de Valdarno resultaba fatal, y los priores eran interpelados sin descanso por Corso Donati y otras personas poderosas para que finalmente se decidieran a emprender una gran campaña militar. Con todo, los priores se tomaban su tiempo. La nieve seguía cayendo, el viento frío fustigaba la ciudad y no tenían idea de cómo detener la ola de terror que los gibelinos estaban desatando con sus incursiones.

—¡La situación es insoportable! —dijo Pela Gualducci—. Es preciso responder golpe a golpe.

—Ya lo estamos haciendo —adujo Nicola degli Acciaiuoli—. Nuestros soldados combaten como pueden, pero resulta clara la estrategia de Arezzo. Tienen la intención de debilitar la resistencia de Florencia y tratar de acortar los tiempos.

Al escuchar esas palabras, los demás se quedaron en silencio por un momento porque reconocieron que había mucha verdad en ellas: Arezzo atacaba y Florencia estaba resistiendo a duras penas. Y ninguno de ellos, por lo pronto, sabía cómo lidiar con el problema.

Tras esa pausa, Andrea del Cerreto abandonó su asiento y se colocó en el centro de la habitación.

—Todo eso es cierto —dijo con amargura—. Y Pisa les ayuda —añadió.

—Seguro que no olvidaréis que, gracias a los buenos manejos de Buonconte da Montefeltro y del arzobispo Ruggieri degli Ubaldini, ahora la ciudad está en manos de los gibelinos, y es precisamente el padre del capitán del pueblo de Arezzo el que la tiene en un puño. ¿Y cómo acabó el conde Ugolino?

—Murió de hambre en la torre de los Gualandi —contestó lacónicamente Pela Gualducci, moviendo la cabeza coronada de rizos ya canos.

—¡Sí, así es! —repitió Andrea del Cerreto—. ¿Y qué hemos hecho para evitarlo? —Y su voz pareció elevarse repentinamente.

Esta vez la respuesta fue un silencio absoluto. Nadie replicó. No había nada que decir.

—¡Nada! ¡Ya os lo digo yo! —Esas palabras las pronunció con una ira inusual—. Hemos subestimado a la hidra y ahora la bestia nos ataca de pleno con todas sus cabezas, por no mencionar que nuestros aliados no olvidan y es evidente que Nino Visconti no vendrá a ayudarnos.

—Pero ¡si odiaba a su tío! —tronó de repente Gherardino Deodati—. Él fue el origen de toda esa maldita historia.

—¡Es verdad! Pero no lo odiaba hasta el punto de aceptar morir de hambre por el hombre que trajo de vuelta a los gibelinos a la ciudad —comentó amargamente el señor Del Cerreto.

—El arzobispo Ubaldini —concluyó desconsolado Pela Gualducci. Abrió los ojos al decir sin reservas lo que el otro había solo sugerido. El nombre resonó siniestramente en el gran salón. Por un momento, todos se quedaron como esperando que su nefasto efecto se desvaneciera.

Era como si ese hombre llevara una maldición con él. Fue, en última instancia, quien provocó el desastre en Florencia, porque él rompió el equilibrio, llevando de vuelta a

Pisa bajo la insignia gibelina, gracias a la intervención de la familia Montefeltro.

—¡Exactamente! —dijo finalmente Andrea del Cerreto—. El mismo hombre que lo había echado cuando Nino era el señor de Pisa junto con Ugolino della Gherardesca.

—Entonces ¿qué sugerís? —preguntó Nicola degli Acciaiuoli, esperando que el señor Del Cerreto se decidiera a proponer una solución después de tantas preguntas.

Andrea del Cerreto se aclaró la garganta. Parecía que pensaba en ello. Luego habló:

—Nuestro mandato está llegando a su fin, lo sabemos perfectamente. En unos días nos volveremos a encontrar en la iglesia de San Pier Scheraggio para nombrar a los nuevos priores.

Eso era cierto. También participarían en las elecciones la Capitudini delle Arti —los rectores y cónsules de las artes—, el Consejo Especial del Capitán del Pueblo y un buen número de *arroti* —los magistrados adjuntos—, o sea, los sabios adjuntos de los seis *sesti,* los distritos de la ciudad.

—Sé que vuestra votación es secreta, pero tendremos que llegar a un acuerdo y hacerlo de tal modo que los próximos priores propicien una negociación.

Esa declaración dejó a los otros cinco simplemente de piedra. Entonces el señor Gualducci dijo lo que todos pensaban:

—Eso que estáis diciendo es de enorme gravedad. ¿Y por qué demonios deberíamos llegar tan lejos?

—Porque la negociación es la única esperanza que tenemos de ganar contra Arezzo en este momento —fue la respuesta.

Le tocó a Pela Gualducci levantarse de su asiento y formular las preguntas en aquella ocasión.

—Suponiendo que tengáis razón —dijo— y hagamos lo que vos proponéis, os pregunto: ¿de qué negociación habláis? ¿Y con quién?

—Una negociación de paz con quien gobierna Arezzo —aclaró sin dilación Andrea del Cerreto.

—¿Esa serpiente traidora de Buonconte da Montefeltro? —preguntó el señor Gualducci.

—¡No! —respondió Nicola degli Acciaiuoli con impaciencia—. El señor Andrea del Cerreto alude al obispo Guglielmo degli Ubertini.

—¡¿En serio?! —exclamaron a coro Gherardino Deodati y Borghese Migliorati. Apenas habían hablado hasta entonces y esa revelación los sorprendió más que nada. ¿Monseñor Ubertini estaba realmente dispuesto a llegar a un acuerdo con la odiada Florencia?

El señor Del Cerreto abrió los brazos.

—¡Así es! Y os diré, además, que creo que incluso tengo al hombre que nos conviene. Ya sé que me preguntaréis de inmediato a quién me refiero, pero lo haré mejor de la siguiente manera, amigos míos.

Luego, volviéndose hacia los guardias, ordenó:

—Que entre el señor Vieri de Cerchi.

Al escuchar esas palabras, los priores se apresuraron a volver a sus asientos. Un instante después, el ciudadano más rico de Florencia se presentó frente a ellos, con una profunda reverencia.

Vieri iba elegantemente vestido. Era su firme intención dar una buena impresión y lo logró con creces. ¿Quién no se habría fijado en la magnífica capa forrada de piel, la enorme cadena de oro y la túnica de seda con arabescos plateados? Conocía bien a los seis hombres de esa asamblea y se proponía recordarles a todos que, más allá de su cargo temporal, ni siquiera eran dignos de abrirle la puerta.

Tenía un plan preciso en mente y quería llevarlo a cabo a toda costa. Si no con ellos, con sus sucesores. Había hablado con Andrea del Cerreto y sabía que, al menos para él, estaba claro que la solución propuesta era la única posible. Y por esa razón Del Cerreto había hecho todo lo posible para garantizarle esa entrevista y asegurar que la inminente elección de los nuevos priores iría en la dirección de lo que él había urdido.

Ahora tenía que hablar con claridad para ilustrar bien las ventajas de su plan.

—Señores —dijo, tan pronto como terminó su reverencia—. Os agradezco haberme recibido.

—Señor De Cerchi —respondió Andrea del Cerreto, hablando en nombre de todos—, sabemos que nunca habéis visto con buenos ojos la guerra con Arezzo y que es vuestro deseo proponer una vía menos sangrienta que la que buena parte de nuestra ciudad tiene en mente. ¿Os gustaría exponerla?

Vieri asintió con altivez. Las cosas se presentaban bien. El señor Del Cerreto parecía haber convencido ya a la asamblea o, al menos, la había preparado para lo que quería enunciar.

—Por supuesto —dijo, y los priores sentados en los bancos quedaron literalmente pendientes de sus labios—. Bueno, es un hecho que, en estos días, la acción bélica de los gibelinos de Arezzo se ha vuelto más violenta que nunca. La razón es simple: pretenden debilitarnos antes de enfrentarnos en una gran batalla final. Entre otras cosas, temen la caída de Carlos II de Anjou, que no dejará, así lo creemos todos, de apoyar de una u otra forma nuestra causa. No es casualidad que, a través de sus embajadores, haya hecho saber que pretende quedarse en la ciudad, sobre todo porque se ha autorizado a que se use su insignia en la batalla. Por lo tanto, los gibelinos saben que si quieren derrotarnos tienen que darse prisa.

—Señor De Cerchi, ¿adónde queréis llegar? —preguntó Andrea del Cerreto, mostrando con una expresión bastante elocuente que expresaba la curiosidad de todos.

—Os lo diré. No creo en absoluto que Guglielmo degli Ubertini, obispo y alcalde de Arezzo, se proponga librar contra Florencia una gran batalla campal. La razón es muy simple: tiene miedo de perder. Por eso me comunicó, no hará más de una semana, que le gustaría hallar con los priores de nuestra ciudad alguna forma de pacto.

Al escuchar esas palabras los priores se inclinaron hacia delante, como si Vieri de Cerchi mantuviera el secreto de tal anuncio bajo las faldas de su capa. Únicamente Andrea del Cerreto parecía frío e impasible. Fue él quien instó al rico comerciante, preguntando:

—Sea más claro, señor De Cerchi. ¿En qué términos propondría Guglielmo degli Ubertini este acuerdo? ¿Qué se pondría en juego?

Vieri suspiró y luego sonrió. Quería asegurarse de que

no escapara a nadie la importancia de su papel. Finalmente, cuando juzgó que había estado en silencio el tiempo suficiente, dijo:

—Todo lo que tiene. Debo matizar que, a cambio de la salvación de su familia entera, empeñaría hasta el último de los castillos relacionados con su obispado y, además, entregaría todos los ingresos y los servicios de sus fieles a los florentinos, con la garantía de que se le reconozcan tres mil florines al año de compensación.

—¿Y quién avalaría una suma tan grande como esa? —preguntó, no sin sorpresa, Andrea del Cerreto.

—Mi banco —dijo al fin Vieri.

33

Incomprensiones e intrigas

Dante no esperaba encontrarse con Guido, pero cuando lo vio en el palacio de Vieri de Cerchi, no pudo ignorarlo. Tenía una mirada extraña, vagamente amenazante. Al acercarse a él se dio cuenta de que a su amigo le urgía decirle algo. Se esperaba lo peor. Y llegó lo peor.

—¡Ah! ¡Aquí lo tenemos! ¡El hombre de armas! ¿Qué estoy diciendo? ¡El *feditore* de primera línea, el hombre de Vieri de Cerchi! Por fin podéis ensuciaros las manos, ¿no lo creéis así? Y más ahora que Corso Donati fue llamado para ocupar el cargo de alcalde en Pistoia. Tenéis campo libre, por tanto.

Dante se quedó atónito. No entendía qué se le reprochaba. Además, estaba cansado. Todavía no se había recuperado de lo que había visto en Compiobbi. Discutir con su amigo era realmente lo último que quería.

—¿Por qué me habláis en este tono, Guido? ¿Qué os he hecho? —preguntó con sincera amargura.

Cavalcanti se dio cuenta de que tal vez había sido demasiado intempestivo y cambió un poco de actitud.

—Vamos, os conozco desde hace mucho tiempo. Sé con seguridad que no disponéis del dinero para comprar el equipo de *feditore*. Y me complace ver que después de debatir conmigo sobre ángeles, amor y belleza, tuvisteis la buena ocurrencia de mediros en el uso de ¡la espada y el escudo! En verdad no os guardo rencor por esto, pero cuidado con Vieri, es un hombre poderoso y despiadado.

—Lo comprendo, pero he empuñado las armas para defender Florencia.

—Sí, y habéis hecho un gran trabajo. En Laterina tan solo os habéis estado contemplando de una a otra orilla del Arno —le respondió Guido en tono burlón.

—¡Sí! —espetó Dante, cansado de unos reproches que sabía que no merecía—. Pero en Compiobbi vi los efectos de la guerra: ¡hombres masacrados, mujeres violadas, nieve roja por la sangre de los niños asesinados! ¿Creéis que me complació? ¿Tenéis una idea de lo que es realmente un campo de batalla?

Por primera vez desde que lo conocía, Cavalcanti se sonrojó.

—Dante —dijo—, perdonadme, he exagerado. Lo que quería deciros es que seáis precavido con Vieri. Es un hombre devorado por la ambición y podría prometeros cosas que luego se cuidará mucho de reconoceros...

—Entonces ¿debería rechazar su ayuda? —lo interrumpió Dante. Luego cambió de tono, le tocó a él ser mordaz—. ¡Claro! Verme entre los *feditori* os fastidia bastante, ¿no? A mí, formando a caballo y en primera línea. No sois capaz ni de imaginarlo, ¿verdad?

—¡Está bien, ya os escuché! Me disculpé por mi sarcasmo y tenéis razón al pagarme con la misma moneda. Me he equivocado en las formas, pero ahora al menos ya sabéis lo que me pareció necesario deciros.

Y, sin añadir nada más, le dio la espalda. Dante enmudeció. Por segunda vez en poco tiempo, en el mismo día. En aquel momento le hubiera gustado responderle, pero Guido era así: siempre tenía la última palabra. Cuando finalmente le respondió, su amigo ya estaba lejos y no podía oírlo, pero gritó de todos modos. Quería desahogarse.

—¡Ahora es que ni siquiera me escuchas! ¡Desde hace ya dos noches soy presa de las pesadillas, sueño con una mujer colgada, zarandeándose en la boca negra de un pozo! ¡Vuestra inútil indignación! ¿Y todo por qué? ¿Por qué no soportáis haber sido... superado?

Dante pronunció esas últimas palabras con rabia, pero también con un sentimiento de liberación. Aunque estimaba mucho a Guido, ese último ataque injustificado... Se había disculpado, por supuesto, y sin duda había hablado con sinceridad. Sin embargo, Dante percibió claramente que sus diferencias de opinión poco a poco iban a construir un muro que, tarde o temprano, se interpondría entre ellos, separándolos. Las cosas ya no eran como años atrás. Lo sucedido no era culpa de nadie y si ahora gozaba del favor de Vieri de Cerchi y conseguía gracias a ello un poco de crédito y prestigio, Guido no tenía derecho alguno a burlarse de él. ¡Como si le hubiera robado algo! Después de todo, ¿qué debería haber hecho? ¿Darle la espalda a ese poquito de suerte que le había llegado? No era hijo de una de las familias más nobles y poderosas de Florencia. Era fácil ser puro y coherente cuando uno podía contar con una riqueza casi infinita. Y él deseaba que sus composiciones poéticas se midieran con la realidad y, al hacerlo, la superaran. La mujer que imaginaba, el amor que quería, era la clave para enfrentar y vencer el horror y la miseria de las cosas terrenales. Pero para lograrlo, para poder crear algo realmente sublime tenía que conocer lo más bajo, para encontrar la gracia tenía que perderse en la orgía de la violencia. No quedaba otro camino. A aquellas alturas ya lo había entendido.

—Veréis, señor Alighieri, hace días que Corso Donati no se encuentra en Florencia. Su reciente nombramiento como alcalde de Pistoia lo mantendrá alejado por un tiempo. Esto significa que, si hay un momento en el que buscar una salida pacífica al conflicto, es ahora —le dijo Vieri de Cerchi a Dante. Era evidente que el gran banquero había concebido aquel plan muchos días atrás. Resultó todavía más claro cuando continuó explicando lo que tenía en mente—. Hablé también con los priores, y los seis están de acuerdo conmigo en que se debe intentar.

—Si me permitís preguntar, ¿cómo vais a proceder? —dijo Dante.

—Muy breve y concisamente: monseñor Guglielmo Ubertini teme por su persona y por su linaje. A pesar de que Arezzo se muestra segura, su señor es muy consciente de que a la larga el continuo conflicto con Florencia resultará fatal para su ciudad, y si bien es cierto que Buonconte da Montefeltro y el Loco son los mejores capitanes militares en activo, es igualmente cierto que las alianzas con Pistoia, Siena y Lucca y el apoyo de los franceses pronto podrían cambiar el rumbo de este enfrentamiento. Es justamente por esto por lo que está dispuesto a negociar, para salvar su vida.

—Entiendo.

—Muy bien. Comprenderéis entonces que si sabemos liderar una negociación con cuidado, evitaremos perder muchas vidas. Creo que la visión de lo que sucedió en Compiobbi fue suficiente para vos. ¿Acaso me equivoco?

—En absoluto.

—Pues bien, os daréis cuenta de lo preciosa que es para mí una pluma como la vuestra para expresar mis pensamientos de la manera más clara y sutil. Ahora me gustaría escribir una carta.

—Por supuesto.

—Ahí —dijo Vieri, señalando un elegante escritorio— tenéis todo lo que necesitáis. Tomad asiento.

Dante hizo lo que le dijo.

—Recibiréis una compensación por ello. Obviamente, ya sabéis que no debéis soltar ni una palabra de cuanto os he dicho. Ni siquiera tengo que recordaros que, en caso contrario, lo vais a lamentar amargamente.

34

Una gran idea

El viento silbaba en las calles y arremetía contra las puertas.

Dante estaba camuflado en su pequeño estudio. Había llevado un brasero a la exigua estancia. Sobre los hombros, una manta de lana. Se miraba las manos: estaban manchadas de tinta. La mente vagaba en una dimensión suspendida entre la fantasía y la realidad, completamente abducida por una idea que le quitaba el sueño desde hacía meses, pero que finalmente había comprendido por completo en los días de Laterina.

Quería escribir una colección de versos o, mejor dicho, una obra más ambiciosa, capaz de celebrar el amor y a la mujer que había descubierto que veneraba desde que la había conocido. Quería alternar rima y prosa, de modo que saliera algún tipo de composición única y coherente en el contenido y en el tema, independientemente del estilo.

Se dio cuenta de que era tanto más necesario porque representaba el ancla de la salvación para quienes, como él, creían en la fuerza de los sentimientos. Esa era la forma de luchar contra el horror de un mundo que se hundía cada vez más en el abismo y que iba, a su pesar, conociendo más de cerca.

Tenía la intención de comenzar ese trabajo con una imagen que lo perseguía desde hacía algún tiempo. Beatriz, casi desnuda y abandonada a los brazos del Amor, dormitaba lánguidamente. Apenas la cubría un manto magnífico, más bien un velo ligero, del color de la sangre. Cuando el Amor la despertaba por fin, se descubría con un corazón ardiendo en la mano, y Dante sabía que era el suyo, como si se lo hubieran arrancado del pecho. Era en ese momento cuando el Amor ordenaba a Beatriz que devorara lo que tenía en la mano y ella, aunque de mala gana, obedecía.

Era una escena poderosa que parecía repetirse sin cesar en su mente, como si fuera una maldición. Además, merecía ser escrita en verso, aunque hasta entonces no había podido yuxtaponerla a otras rimas que había escrito anteriormente. Sin embargo, imaginándola como el comienzo de un viaje a la conciencia de sus propios sentimientos, en los que su corazón era devorado por aquella a quien había jurado amor eterno, podría encontrar una ubicación perfecta.

Asintió.

Sabía que aún no tenía el panorama general, pero al mismo tiempo ya había una cierta cantidad de material que podría hallar su espacio. Luego, poco a poco, componiendo otros versos, completaría el trabajo.

La voluntad de crear una composición compleja y estratificada estaba ya clara en su mente, y en gran medida, también la forma en que procedería con la redacción. Al menos para la primera mitad. Entonces tendría que concebir un poema central. Si quería obtener una obra verdaderamente única y coherente, era necesario que, colocado en el medio, hubiera un gran soneto de gran fuerza evocadora: los versos que sabía que aún no había escrito porque lo redactado hasta el momento no era lo suficientemente fuerte y eficaz.

Dante sentía que aún no había elaborado la idea en detalle, pero también que se estaba volviendo cada vez más nítida en su cabeza. Y que ahora había encontrado una manera de escribir algo que por fin le daría fama.

La gente de Florencia lo miraría de otra manera. Y con el apoyo de Vieri, a quien no le negaba nada —al contrario—, podría conquistar un espacio y un papel que hasta algún tiempo atrás nunca hubiera imaginado llegar a conseguir.

Asimismo, era consciente de que, muy probablemente, el trabajo que soñaba con escribir supondría la ruptura definitiva con Guido porque, en cierto sentido, estaba concebido en pura oposición a sus teorías.

Sin embargo, eso no lo iba a detener. Respetaba a su maestro, aunque al mismo tiempo quería emanciparse de él. Ahora el camino que había tomado lo alejaba de Guido. Dante lo percibía, de hecho, como el resultado inevitable, ya que era la única forma de lograr una autonomía poética personal.

No quería volver atrás.

También porque, a esas alturas, ya era demasiado tarde.

35

La religión de los recuerdos

Capuana no sabía si era posible una religión de recuerdos, pero no tenía ninguna duda de que todo lo que le quedaba ahora era el recuerdo de lo que había sido. Y nadie podría arrancárselo. Nadie podría enturbiar lo que de Ugolino guardaba en el alma: su dulzura, su afecto, ese profundo sentido del respeto que siempre le había demostrado. Y se aferró a eso. Y nunca nunca abjuraría de la imagen que se había creado de él, nunca la traicionaría.

Lo entendió todavía mejor cuando vio a Lancia. Habían pasado seis meses y, sin embargo, parecía que hubiera envejecido diez años. Y ella no dudaba del motivo de aquel descalabro: había defendido la memoria de su señor con las fuerzas que le quedaban. Lo había comprendido al leer su sentida carta, en la que brillaba toda la devoción y fidelidad de la que podía ser capaz un hombre de armas.

Normalmente habría sido mejor no recibir visitas, lo aconsejaban las costumbres de las beatas. Aun así, dada la excepcionalidad y la gravedad de lo que le había pasado a su marido,

Piera le permitió caminar con Lancia por el viñedo del convento.

Hacía frío y tenía las manos rojas y agrietadas, pero no lo notaba porque todos sus sentidos estaban tensos y atentos para absorber cada una de las palabras pronunciadas por aquel hombre bueno acerca de su marido, de lo justo y valiente que era.

Cuando luego anunció que habían encontrado a Ugolino muerto con sus hijos y sobrinos en la torre de los Gualandi, Capuana se descubrió sorprendentemente consciente y serena. A aquel pensamiento ya se había habituado. Desde el momento en que la habían separado de él, sabía que nunca volvería a ver a Ugolino.

Y así, a los llantos les sucedieron noches de oración. Y el remordimiento por no haber sido capaz de detenerlo o liberarlo. Pero entonces, después de ese duelo alimentado por la ausencia, después de la amargura infinita, después de las lágrimas y el llanto, había llegado una paz resignada que le daba sosiego. Y ahora esa voz baja y ronca que le hablaba con una bondad que ella no creía posible en un hombre, la reanimaba como el agua pura.

Lancia le contó que la muerte de Ugolino se había convertido en advertencia y leyenda al mismo tiempo, hasta tal punto que la torre de los Gualandi había sido rebautizada como torre del Hambre, en memoria de lo que había sucedido allí.

—Tomad —dijo Lancia por fin con ojos brillantes. Le mostró un anillo de oro con un zafiro azul puro en el engaste—. El conde me pidió que os lo diera antes de pedirme que os protegiera. No os lo di el día en que os acompañé aquí, ya que se me ocurrió que lo mejor era conservarlo para el momento más duro. Y ese momento es ahora. —Y mientras así hablaba, el viejo guerrero se arrodilló frente a ella y le entregó la joya.

—Lancia —dijo Capuana—, querido Lancia, ¿qué he hecho tan bien para merecer un amigo como vos?

Luego tomó de sus grandes y nudosas manos el anillo y lo deslizó en su dedo. Brillaba de una manera casi insoportable, y una lágrima le recorrió la mejilla. Capuana no pudo detenerla. A pesar de todo, no estaba triste. Recordaba aquel anillo, Ugolino siempre lo llevaba en el dedo meñique. Le decía que le recordaba su pureza y que nunca se separaría de él.

Y ahora, finalmente, Capuana sentía que se había reunido con él. Miraba la piedra resplandeciente bajo los rayos plateados del sol de invierno. Inspiró profundamente y se sumergió en el momento supremo de aquella toma de conciencia. Comprendió su sacralidad, casi como si el alma de Ugolino estuviera contenida en aquella piedra y gracias a eso pudiera permanecer para siempre con ella.

—Levantaos —dijo al cabo—. Lancia, a partir de ahora seréis mi confidente. Voy a pediros algo.

—Estoy a vuestras órdenes, mi señora.

—Bueno, mi marido creía en la facción güelfa. Lo hicieron pedazos los gibelinos, los mismos que antes habían sido sus compañeros. No tendré paz hasta que sean aniquilados. Lo que querría de vos es que os pusierais al servicio de la ciudad güelfa de Florencia. Llevaréis una carta que os escribiré y que dirigiré a Vieri de Cerchi, que hoy por hoy es el hombre más poderoso de aquella ciudad. No iréis donde

Corso Donati, que únicamente sabía guardar los florines con los que mi marido había llenado alcancías enteras para él intentando, desesperado, ganarse su amistad. ¿Haréis esto por mí, Lancia? No tenéis que preocuparos por el dinero. Como sabéis, aquí en Lucca todavía tengo muchas propiedades.

—¿De vuestro anterior marido?

— Sí. Lázaro habría sido feliz de saber que yo he destinado gran parte de nuestra riqueza a la causa güelfa. Él era un Gherardini, una de las familias güelfas más nobles de Lucca. Prepararé una carta de crédito para vos. Obtendréis una cantidad considerable de dinero. Os compraréis un caballo, os armaréis y armaréis una compañía con vuestros hombres, y, en mi nombre, os pondréis a las órdenes de Vieri de Cerchi. —Al decir tales palabras Capuana se detuvo. Luego prosiguió—: ¿Qué respondéis?

—Que obedeceros a vos es como obedecer al conde.

—Sois un hombre tan único como raro. Os ruego que esperéis en el claustro. Necesito tiempo para retirarme a mi celda a redactar la carta de presentación y preparar la carta de crédito que os permita cumplir lo que os he pedido.

—Ni siquiera tenéis que decirlo, señora. Os esperaré cuanto haga falta.

36

Miedo ancestral

Los cadáveres colmaban la llanura. Una capa de nieve gris los cubría como si fuera hollín congelado. Parecían estar durmiendo, pero Dante sabía que no era así. Mostraban marcas de heridas mortales en la cara y las manos. Eran víctimas: hombres, mujeres y niños, asesinados por la furia de la guerra.

La sangre, sin embargo, estaba seca, coagulada, como si la tierra misma la hubiera bebido con avidez. Una tierra madrastra que resecaba a sus hijos hasta que les drenaba la última gota de vida.

El aire era denso y pardo, parecía plomo fundido, como si el sol hubiera renunciado a rasgar las faldas de la pesada capa en que se había convertido el cielo. Se levantaban remolinos de ceniza helada, gélidos, impulsados por un viento silbante, capaz de azotar la superficie, la corteza incolora de esa tierra maldita. Y, sin embargo, a pesar del frío, un olor mefítico de muerte, un hedor insoportable castigaba el olfato.

Unos vagos fuegos rojos arrojaban destellos débiles por

todas partes, una ola de luz rosa que iluminaba tenuemente esa visión apocalíptica.

Los cuervos negros elevaban su grito en el cielo. Lo llenaron de repente, extendiéndose como una mancha de tinta. La bandada se alargaba en la bóveda celeste, hiriendo el oído de quien se obstinaba en caminar por aquel valle olvidado de Dios.

Los pájaros se deslizaban amenazantes. Algunos se posaron sobre los cuerpos de los muertos y comenzaron a alimentarse de sus ojos. Otros fueron a detenerse en las superficies escalenas de los muros en ruinas.

Dante continuó en medio de la infinita extensión de cuerpos. Caminaba despacio, midiendo sus pasos, le parecía flotar, como si fuera un fantasma. Los miraba y sabía que no podría despertarlos. Ser testigo impotente de aquella masacre era el peor castigo que pudiera imaginar. Sus lágrimas se congelaban antes de tocar tierra y cuando lo hacían ya eran gemas de cristal frío.

La desolación del lugar le apretaba la garganta. Paso a paso le parecía ahogarse, sentía que un frío manto de muerte le apretaba el cuello hasta estrangularlo. Respiraba con dificultad. El corazón le latía enloquecido. Se detuvo. No sabía adónde iba. Miró al cielo y comprendió que en esa bóveda gris ya no tenía con qué orientarse.

Se despertó empapado en sudor. Respiraba a duras penas.

—Dante —dijo Gemma. Había tomado una candela, y un tenue resplandor iluminó la habitación—. ¿Qué os sucede?

—Muertos... estaban todos muertos —dijo.

—¿Quiénes?

—Todos. Hombres, mujeres, niños. Cubrían todo un valle. El sol había desaparecido y yo deambulaba entre remolinos de ceniza congelada. Lloraba por una humanidad perdida.

—No digáis eso. Me asustáis. ¿Lo veis? Estáis aquí, conmigo. No tenéis nada que temer. —Gemma lo abrazó.

Él se dejó rodear por sus brazos y luego la abrazó a su vez.

—La muerte nos sobrevuela. Florencia devorará a sus hijos y no podré hacer nada más que luchar por defender lo que más quiero. Gemma, tengo miedo. Por lo que he visto y lo que veré. No puedo borrar de mi mente la visión de la matanza de Compiobbi. No podéis imaginar la agonía, el dolor infinito que sentí. Tengo esos rostros clavados en la mente y no soy capaz de arrancar su recuerdo.

—Será así por mucho tiempo, Dante. Y tendréis que aprender a vivir con ello, ya que, como decís, me temo que pronto volveréis a vivir momentos como los de Compiobbi. De hecho, creo que serán incluso peores —dijo Gemma—. Lo único que podemos hacer para combatir la violencia y la miseria humana es permanecer unidos y no dejar nunca de compartir la carga. Lamento no tener mejores palabras que estas, pero el amor que siento por vos es todo lo que puedo ofreceros. Esperaros, cuidaros, escucharos, no puedo hacer más que eso.

—Es mucho más de lo que merezco, Gemma, créeme.

—No volváis a decir eso —respondió—. Confiad en mí y dad a nuestro amor una oportunidad. Poco a poco, día a día, crecerá y nos resultará indispensable.

Dante escuchó aquellas palabras y se quedó en silencio. Y se descubrió deseando a su esposa. Desde hacía algún tiempo, ella parecía entenderlo mejor que nadie. Tal vez siempre había sido así, solo que él no le había permitido acercarse. En cambio, ahora que había decidido dar la bienvenida también a la parte más real de la vida, ahora que al amor por la poesía y por el ideal pretendía añadir el compromiso con desafíos más terrenales, todo era diferente. Y en Gemma fue descubriendo, día tras día, una mujer fuerte y una compañera atenta y fiel, que nunca se echaba atrás. Y no solo esto: estaba más que dispuesta a compartir y escuchar sus dudas e incertidumbres.

Sabía que ella tenía un alma orgullosa y que ni siquiera frente a la adversidad se hubiera rendido, y eso le infundía mucho valor. Era como si, poco a poco, Gemma estuviera conquistando una pequeña parte de él, en un asedio de amor que dirigía con determinación y paciencia ejemplares.

Sonrió. Y la besó.

Y después la besó de nuevo.

37

Amigos

Ese día se encontraron en casa de Giotto, cerca de Porta Panzani, en Santa Maria Novella. Cuando llegó Dante, el pintor lo condujo al establo sin demorarse ni un segundo.

Allí le mostró lo que no había dudado en definir como su sueño. Dante se sorprendió bastante al ver que se trataba de un carro. Sin embargo, no era un vehículo común, en absoluto. Dante reconoció que era un verdadero sueño convertido en realidad.

Giotto estaba feliz. Era obvio. De hecho, no ocultó lo satisfecho que estaba, él, que, por naturaleza, era bastante severo consigo mismo. Pero era innegable: había realizado un trabajo óptimo.

Dentro había guardado todo lo que necesitaba para pintar logrando, gracias a una serie de trucos, de pequeños nichos, mecanismos a presión y artilugios accionados con palancas, asegurar espacio suficiente para al menos tres personas. Con todo, lo que dejaba más atónito, y esa constituía la parte formidable de la obra, era que lo había decorado como una gran máquina alegórica. «Alucinante» fue la palabra que le vino a la mente a Dante.

Las tablas de madera de los bancos estaban pintadas como si fuesen un tríptico sobre tabla, al menos a primera vista. Pero luego Dante comprendió que, en realidad, la narrativa visual era solo una y transcurría con fluidez de un lado a otro. Lo que vio fue, por tanto, una única gran escena dividida en tres partes, correspondientes a los tres lados del carro, animada por decenas de figuras y fondos sorprendentes: una sucesión de torres, ángeles guerreros, carros, peregrinos, comerciantes, diablos, saltimbanquis, soldados a caballo, astrólogos, sibilas, magos y crepúsculos, en una especie de procesión enloquecida, un extraño desfile, que se desarrollaba en un *continuum* impresionante. Una fantasmagoría, un encantamiento que cautivaba la vista y sugería que el propietario del vehículo no podía ser sino un gran ilusionista de la pintura.

Se quedó boquiabierto. Y se preguntó qué hechizo animaba el talento de su amigo, puesto que, cuando posaba los ojos en aquellas representaciones, ya no lograba escapar de ellas.

Por no mencionar que ese vagón pintado era una excelente manera de demostrar su valía: quien lo viera no albergaría dudas sobre el increíble genio pictórico que debía tener quien lo había ejecutado.

Una vez más los colores llamaban la atención. Dante se perdió en el azul profundo del cielo, en el verde brillante de la hierba, en el rojo resplandeciente del fuego y el amarillo intenso del sol. Y luego las expresiones de los rostros que parecían vivos, los detalles de la ropa y la fuerza primigenia de la composición: todo te dejaba sin aliento.

—¿Qué decís? ¿Os gusta? —preguntó Giotto con cierta aprensión, como si al amigo pudiera decepcionarlo lo que observaba.

—Es lo más increíble que he visto jamás —dijo Dante—. ¿Cuándo lo hicisteis?

—He estado trabajando en ello durante un tiempo —admitió modestamente el pintor.

—Es que incluso las ruedas y los ejes están decorados.

—¡Claro! —exclamó Giotto—. No he dejado nada al azar.

—Podéis decirlo en voz bien alta, amigo mío —asintió Dante—. ¿Y para qué necesitáis un carro semejante? Se diría que queréis usarlo para un espectáculo. Sin duda, es un vehículo que se hace notar.

Giotto sonrió.

—Exacto —contestó—. Este es justamente el propósito. Y admito que esperaba oírte decir estas palabras.

—¿En serio?

—Amigo mío, aquí está la simple verdad: no quiero quedarme en Florencia para siempre.

—¿Por qué? —preguntó Dante, como si la sola idea de irse fuera inconcebible para él.

—Soy pintor. Y tengo que buscar trabajo. No soy un criador de ovejas ni un afilador de cuchillos. Incluso Cimabue, como bien sabéis, acepta excelentes encargos fuera de Florencia y es seguro que tiene una reputación notable y bien merecida. Si quiero consolidarme, tengo que estar preparado para moverme y, de hecho, en realidad tal vez sea yendo en busca de trabajo como pueda encontrarlo.

—Entonces ¿tenéis la intención de iros?

Dante no pudo contener un atisbo de desilusión. Su amistad con Giotto era importante. Con él podía hablar de cosas que no podía tratar con nadie más. Ni siquiera con Guido, en efecto, especialmente desde que este último parecía criticar todas sus decisiones. Giotto, en cambio, era diferente. Nunca juzgaba. Escuchaba, proponía, explicaba, compartía su pasión. Quizá, pensaba Dante, el hecho ser ambos artistas pero de diferentes disciplinas era la mejor vía para no entrar a competir.

—Parecéis sorprendido.

—Lo estoy. Y también, lo admito, disgustado —confesó Dante.

—¿Por qué?

—Vamos, amigo mío, sabéis que hablar con vos es uno de los motivos de mayor consuelo.

—¡Ah!

—No me diréis que estáis desconcertado.

—En absoluto. Por eso elegí un carro tan grande —dijo Giotto, provocativo.

—¿Qué queréis decir?

—Bueno, pensaba que vos y Gemma podríais venir con nosotros, con Ciuta y conmigo, si lo deseáis.

Aquella propuesta lo sorprendió. Dante, de hecho, nunca se había planteado la opción de irse. Para ser honestos, ni siquiera lo consideraba una posibilidad. Por un instante la idea de buscar fortuna en otra ciudad incluso se le antojó viable, pero luego sacudió la cabeza.

—No puedo, amigo mío —contestó con un suspiro—. Ni aunque quisiera.

—¿Y por qué? ¿Qué os lo impide? Podríamos contar historias mientras vamos por los pueblos. Podrías inventarlas, escribirlas y leerlas en público, y yo las convertiría en dibujos. La gente se quedaría fascinada. Nadie ha hecho nunca algo semejante. ¡Y hasta podríamos hacernos ricos!

—¿Como narradores errantes? —preguntó Dante.

—Así es —respondió su amigo.

Por supuesto, pensándolo bien, era una gran idea. Dante nunca había imaginado una solución como aquella; era tan descabellada que incluso podía llegar a funcionar. Pero ¿qué sucedería con sus proyectos? Tal vez si hubiese recibido esa propuesta algún tiempo antes hasta podría haber pensado en aceptarla. Pero ¿en aquel momento?

—No tenéis que responderme ahora —añadió Giotto, y una sombra le cubrió un instante el rostro, como si estuviera decepcionado o, peor aún, tuviera miedo de ser rechazado.

—Amigo mío —dijo Dante—, lo haré. Aunque si rechazara esa buena oferta me gustaría que entendierais que no es porque no crea en nuestra amistad. Nada más lejos de la realidad. Me resulta más querida que cualquier otra. Pero lo que estoy tratando de hacer estos días es labrarme una reputación en Florencia. No tengo vuestra suerte. No sé sostener un pincel y con él lograr cosas tan maravillosas que es evidente para todos lo poderosas que resultan. No. La palabra necesita más tiempo para tocar las cuerdas secretas del corazón, y, del mismo modo, mi trabajo requiere una audiencia cultivada durante tiempo. Sería maravilloso viajar con vosotros, pero siento que mi ciudad me quiere aquí con ella. No puedo vivir con vuestro maravilloso sentimiento de libertad. Al contrario, advierto que una tragedia la amenaza y me gustaría, en la medida de lo posible, permanecer cerca.

—Si se trata de luchar por Florencia, no temáis, yo tampoco me echaré atrás —aseguró Giotto, muy serio.

—No es solo eso. Por supuesto que está la cuestión del inminente conflicto, que nadie más que yo querría evitar —dijo Dante—. Además está mi esposa, que nunca se alejaría de su familia, al menos no ahora...

—Es cierto —comentó Giotto—. Olvidé que es una Donati.

—Sí. Pero, mirad, también estoy tratando de escribir algo que está profundamente ligado a Florencia y a una nueva forma de concebir la escritura, una forma que nació gracias a ella, a nuestra ciudad.

—Entiendo. Aun así, prometedme pensar seriamente en mi propuesta.

—Por favor, ni lo dudéis. Es un honor y un privilegio para mí ser vuestro amigo.

—Lo mismo me pasa a mí —concluyó Giotto—. A nadie más le ofrecí lo que os acabo de proponer —dijo con gravedad. Luego pareció despejarse—. Vamos —concluyó—. Está empezando a hacer frío. Entremos en casa. Ciuta ha preparado algo rico.

Y así, sin volver a tocar el tema, los dos amigos abandonaron el establo.

38

Arpón

Incluso a plena luz del día Baldracca era un distrito extremadamente peligroso donde a un hombre podían matarlo solo por el color de la ropa que llevara.

Por los callejones llenos de barro y aguas residuales deambulaba muy a gusto Carbone de Cerchi, que amaba ese lugar porque, como verdadero asesino, era temido por todos y nadie lo desafiaba. Hacía gala de los cuchillos que portaba en el cinto y de su espada corta, y tenía en el rostro ese aire jactancioso con el que parecía querer invitar a alguien a atreverse a hablar con él para hallar la excusa perfecta para matarlo.

Inspeccionó una serie de tabernas infames y cuartuchos malolientes, hasta meterse en el que exhibía el letrero agrietado de la luna en el pozo.

Allí se coló, mostrando sus aires de matón, como si la posada le perteneciera. Finalmente miró al dueño, dirigiéndose a él con un movimiento de cabeza.

Este último le respondió señalando con el rostro una cortina de terciopelo de color bígaro, que colgaba en la parte trasera de la sala donde una serie de mesas mal parcheadas, con sillas desiguales, albergaba una selecta clientela compuesta por holgazanes, ladrones, carteristas, mendigos y borrachos.

Carbone de Cerchi pasó de largo de las mesas y los clientes, hasta que llegó a la cortina. La abrió y luego la cerró tras él.

Entró en la pequeña habitación, que siempre estaba a su disposición. En cierto modo, era el lugar donde se ocupaba de sus asuntos y recibía a las personas con las que debía reunirse. Y aquel día había una esperándolo sentada a una mesa.

El hombre en cuestión exhibía unas agallas carcelarias, llevaba un traje de lana liso y capa grande. La empuñadura de la espada le sobresalía del cinturón. Lo que sorprendía al observador más distraído, sin embargo, era la gran marca de nacimiento en forma de gancho que tenía en el cuello. Evidentemente había llegado hacía un rato, ya que, cuando Carbone se sentó vio su copa manchada de vino.

El señor De Cerchi tomó la jarra y se sirvió a su vez. Le apasionaba el vino tinto y con cuerpo que le guardaba para él el posadero y por eso, incluso antes de saludar, se bebió unos largos sorbos y luego se pasó el dorso de la mano por los labios violáceos.

—Señor Bonci...

—¡Arpón! —dijo el otro interrumpiéndolo.

—¿Qué? —preguntó Carbone, permitiéndose una mueca. Odiaba que lo interrumpieran.

—Sí —continuó el otro—. Es mi nombre... debido a lo que tengo en el cuello.

—Está bien, pero debéis saber que si volvéis a interrumpirme os dibujaré otro en la cara. Con la espada.

El asesino se quedó en silencio. Evidentemente, había entendido la indirecta.

—Bueno —continuó Carbone—, me han dicho que os habéis encontrado a Buonconte da Montefeltro.

—Sí. Y no fue agradable.

—Un detalle que no me interesa en absoluto —dijo Carbone—. La cuestión es otra. Estoy dispuesto a pagarle a alguien para quitarlo de en medio, alguien que lo haya conocido, que conozca sus hábitos y sepa dónde encontrarlo.

—Nadie desearía matarlo tanto como yo.

—Eso es música celestial para mis oídos.

—¿Y cuánto ganaría?

Carbone lo miró de reojo.

—No se puede decir que os guste perder el tiempo, Arpón.

—Decís bien.

—De acuerdo, pero ahora escuchad lo que tengo que explicaros.

—Soy todo oídos.

—Perfecto. Pues allá voy: quiero que matéis a Buonconte da Montefeltro. Eso sí, lo haréis de forma limpia, sin dejar huella, para que nadie pueda seguir el rastro hasta vos y, en consecuencia, hasta mí.

—Nunca revelaría el nombre de quien me da las armas —dijo el Arpón, ofendido al escuchar ese tono.

—Permitidme que lo dude.

—Os lo concedo.

—Entonces escuchadme.

TERCERA PARTE

La furia

(Primavera de 1289)

39

Carlos II de Anjou

Florencia estaba de fiesta. Después de haberlo esperado durante meses, el rey de Francia entraba en la ciudad.

Derrotado casi cinco años atrás en el golfo de Nápoles por el almirante Ruggero di Lauria, y encerrado en las galeras españolas hasta octubre del año anterior, Carlos II de Anjou había dejado a sus hijos como rehenes en el castillo de Campofranco a Alfonso de Aragón. Solo de esa manera le había sido posible recuperar la libertad.

Ahora bajaba desde París hasta Italia para ser coronado por el papa Nicolás IV en Rieti y así volver a ocupar el trono de Sicilia que le había sido sustraído.

Aquella mañana de primavera, las calles estaban atestadas de gente y adornadas con guirnaldas y arcos de triunfo. No se había reparado en gastos para recibir a semejante invitado, que le había permitido a la güelfa Florencia usar su insignia real. En todas partes había un ondear de estandartes y banderas con lirios dorados sobre campo azul.

Como los demás, Dante también estaba esperando ver la entrada triunfal de Carlos en la ciudad. Según se decía, lo llamaban el Cojo debido a una discapacidad de nacimiento. Esto, sin embargo, no le había impedido luchar y estar listo para empezar de nuevo tan pronto como recibiera la corona como rey de Sicilia y Jerusalén de manos del papa.

—Aquí están —le dijo Vieri, quien, como sucedía a menudo ahora, lo quería cerca de él.

Era cierto.

Carlos avanzaba por la calle a lomos de un gran caballo blanco, enjaezado con arnés de oro. La sobrevesta lucía magníficos lirios, símbolo de la casa de Anjou. Debajo, el rey llevaba una sobrepelliz brillante, con incrustaciones de oro y plata. Levantaba la mano y saludaba a la multitud que lo adoraba. Desde las puertas y los balcones, desde las torres y las gradas de madera montadas a lo largo de las calles llovían gritos de alegría. Los hombres levantaban el puño al cielo; las mujeres saludaban llevándose una mano al corazón, sus miradas embelesadas por el esplendor de los jinetes a caballo; los niños corrían con dulces comprados a los vendedores ambulantes.

Junto al rey cabalgaba Amerigo, vizconde de Narbona y capitán de ventura, con la capa blanca tachonada de escudos rojos. Un gorjal con placas remachadas protegía su cuello y resplandecía en rojo por los rubíes que tenía incrustados. Era joven y guapo, y la multitud mostraba su éxtasis.

Inmediatamente detrás de él, en cambio, iba un caballero más anciano y experto. Su apariencia era menos brillante y más espartana que las del rey y el vizconde. De hecho, en comparación con ellos, parecía incluso descuidado.

—¿Quién es ese hombre? —preguntó Dante, señalándolo con la cabeza, conmocionado por tanta austeridad.

Vieri miró al hombre que le indicaba el señor Alighieri.

—Ah —dijo complacido—, veo que habéis identificado al hombre de mayor valor de toda la formación.

—¿En serio? A decir verdad, me llamó la atención su apariencia...

—Austera —lo interrumpió Vieri.

—Exactamente.

—Pues bien, ese es Guillermo de Durfort, el tutor del vizconde Amerigo, que cabalga delante de él. Es un guerrero sobresaliente, es gobernador de Carcasona y tiene grandes propiedades en el condado de Foix. Al mismo tiempo, es un hombre muy piadoso y está fuertemente vinculado a los frailes, a los que no deja de hacer regalías y donaciones.

—¿Cómo sabéis todo eso?

Vieri sonrió.

—Ya os lo dije una vez. No se puede llegar donde yo estoy sin disponer de la información precisa. Aunque más bien creo que, por cómo se están dando las cosas, las esperanzas de ver realizado mi plan se verán frustradas.

—¿Os referís a las negociaciones con monseñor Ubertini?

—¡Sí! Por no mencionar que los priores no logran ponerse de acuerdo.

—En efecto, es difícil pensar que Florencia acepte una negociación, considerando el apoyo con el que, llegados a este punto, podrá contar.

Como para confirmar las palabras de Dante, una escolta de cien selectos caballeros seguía al rey, la flor y nata de la nobleza de Francia. Las plumas multicolores, las cintas, los cascos de olla, las perillas de hierro y hueso, los detalles de la armadura que capturaban los rayos del sol de mayo; tanto esplendor desataba el orgullo güelfo, y en aquel momento Corso Donati, que había regresado apresuradamente y a toda velocidad de Pistoia para la ocasión, dominaba la tribuna de madera más grande, y hubiera podido con una sola palabra ordenar tomar Arezzo y diez mil hombres se habrían arrojado al fuego con tal de satisfacerlo.

Después de los cien selectos caballeros llegaron los ballesteros y la infantería blandiendo lanzas y escudos tan brillantes como espejos. Se trataba de un cortejo magnífico y formidable, y Dante estaba fascinado. Se sentía realmente cegado por tanta pompa y nobleza guerrera que avanzaba pavoneándose.

Mientras veía a los caballeros y soldados desfilar por las calles de Florencia, pensaba que la guerra ahora era inevitable.

Demasiados hombres estaban en contra de la paz.

40

Honor

Lancia avanzaba con el señor Durazzo de Vecchietti por el camino que conducía de Chitignano a Poppi. Era una tarde fresca de primavera, bendecida por los rayos de un sol cálido y brillante.

Fue uno de los priores, el señor Dino Compagni, quien lo eligió, junto con el señor De Cerchi. Este último, de hecho, tuvo a bien acogerlo tan pronto como se presentó ante él con la carta de la señora Capuana y una cincuentena de hombres armados. No solo eso: lo había considerado el candidato perfecto para acompañar al caballero de Vecchietti a la bóveda del castillo de monseñor Ubertini en Chitignano. Por supuesto, pensaba que podía prescindir de él en caso de que el obispo hubiera reaccionado mal a las propuestas que se le hicieran. Lo cierto era que Lancia no se ofendió. Estaba acostumbrado a misiones muy diversas. Sin embargo, había llevado consigo una pequeña escolta de seis caballeros para no llamar demasiado la atención, pero, si fuera necesario, también para poder resistir una emboscada. Los mismos caballeros que ahora los seguían a él y al señor De Vecchietti a lo largo del camino.

—No creo que lleguemos a ninguna parte —dijo Lancia, poniendo voz a sus dudas.

—Lo veo igual. Especialmente porque los mismos priores no se ponen de acuerdo en qué pedir. Al final, el sentido común del señor Compagni ha prevalecido, pero hasta el otro día se mataban entre ellos por distintas pretensiones. Quién quería hacer la guerra; quién pretendía tomar posesión de las propiedades y castillos del obispo para arrasar con ellos y quién aspiraba a quedárselos para su uso.

—Sin tener en cuenta que, al ser garantes del acuerdo con la banca, de hecho todo iría a parar al señor De Cerchi.

—Exactamente.

—Pero me pareció que monseñor Ubertini iba a volver sobre sus pasos.

—Tuve la misma sensación —coincidió Durazzo—. Como si se diera cuenta de que no podía aceptar la oferta.

—Aunque, a decir verdad, quizá le hubiera resultado conveniente. Mientras nosotros presentábamos las propuestas de negociación, Carlos II de Anjou llegaba a Florencia.

—Veremos qué pasa, más no se puede hacer —observó Lancia.

—Es innegable. Por cierto, podríamos poner los caballos a todo galope. No me disgustaría llegar a Florencia esta misma noche.

Lancia hizo una señal con la cabeza a sus hombres.

—No hay más que decirlo —concluyó, y clavando las espuelas en los flancos de su caballo, lo lanzó al galope.

Tras los muros de su propio castillo, monseñor Guglielmo degli Ubertini reflexionaba. Había intentado negociar con los priores de Florencia a escondidas de sus capitanes. Lo había hecho con un buen propósito, pero ahora tenía la sensación de que se había comportado incorrectamente. Su sobrino Guillermo y Buonconte da Montefeltro se pasaban día y noche en emboscadas y ataques a los florentinos, y ahora estaba tratando de asegurar una vía de escape para sí mismo y para toda su familia a cambio de sus tierras y castillos.

Se sentía cansado; además, setenta años eran muchos. Tenía un espíritu joven, pero su cuerpo ya no era lo que había sido. Y la razón de su replanteamiento estaba relacionada con esto. Es verdad que hacía solo unos meses había instado a Guillermo y a Buonconte a atacar y saquear, a tender emboscadas y asedios, y ellos habían obedecido. En cambio, a medida que pasaban los días estaba cada vez menos seguro de que aquel fuera el mejor camino. ¿Cómo iban a enfrentarse a los florentinos en campo abierto? Porque, a pesar de aquella táctica del desgaste, Arezzo no lograba imponerse a Florencia, y el espectro de una gran batalla cada vez iba ganando más terreno.

Estaba pensando en esto cuando su sobrino entró en la habitación portando grandes candelabros de hierro forjado. En la chimenea alguna chispa lucía de rojo entre las cenizas y en la mesa estaban dispuestas diversas bandejas con carnes, quesos y verduras.

El Loco entró saludando a su tío. Entonces, tan pronto como este último le rogó que se sirviera, sin hacer demasiados cumplidos se vertió una copa de vino y cortó una pierna de cordero con un cuchillo y comenzó a devorar con placer. Después de los primeros mordiscos levantó la cabeza de la comida y preguntó:

—¿Cómo es que me llamasteis, tío?

Monseñor Ubertini vacilaba. No respondió de inmediato, pero al cabo tuvo que confesar lo que no le daba paz.

—Intenté llegar a un acuerdo con Florencia —dijo lacónicamente.

Al escuchar esas palabras, el Loco casi se atragantó. Tosió, resopló, escupió un trozo de carne en su plato, bebió y por fin preguntó:

—¿Qué habéis dicho? —Como si no creyera lo que había escuchado—. ¡¿Acaso habéis perdido la razón?! —exclamó el Loco.

—En absoluto.

—Pero ¿no os dais cuenta de que os pueden matar por eso? Si Buonconte se enterara, pediría vuestra cabeza. Yo mismo, ahora, debería cortárosla sin siquiera pensarlo.

—Entonces hacedlo —lo invitó monseñor—, para lo que me importa...

El Loco no comprendía. Su tío le parecía cada vez más a menudo presa de extraños desvaríos. Lo miró con ojos enajenados.

—Pero ¿qué demonios estáis diciendo?

—¡Vigilad bien cómo me habláis! Después de todo, soy un hombre de Iglesia —lo reprendió monseñor.

¡Era demasiado! Al Loco aquello le parecía un disparate. Golpeó la mesa con el puño, derramando el vino y rompiendo en pedazos una bandeja.

—¡Ahora me vais a escuchar! No lo hacéis nunca, pero esta vez no os queda otra opción, me parece. —Se detuvo un instante, como si tuviera la sensación de estar en un papel que no era el suyo. Normalmente era quien escuchaba, no quien tenía que imponer tiempos y ritmos de conversación. Esta vez, sin embargo, era diferente, pensaba que lo que iba a decir sería crucial—. No haréis nada de todo cuanto me habéis explicado, ¿os queda claro? Ya me ocupo yo del asunto. ¿Quién más está al tanto de vuestros manejos?

—Únicamente yo —respondió Guglielmo.

—¿Ningún siervo? ¿O consejero?

—No.

—Muy bien. Al menos eso es una buena noticia. ¡Otra cosa!

—¿Cuál? —preguntó el obispo. Su rostro ahora era de una extrema palidez, como si se avergonzara de sí mismo y, completamente a merced de su sobrino, quisiera deshacerse lo antes posible de las consecuencias de aquel trágico error.

—De ahora en adelante haréis lo que yo os diga.

—Está bien —asintió el obispo.

—Tenemos que nombrar a un nuevo alcalde. No podéis continuar acarreando tal carga sobre vuestras espaldas. No después de lo que habéis hecho.

—¿Queréis reclamar el cargo para vos?

—¡En absoluto! —respondió el Loco—. Soy un soldado. Y no tengo ni tiempo ni ganas de ser un hombre de poder. Investiremos con dicho título a Guido Novello Guidi, que lo ha estado anhelando durante bastante tiempo y que es un fiel aliado. Además —y mientras lo decía apuntó con el cuchillo a su tío—, debéis prometerme que si va a haber una batalla vestiré vuestras insignias.

El obispo se quedó sin habla.

—¿Y por qué? —preguntó.

—Porque está claro que, por la manera como habéis procedido, los florentinos querrán vuestra cabeza y os buscarán en la pelea. Si se encuentran conmigo se van a llevar una desagradable sorpresa. Luciré, por lo tanto, el escudo de armas dorado con león rojo y vos usaréis mis insignias en rojo y amarillo.

—Y...

—Y a diferencia de vos, como soy mucho más temido en la formación adversaria, entonces es muy probable que os dejen en paz.

—Pero de esta manera...

—Los tendré a todos en contra —lo interrumpió el Loco—. Y se llevarán una ingrata sorpresa. Os advierto —continuó, mordiendo un trozo de queso— que no será fácil hacerme cambiar de opinión. Por lo tanto, más vale que renunciéis de inmediato.

Monseñor Ubertini suspiró. Parecía estar reflexionando, pero luego dijo claramente lo que pensaba que era correcto:

—Eso no puedo aceptarlo. Y os explicaré por qué. Me he equivocado. De manera grave, ya me doy cuenta de ello. Cedí a la debilidad y, aunque no tenga excusas, al menos puedo decir que la edad y el cansancio que los años traen consigo desempeñaron un papel en todo esto. Y sé que os debo mucho, quizá todo, a cambio de vuestro silencio. Sin embargo, si no dudo en aceptar vuestra propuesta de Guido

Novello Guidi, os pido en cambio la posibilidad de reparar el honor quebrantado. No quiero esconderme detrás de más estratagemas. Aprecio y admiro vuestra audacia y os agradezco una oferta que sé que no merezco, pero dejad al menos que repare mis errores enfrentándome al enemigo con mis colores.

—Como ya os dije, usar vuestros colores no será para mí en absoluto un problema porque soy un soldado y un caballero. Y aunque vos y Buonconte da Montefeltro pensáis que soy un insensato, valgo tanto como vosotros, si no más.

Al escuchar esas palabras, el obispo guardó silencio al principio, pero luego se recuperó.

—No lo dudo. Os lo acabo de reconocer. No voy a rechazar un acto de valentía por vuestra parte, más bien os pido que aceptéis una petición de soldado a soldado.

—¿Y cuál sería?

—Poder rehabilitar mi honor en el campo de batalla.

Ante tal respuesta, el Loco permaneció en silencio. Su tío lo azuzó.

—Por favor, aceptad, de hombre a hombre —dijo, extendiéndole la mano.

Finalmente, Guillermo se la estrechó.

—Está bien, entonces —dijo—. Yo llevaré mis insignias y vos las vuestras, y que cada uno pruebe su propio valor en el campo de batalla.

41

El templado

La mañana estaba llegando a su fin. Giotto tomó un tizón ardiendo de la chimenea. Condujo a Dante a través del patio. El aire de la fragua estaba lleno de una mezcla de olores ásperos y acres: sal, madera quemada, orina de caballo, restos de metal. Con la antorcha que sostenía, Giotto encendió la madera que había puesto en el hogar la noche anterior. Prendiendo las ramitas y los palitos, la llama se encendió rápidamente. Giotto se apresuró a alimentarla con el fuelle y luego agregó carbón para consolidar y estabilizar aquellas lenguas ardientes hasta que, gradualmente, a medida que el combustible se quemaba, se formó una capa compacta de ceniza y brasas.

Dante miraba a su amigo con admiración. No imaginaba que Giotto fuera tan experto en el arte de la forja, pero pensándolo detenidamente, tenía toda la lógica, ya que su padre era herrero de oficio.

De debajo de una capa de ceniza clara, el amigo sacó un palo de acero que había enterrado la noche anterior. Cinco palmos de hoja y uno de espiga, seis partes en total para formar una espada perfecta. La había forjado los días anteriores, martilleándola sin descanso en el yunque. Luego procedió a pulirla, afilando la hoja en la piedra durante un tiempo que le pareció infinito.

Ahora, a la luz de las brasas y el carbón ardiendo y cada vez más iluminado por las candelas colocadas alrededor, Giotto hizo brillar el acero. Después, con amoroso cuidado, buscó un trapo mojado y comenzó a limpiar la hoja, para más tarde lustrarla, con un mimo casi maníaco, con piedra pómez. Por último, la abrillantó con polvo abrasivo hasta que el acero tomó un color azulado.

Entonces con una pala extendió un lecho de ceniza sobre el carbón caliente y colocó la cuchilla encima. El calor pareció extenderse progresivamente en toda su longitud y el color del acero se tornó rosa como un amanecer. Con tenazas, Giotto se aseguró de girar la espada al rojo vivo para que ambas caras de la hoja fueran alcanzadas de manera uniforme por la acción moldeadora del fuego.

Dante estaba mudo de asombro. Contuvo la respiración como si su vida dependiera del perfecto éxito de la forja de aquella hoja.

Giotto no perdió más tiempo. Agarró el acero con las tenazas y lo enterró en un lecho de tierra oscura y húmeda que había preparado previamente. Unas nubes de vapor claro se elevaron en el aire del color de la mantequilla, iluminado por las llamas rojas de las candelas.

Cuando vio que ya había pasado el tiempo suficiente en la tierra, la desenterró y con las tenazas la volvió a colocar sobre el lecho de ceniza y carbón, dejando que el acero volviera a calentarse una vez más.

—Tengo que encontrar el punto de equilibrio —dijo mientras giraba la hoja en el lecho ardiente.

—¿De qué equilibrio estáis hablando? —preguntó Dante, que contemplaba absorto el acero entre las llamas, con el resplandor del fuego reflejado en sus pupilas brillantes.

—Si el acero es demasiado duro, resultará asimismo rígido y quebradizo, amigo mío. La espada perfecta es la que combina solidez, resistencia y elasticidad. Este es un equilibrio muy difícil de alcanzar, pero cuando lo logras, sucede algo mágico.

Ciertamente, Dante no necesitaba que lo convencieran.

—Existe una leyenda sobre el acero —dijo.

—¿Cuál? —preguntó Giotto, que estaba esperando a que la hoja volviera a adquirir una luz de color rojo sangre.

—Venus, la diosa de la belleza —comenzó Dante—, le rogó un día a su esposo Vulcano, cojo y deforme dios del fuego, que forjara para su hijo Eneas armas invencibles que le permitieran derrotar al antiguo pueblo de los Rutuli. Para convencer a su esposo, le regaló la más increíble noche de amor. A la mañana siguiente, Vulcano entró en su fragua, en una cueva marina en la isla de Lípari, y ordenó a los cíclopes que forjaran un escudo de tal dureza que nunca se viera afectado siquiera por los golpes de la espada de Turnus, rey de los Rutuli. Para esto Brontes, Estéropes y Piracmones fundieron a la vez siete grandes láminas del letal metal.

—¿O sea?

—Acero.

—Ah —dijo Giotto, con la frente cubierta de gotas de sudor a causa del calor que liberaba la fragua—. Pues bien —continuó—, es una muy buena historia. —Luego agregó—:

No puedo deciros si estaré a la altura del dios del fuego, pero lo cierto es que ahora tenemos que volver a iniciar el proceso con el segundo baño de templado.

Así que agarró de nuevo la hoja con las tenazas y, extrayéndola del lecho de ceniza y carbón, se dirigió al patio. En la esquina más alejada vio un barril lleno y sumergió el acero. Esta vez la hoja, en contacto con el líquido, chisporroteó. Volvieron a desprenderse vapores claros que se expandían haciendo espirales y volutas en el aire gris del amanecer.

—Agua del Arno —dijo Giotto—, a la que le agregué aceite de los olivos de los montes y orines de vuestra yegua.

Dante estaba atónito.

—¿Y para qué sirve eso? ¿Cuándo los conseguisteis? —preguntó con una media sonrisa, sintiéndose como un perfecto idiota.

—Hace pocos días... Gemma —contestó Giotto lacónicamente—. Fue ella la que me dejó entrar en el establo.

—¡Ah!

—Le dije que necesitaba ver a Némesis y ella no se opuso en modo alguno. Sabe que soy vuestro amigo y que en mí puede confiar.

—Entiendo —dijo Dante, aún más sorprendido.

—Mirad, amigo mío, una espada está profundamente ligada a quien la usa. Desde el mismo momento de su concepción. Para ello debe forjarse con amor y compromiso. La orina, por más que pueda pareceros un elemento extraño, es de vital importancia porque contiene sal de amonio, una sustancia muy útil y estabilizadora para el perfecto templado de la espada.

—Ah —fue todo lo que Dante logró decir.

—Ahora vos y Némesis estáis fusionados en la misma hoja. La cuchilla tendrá su velocidad, y la dureza de la sal de amonio garantizará el afilado, que luego se irá renovando cada vez con la muela y la piedra de afilar. Ahora comenzaré con el tercer templado.

Sin más preámbulos, Giotto sacó la espada del barril y regresó a la fragua, donde repitió el procedimiento. Esperó.

—Hay que tener paciencia —comentó el gigante—, como dice mi padre.

Dante siguió a Giotto y lo miró.

—Sois increíble —dijo finalmente.

—¿Y por qué? —preguntó el amigo.

—Porque sois un inventor extraordinario. Conocéis los secretos de los colores y la pintura y hasta sabéis forjar una espada.

—Bueno, por lo que respecta a eso, me limité a observar a mi padre —minimizó Giotto.

—Es eso, esa humildad vuestra se suma a vuestros méritos. Cualquier otro hombre se jactaría de todas sus cualidades, pero no vos.

—¿De qué sirve? —preguntó Giotto—. Además —dijo, agarrando de nuevo la hoja con las tenazas y alejándose del hogar—, todavía no he terminado. Aún no he concluido mi obra. —Se detuvo frente a un abrevadero—. Agua de lluvia —explicó finalmente—, la más pura porque viene del cielo. Está más fría y clara. Helada, puesto que le agregué hielo derretido. Apresará el fuego en la espada para siempre. —Y, al decirlo, hundió la espada en el agua y un chorro cáustico se escapó con un silbido, haciendo hervir la superficie líquida.

Entonces, mientras mantenía la hoja sumergida en el agua, Giotto se volvió hacia su amigo.

—Como no queréis iros de Florencia, al menos permitidme daros una espada con la que protegeros. —Y sonrió.

Dante pensó que, de todas las que tenía, la amistad de Giotto era para él la más preciosa e insustituible.

Ahora se sentía listo. No sería el mejor *feditore* en el campo de batalla, eso no lo dudaba, pero, con una espada como esa, vendería cara su piel.

Era feliz, se lo admitió a sí mismo. No estaba solo, tenía gente que lo quería y tenía que aprender a brindarles el cariño que se merecían. Pensaba que debería corresponder a aquel regalo, era lo mínimo que podía hacer. Igual que reconocería a Gemma que siempre, en silencio y sin pretender cobrarse los méritos, parecía trabajar en la sombra para que su vida fuera lo mejor posible.

Sonrió. El pensamiento de que su esposa y Giotto habían conspirado juntos para darle esa magnífica sorpresa le divertía.

42

Estrategias

La torre de la Castagna se destacaba con su amenazadora altura para proteger la abadía. Era allí donde vivían los priores de la ciudad durante los dos meses que permanecían en el cargo. Ahora, a través del adyacente convento, el señor Dino Compagni y los otros cinco miembros del colegio se habían mudado al interior de la abadía y juntos se preparaban para saludar al soberano, despidiéndose de él y de los altos dignatarios que durante tres días se habían quedado en la ciudad, divirtiéndose con motivo de las atracciones montadas en honor al rey. No faltaban los grandes de Florencia, empezando por el señor Corso Donati, que había regresado de Pistoia unos días antes. Y estaban Vieri de Cerchi y su hermano Carbone. Y además Rosso della Tosa, Boccaccio Adimari, Giacchinotto de Pazzi y algunos otros.

El rey avanzó entre los caballeros franceses y los seis priores les dieron la bienvenida en el centro de la nave. Se abrieron a su paso como los pétalos de una corola y el soberano continuó hasta el altar, recibido por el obispo Andrea dei Mozzi. La luz del sol primaveral penetraba en frágiles rayos por los grandes ventanales orientados al este. Las cerchas cubiertas de decoraciones amplificaban la maravilla de aquel momento solemne.

Al llegar al altar, el rey recibió la bendición del obispo. Luego, después de las fórmulas rituales, se celebró la misa.

Dante miraba con admiración al rey renqueante, que, aunque discapacitado, se convirtió en líder de la Iglesia. Carlos no le había parecido ni altivo ni arrogante en aquellos días, sin embargo, bien hubiera podido hacer gala de ello. Quizá, tras ser juzgado en la cárcel aragonesa, se había vuelto juicioso y el ardor juvenil se había diluido en una disposición más reflexiva y atenta. Y esa debía de haber sido la sensación que tuvieron hasta los priores, que saludaron con aplausos la firme decisión del rey de dejar en Florencia a Amerigo, vizconde de Narbona, como su representante, al mando del ejército de los güelfos. A muchos no se les escapaba que aquella decisión la había motivado el hecho de que el joven estuviera acompañado por Guillermo de Durfort, bailío de gran sabiduría y perspicacia, así como soldado de experiencia infinita.

La satisfacción de aquel día era contagiosa, y todo ello por una razón muy simple: tras la muerte de Ranuccio Farnese en las marismas de Pieve al Toppo, el ejército güelfo carecía de un comandante en jefe. Lucca, Pistoia y Siena se negaron a que se designara a un florentino. Esas ciudades habrían considerado a Maghinardo da Susinana el hombre adecuado para dicho papel, pero los grandes no eran del mismo parecer, ya que sabían bien que este último estaba dispuesto a ponerse del lado de los gibelinos para defender sus tierras en Romaña y de los güelfos en Toscana.

A Dante no le gustaba nada Maghinardo: parecía un fanfarrón lleno de arrogancia, que bien podía comenzar como aliado de un lado en verano y ser fiel al otro en invierno. Por lo tanto, la elección de Amerigo de Narbona resultaba providencial por ese hecho también.

La abadía en ese momento se iba vaciando de fieles. Los priores, seguidos por el rey, Amerigo de Narbona, Guillermo de Durfort, Corso Donati, Vieri de Cerchi y algunos otros nobles partieron hacia la torre de la Castagna.

Cuando estaba a punto de irse, Vieri le indicó a Dante que lo siguiera. Y este no se lo hizo repetir.

Ocupado en seguir el ritmo del rey, Corso no pareció darse cuenta de esa complicidad. Dante se sintió aliviado.

Al llegar a la torre, los hombres tomaron asiento alrededor de una gran mesa sostenida por caballetes. El rey se sentó entre Guillermo y Amerigo. Luego hicieron lo propio los priores y algunos de los nobles más influyentes. Los demás permanecieron de pie. Fue el bailío Durfort quien hizo de intérprete, ya que hablaba un discreto florentino, gracias a su trato con los frailes sirvientes que lo habían llevado varias veces Toscana abajo, hacia los conventos de Siena, Città di Castello y Florencia.

Explicando la voluntad del rey de los franceses, ilustró el plan que el soberano sugirió para las huestes güelfas. Antes que nada, era necesario consolidar alianzas con ciudades amigas. Sobre esto, para asegurar una federación de fuerzas, el soberano creía que la presencia de un comandante en jefe francés garantizaría una imparcialidad virtuosa, evitando litigios entre ciudades.

Al escuchar esas palabras, los priores asintieron. Y también Corso y Vieri eran de la misma opinión. El rey demostraba una gran inteligencia y un conocimiento no trivial del provincianismo toscano.

—Esta es realmente una excelente solución —subrayó Dino Compagni, que, de todos ellos, era el que más había hablado durante los días anteriores con Guillermo de Durfort. De hecho, entre los dos había surgido algún tipo de comprensión natural, y muy probablemente gracias también a esto el soberano dijo que estaba dispuesto a dejar un contingente de soldados en Florencia.

Guillermo prosiguió.

—El rey cree que conquistar el control de las rutas de montaña puede poner en dificultades a la gente de Arezzo. Sin contar que el apoyo de Francia al ejército güelfo representará una buena ventaja.

—Es cierto —respondió el señor Compagni—. Por un lado, nuestro ejército se consolidará y fortalecerá gracias al valor y la fama de los soldados franceses; por el otro, cortar los suministros a Arezzo pondrá en apuros a los gibelinos.

El rey habló de nuevo. Tenía una voz hermosa y una manera lenta y oscilante de conversar, tal vez no exactamente marcial sino en perfecta consonancia con su capacidad para interpretar situaciones.

Cuando hubo terminado, Guillermo de Durfort lo sintetizó como sigue:

—Su Majestad también aconseja tomar el control de las calles para evitar cualquier posibilidad de reunificación entre soldados de Pisa y Arezzo. De hecho, es consciente de que Guido da Montefeltro es el nuevo alcalde de Pisa y teme que una eventual unificación de los dos ejércitos pueda representar un problema.

Corso Donati asintió con la cabeza hacia el señor Compagni. Era su manera de pedir la palabra. Sin siquiera esperar, dijo lo que quería.

—Señor Guillermo —comenzó—, lo que dice Su Majestad es tan real que será misión nuestra desfilar lo antes posible hacia el valle del Casentino, bajo las órdenes del vizconde de Narbona. En ese sentido sugiero atacar las plazas fuertes de ese territorio con el fin de tener el control de las rutas de montaña y así impedir que las fuerzas gibelinas de Pisa y Arezzo se reúnan.

La idea era acertada y sensata. El señor Dino Compagni especificó:

—El señor Donati es el actual alcalde de Pistoia y cabeza de una de las familias más antiguas y nobles de Florencia.

—Entiendo —dijo Guillermo de Durfort, quien luego tradujo a beneficio del rey.

Este respondió algo, pero todos entendieron incluso antes de escuchar las palabras del bailío que la conversación se había terminado.

—Mi soberano dice que las sugerencias de hombres valiosos y de noble linaje son obviamente bienvenidas. Ahora quiere encaminarse sin más demora a Rieti. Os agradece la hospitalidad —concluyó Guillermo de Durfort.

Entonces el rey se puso de pie, imitado por todos, y ordenó ser conducido hasta la puerta de la ciudad.

43

Badia a Ripoli

Las órdenes habían sido claras. Los hombres de la milicia —todos los ciudadanos florentinos de entre quince y setenta años a excepción de inválidos, religiosos y pobres— se habían dividido en grupos de cincuenta. Cada uno de estos grupos estaba compuesto por dos mitades llamadas *venticinquine*. Las *venticinquine* serían las unidades militares del ejército, tanto para la caballería como para la infantería. Cada una de ellas estaría comandada por un oficial electo. En el caso de Dante fue Vieri de Cerchi.

Todas las *venticinquine* estaban al servicio de uno de los veinte gonfaloneros del pueblo, tres por cada *sesto*, a excepción de San Pier Scheraggio y Oltrarno, que tenían cuatro.

Dante miró la sobrevesta de lino, que llevaba su escudo de armas de oro y negro atravesado por una banda plateada. Amanecía. Némesis estaba lista. Y él también sentía que era hora de ponerse en marcha. Aunque era temprano estaba sudando por culpa de aquella maldita primavera que parecía verano y de la malla, que, por ligera que fuera, lo hacía cocerse bajo el hierro.

Llevaba la sobrevesta sobre la cota de malla. Miró a Gemma. Quería sonreír, pero no podía. En ese momento le parecía que una parte de él permanecería allí con ella. La mañana era muy hermosa. La noche anterior habían hecho el amor, y él entendió que la extrañaría, y mucho, en los días venideros. Cuando unas horas antes ella lo había besado en los labios y luego lo había vuelto a hacer una y otra vez, él se había abandonado a sus caricias y en ese dulce y gentil desconcierto había logrado encontrar refugio de los miedos y dudas que lo atormentaban. No había sido una pasión abrumadora, pero sí una entrega y un descubrimiento juntos: se habían lanzado el uno a los brazos del otro tratando desesperadamente de sobrevivir al miedo. Y habían hallado perdón y afecto, y eso era un auténtico regalo que Dante no creía que fuera a recibir. Y menos aún saber dar. Sin embargo, había sucedido, y ahora le hubiera gustado retroceder unas horas. Quedarse allí, con Gemma, en su cama.

Pero no era posible. Florencia lo llamaba y tenía que responder.

Fue Gemma quien le entregó la espada.

—La he guardado para vos —dijo—. Giotto me la dio ayer. Ha trabajado día y noche para perfeccionar la empuñadura. Espera que os sea útil. Me dijo que tendréis que ponerle un nombre. Elegidlo con cuidado.

Dante tomó la espada de las manos de su esposa. Estaba metida en una magnífica funda de cuero. La desenvainó. La hoja de acero brillaba en el aire plomizo, salpicada por la tenue luz del candil.

Era un arma magnífica. La enfundó y se la aseguró en el cinturón.

Luego abrazó a Gemma. Ella buscó sus labios y lo besó con una pasión que casi lo aturdió. La abrazó con más fuerza. Una lágrima corrió por la mejilla de Gemma. Dante entendió que no quería parecer triste antes de su partida. Le estaba agradecido. ¡Cuánto coraje estaba demostrando! Y qué diferente aquella partida de la que precedió a la fracasada batalla de Laterina.

—Tengo que irme —dijo finalmente.

Así que, a regañadientes, se deshizo del abrazo. Luego se puso el camal de malla. Comprobó que el equipamiento estaba en orden y saltó a la silla.

Despeinó a Némesis y salió del establo, saludando a Gemma con una última mirada llena de promesas.

Cuando vio Badia a Ripoli, Dante descubrió que ya estaban allí reunidos una gran cantidad de artilleros. No solamente eso: toda la llanura estaba moteada del blanco de las tiendas de campaña. Vio antes que nada la insignia de la liga güelfa con el águila roja atrapando en sus garras al dragón verde en campo de plata.

Pronto se uniría a su *venticinquina*. Carbone de Cerchi ya estaba en su puesto, mientras que Vieri todavía tenía que llegar junto a los otros barones que habían retirado sus insignias de guerra. Las había bendecido el obispo en la catedral en presencia de los priores de las Artes, el clero, los caballeros y el alcalde. La llanura alrededor de la abadía se extendía plácidamente, bajo la brisa primaveral, hacia la parte posterior de las colinas y hasta el horizonte. Las tiendas de campaña parecían flotar en el mar brillante de cotas de malla y cascos de los caballeros, de las filas de infantería, de ballesteros, lanceros, arqueros y empavesados. Estos últimos exhibían con orgullo mal disimulado los paveses, esos gigantescos escudos con los que iban armados y de los que se servían para proteger a los compañeros de infantería en el fragor de la batalla.

Ese rebosar de vida, que centelleaba bajo el sol gracias al hierro y al acero, quedaba interrumpido por los colores brillantes de las sobrevestas de los caballeros y los *feditori*, con los escudos de armas de los *sesti* y de las familias a las que pertenecían. Dante distinguió escudos de oro con águila desplegada en negro, perteneciente al *sesto* del norte de San Martino en Vescovo, escudos de armas con bandas rojas y plateadas con banda en el centro, de los Nerli d'Oltrarno, así como las banderas con bandas doradas y azules de los Adimari.

Pero no era únicamente el patear de los caballos y la risa gorjeante de los soldados lo que resonaba en la llanura, ya que, además de los hombres de armas, estaba todo el trabajo de los que se empleaban en las más diversas tareas. En el inmenso campamento, Dante vio herreros reparando herraduras y puliendo espadas, carpinteros que arreglaban varillas de los carros y bujes de ruedas, cocineros y panaderos intentando distribuir raciones de comida. También carreteros gritando y asistentes con mulas y otras bestias, por no hablar de las lavanderas con cestos de ropa limpia. Los vinateros repartían copas y jarras en el vano intento de satisfacer a los soldados, algunos de ellos ya completamente borrachos. Y luego estaban las mujeres más codiciadas e importantes de todas las mujeres presentes: las prostitutas, que desde el alba, según se decía, no habían dejado de provocar y burlarse de los soldados, para luego acostarse con ellos y, en particular, con los caballeros florentinos, conocidos por su indisciplina y fogosas inclinaciones.

Y toda aquella variada humanidad, aquella ciudad que, desarraigada de su sede, se preparaba para avanzar hacia el Casentino, le causó una honda impresión a Dante, como si ya fuera indiscutible que la madre de todas las batallas se perfilaba en el horizonte.

Sin embargo, en ese momento, mientras se bajaba de su caballo y saludaba haciendo una seña con la cabeza a sus compañeros, también tuvo la sensación de que, aunque eran conscientes de prepararse para una guerra, había en esos hombres y mujeres una desesperada necesidad de divertirse, de abrazar la vida por última vez con una determinación y una energía inagotables.

En cuanto hubo llegado a la tienda que le fue asignada, Dante ató a Némesis a un poste de madera. Acarició el hocico de su potra y desenvainó su espada. Se sentó en un taburete y con la piedra amoladera empezó a afilarla escrupulosamente. La hoja era de una belleza reluciente, y con la empuñadura Giotto había hecho un gran trabajo, modelando un magnífico mango de madera, acolchado con cuero de buey y cuerda, robusto pero cómodo y fácil de manejar. Dante esperaba asimismo que fuera eficaz al absorber el impacto de los golpes, pero, dada la calidad del trabajo, no tenía dudas al respecto. Al final había decidido llamar Manto a su espada, como la hija del adivino tebano Tiresias.

Entonces, mientras estaba afilando la espada, las trompetas tronaron en el valle anunciando la llegada de los barones y de Amerigo de Narbona, comandante en jefe del ejército florentino.

Dante se puso de pie. Desde el montículo en el que se encontraba no era difícil distinguir la impresionante columna militar que se extendía por el valle. A la cabeza del grupo, Amerigo de Narbona, joven y gallardo, envuelto en los lirios de Francia. A su lado cabalgaba Guillermo de Durfort, y detrás de él, los abanderados con la insignia en oro y azul de los Anjou y las de Narbona, completamente rojas. Tras ellos avanzaban los cien caballeros franceses. Más rezagados, entre los estandartes con el Marzocco* de Florencia y los colores de la alianza güelfa, Dante vio a Corso Donati y Vieri de Cerchi. Y luego otros barones y caballeros.

Las insignias con los lirios dorados de Francia, en campo azul, ondeaban al viento, pero lo más impresionante era el ritmo marcial y orgulloso de los hombres de Anjou.

Pronto, Amerigo de Narbona llegó frente a la abadía. Clavó firmemente las espuelas en los flancos de su magnífico caballo bayo y lo hizo corcovear. El palafrén se puso de pie sobre sus patas traseras, lanzando un impresionante relincho. Entonces, tan pronto como se puso nuevamente a cuatro patas, Amerigo arrebató de las manos de un caballero portador de estandartes la bandera con los lirios dorados en campo azul y la plantó en el suelo frente a la abadía.

Por un momento, todo el campamento se quedó en silencio. Pero luego, el resto de los jefes de las huestes hicieron lo mismo y, a medida que cada uno iba replicando ese gesto, su simbolismo fue perdiendo poco a poco su fuerza, ya que la repetición no hacía más que echar a perder su singularidad.

* Símbolo de la República de Florencia, consistente en el león protegiendo a la flor de lis. *(N. de la T.)*

Cuando todo terminó, sin embargo, las insignias consagradas por el obispo florentino se hallaban todas clavadas en el suelo frente a la abadía, que con su arquitectura sencilla, libre de decoraciones y florituras parecía recordarle al colosal ejército el significado profundo de la fe y de la obra del hombre en el nombre de Dios. En aquella visión Dante encontraba paz y consuelo.

Cuando finalmente dirigió la mirada hacia la llanura, la realidad volvió con toda su crudeza y lo devolvió a la sensación de partida inminente. En unos días habrían abandonado esos lugares y marcharían hacia Arezzo para emprender la batalla.

44

Arezzo

Buonconte da Montefeltro se había enterado del intento de traición del obispo. A diferencia de la mayoría de los cabecillas gibelinos, que se habían enfurecido y amenazaban con la pena capital, él se había limitado a favorecer el nombramiento de Guido Novello Guidi como alcalde de Arezzo, sin mostrar la más mínima emoción. Ese hecho había asustado al Loco, que quería asegurarse de su sinceridad, temiendo que estuviera incubando fríos deseos de venganza, pero Buonconte los había descartado. Ahora que la noticia de esa traición había vuelto gracias a Guillermo, no tenía ningún interés en sembrar más discordia de la que ya reinaba.

En cambio, era necesario reagrupar las filas lo antes posible, desde el momento en que todos los informadores referían que en Badia a Ripoli se estaba reuniendo un ejército colosal que, además de aglutinar en una unidad Florencia, Pistoia, Lucca, Siena y Volterra, había obtenido el apoyo del rey de Francia y un contingente de caballeros de Anjou que, por supuesto, podrían ser decisivos en el transcurso de una batalla campal.

Guillermo de Pazzi de Valdarno parecía particularmente impresionado. La situación distaba mucho de ser favorable.

—Entonces... ¿se han congregado en la llanura de Ripoli? —preguntó Buonconte.

—Exactamente. Todavía tienen que ponerse en marcha, pero lo cierto es que las colinas resplandecían por el metal. La cantidad de soldados que los florentinos han logrado reunir es impresionante —respondió el Loco.

Buonconte no podía creerlo.

—Doscientos caballeros de Lucca, bajo los estandartes rojos y blancos. Otros ciento cincuenta de Pistoia bajo las órdenes de Corso Donati, más cincuenta al mando de Maghinardo dei Pagani da Susinana, que ha aportado trescientos soldados de infantería.

—¡Ese bribón! —estalló Buonconte, exasperado por los continuos cambios de rumbo del gibelino.

Maghinardo finalmente había decidido ponerse de parte de Florencia desde que la ciudad güelfa le cedió en matrimonio a Mengarda della Tosa, una hermosa muchacha de uno de los linajes más nobles de la baronía.

—A estos hay que añadir cuatrocientos mercenarios contratados por Florencia —continuó el Loco—. Y, además, las *venticinquine* bajo las órdenes de Adimari, Gherardini, Della Bella, Della Tosa, Nerli, Frescobaldi, Scali..., y luego los caballeros franceses.

—¿Cuántos?

—Al menos cien.

—Esperaba menos.

—Yo también.

—En fin, resumiendo, ¿de cuántos hombres estamos hablando en total? —preguntó Buonconte.

—Unos mil quinientos a caballo y cerca de diez mil a pie, contando la villanada de cavadores de trincheras y los paleadores.

—Muchísimos —dijo Buonconte—. Demasiados. Nunca llegaremos a igualarlos, pero confío en la capacidad de vuestro tío para reclutar hombres, especialmente ahora que tiene que hacerse perdonar por la treta que ha intentado.

El Loco asintió.

—Por supuesto, lo entiendo perfectamente y os puedo garantizar que así será.

—Tenemos que darnos prisa —dijo Buonconte—. Con toda seguridad, los florentinos se pondrán en camino rápidamente y es obvio que buscarán penetrar por el Valdarno, más cómodo, por lo que valdrá la pena enviar centinelas y ballesteros para bloquear las posibles salidas. ¿Cuándo los visteis acampar en las colinas de Ripoli?

—Ayer.

—Entonces será bueno moverse —espetó Buonconte—. Por un lado, habrá que tenderles una trampa en el Valdarno. Por otro lado, preparar el ejército lo antes posible para adelantarlos e imponerles el campo de batalla. Los esperaremos de nuevo cerca de Laterina, solo que esta vez no retrocederemos y haremos que nos encuentren pasado el Arno, dándoles suficiente espacio para cruzar el río y llegar al escenario de la batalla.

El Loco asintió. Determinar las características del enfrentamiento era una ventaja fundamental. Y por lo demás tenía fe en Buonconte, que en el último año había demostrado una gran perspicacia táctica además de un coraje indiscutible. De hecho, pensaba que era sin duda el mejor comandante posible, y no solo para Arezzo. Los franceses, en general, por muy valientes que fueran como combatientes, no conocían el territorio, y al menos en ese particular los gibelinos tendrían una ventaja, tanto más cuanto que, si bien era cierto que algunos de los hombres de Anjou hablaban un poco de florentino, que tuvieran problemas de comunicación jugaría de seguro en su contra.

En resumen, si había alguna posibilidad más de ganar, era preciso aprovecharla.

—Os encargaréis de enviar inmediatamente un puñado de centinelas a los pasos —dijo Buonconte—. Mientras tanto me las apañaré para informar al alcalde y requerir a los barones a reunir el ejército y estar listos lo antes posible para el combate.

—Así lo haré —dijo el Loco, y un momento después desapareció.

45

Hacia Arezzo

Hacía meses que Capuana no recibía noticias de Lancia. Lo había autorizado a destinar una cuantiosa suma de dinero a ponerse del lado de los güelfos en la que se presagiaba que sería la madre de todas las guerras. Y ahora el clímax parecía haber llegado. Incluso las beatas del monasterio habían oído rumores de que Florencia, junto con Lucca, Siena y Pistoia, se estaba movilizando contra Arezzo para aniquilar la soberbia gibelina. Y si aquella ciudad rebelde fuera derrotada, lo mismo le sucedería a Pisa, que en ese punto, aislada y sola, no podría resistir el empuje de los güelfos.

Ese día, sin embargo, había llegado una carta de Lancia. La había llevado uno de sus hombres. Y entonces, leyendo las hojas escritas en letra fina y elegante, descubrió lo que sucedía afuera del convento.

El sol brillaba en el cielo. El claustro daba a un patio florido y verde en el centro del cual había un pozo. Capuana acababa de beber del cazo un sorbo de agua pura y helada que, sumado a la carta que tenía en las manos, la despertó definitivamente del letargo al que se había entregado en los últimos días, con la esperanza de no pensar. La vida en el convento estaba marcada por la oración y las pequeñas tareas que le habían sido asignadas, que, al repetirse día tras día, tejían una red de hábitos en los que una mujer como ella podía hasta verse anulada.

Sin embargo, ahora solo pensar en las palabras de Lancia bastaba para devolverla al mundo exterior que había decidido rechazar pero que, en un rincón de su mente, todavía no había podido borrar del todo.

Se sentó en el borde del pozo y, girando entre sus dedos el zafiro que había pertenecido a su marido, empezó a leer.

Señora:

Os escribo mientras estamos en el Casentino, listos para atacar Arezzo. Los gibelinos creen que llegaremos por el Valdarno, pero se equivocan. Hemos elegido caminos de montaña para llegar a las puertas de su maldita ciudad y hacer que se arrepientan de haber nacido. Por el momento no parecen haber entendido nuestras intenciones y estamos encontrando vía libre.

Después de que me autorizarais a invertir el dinero, reuní una cincuentena de hombres reclutados de entre los güelfos que escaparon de Pisa, hombres leales a vuestro esposo y ansiosos por reivindicar su memoria. Con ese puñado de viejos soldados y jóvenes desenfrenados llegamos a las puertas de Florencia y ahí me puse al servicio de Vieri de Cerchi, que no solo me recibió con los brazos abiertos, sino que incluso me encargó que tratara de llegar a un acuerdo con el obispo Guglielmo degli Ubertini, señor de Arezzo, esperando verlo entregar el castillo del que era propietario, garantizando a cambio su seguridad y la de toda la familia y dejando Arezzo a merced de los güelfos. Por supuesto, habiendo sido el último en llegar, yo también era el hombre más prescindible y por eso, para contar con la gracia del más importante barón de Florencia, acepté.

El acuerdo se desvaneció casi de inmediato y hoy puedo decir que un gran ejército, encabezado por el vizconde Amerigo de Narbona, plenipotenciario de Carlos II de Anjou, está a punto de dejarse caer sobre Arezzo. La moral está alta, el intenso calor hace que el ascenso sea más complicado de lo que nos hubiera gustado, pero en general no tenemos motivos para quejarnos. Vamos a dar batalla y estoy más que convencido de que la memoria del conde será honrada con una victoria porque la alianza es demasiado amplia y sólida como para ser derrotada.

Estamos en Badia a Ripoli, listos para partir dentro de dos días hacia Nipozzano. En el camino primero nos encontraremos, antes de una serie de pueblos fortificados, a nuestros amigos, que ya nos han acogido como salvadores, sin dejar de proporcionarnos jóvenes decididos a unirse a nuestras filas. Entonces llegaremos a la vista de Diacceto y allí pararemos. Al día siguiente será el turno de Borselli, donde comienza una ruta menos amable y menos dispuesta a acogernos. Sin mencionar que, más adelante, la vía se convierte en un camino de herradura y de allí llegaremos al paso que conduce a Pratomagno y el Casentino. Aún no sabemos cómo llevaremos allí el equipaje y los carros, pero no tengo ninguna duda de que encontraremos la manera. Hemos elegido la ruta más inaccesible y difícil precisamente para sorprender a los gibelinos, por eso no podemos quejarnos. Tendremos que llevar cuidado en los bosques: densas arboledas de hayas y abetos, pobladas por bandidos. No podemos descartar que algunos de ellos estén a sueldo de los condes Guidi, de las huestes gibelinas, quienes, desde Borselli en adelante, ejercen una hegemonía creciente sobre esta área hasta las puertas mismas de Arezzo. Por este motivo, los exploradores nos preceden y luego regresan para relatarnos lo que ven. Confiamos en la buena suerte y en la astucia de nuestra elección.

Cuando os escriba la próxima vez, mi señora, la batalla ya se habrá consumado. Entonces, si no recibís nada de mi mano dentro de un mes, lo más probable es que esté muerto. Incluso si ese fuera el caso, habría cumplido mi voto de celebrar la memoria del conde Ugolino della Gherardesca y obedecido vuestras órdenes, hecho que considero un honor y un privilegio.

Sea como sea, confío en la sagrada justicia de nuestra causa y espero poder anunciaros pronto una victoria.

Os ruego que aceptéis, por todo ello, estas pocas líneas como una promesa de mi eterna devoción.

Vuestro,

GHERARDO UPEZZINGHI

Capuana terminó de leer con un nudo en la garganta. ¡Así que era cierto! Las huestes güelfas se habían movilizado contra Arezzo para jugárselo todo en una última batalla. Y Lancia estaba con esos hombres y albergaba en su corazón el irreductible deseo de redención que ella cobijaba en su pecho y que naturalmente también le pertenecía a él, desde el día en que el arzobispo Ruggieri degli Ubaldini había masacrado a los hombres de su marido en el palacio del Pueblo.

Suspiró. ¡Cuánto le hubiera gustado estar allí, con Lancia! Poder ver con sus propios ojos el camino, los bosques, las armaduras de los soldados, escuchar el sordo estruendo de los cascos de los caballos en la tierra del camino, respirar junto a aquella hueste armada, espiar entre las ramas de los árboles en busca de enemigos preparados para una emboscada.

Rezó en lo más hondo de su alma para que no sucediera y los güelfos pudieran llegar ilesos al campo de batalla, tal vez asegurándose una posición favorable.

Sacudió la cabeza. No se imaginaba que, con el tiempo, desarrollaría un sentimiento de venganza agudo e irreprimible. Y, no obstante, eso era lo que quería: vengar a su marido. Lancia era su brazo armado, la vida que —junto con las de sus hombres, por supuesto— estaba dispuesta a sacrificar con tal de ver realizada su aspiración.

Nunca había reflexionado sobre ello, pero ahora le resultaba perfectamente claro que ella estaba detrás de todo eso. Esa carta hacía tangible su labor: una cosa era acordar un dinero para proceder de cierta manera, otra recibir la prueba definitiva demostrando que su voluntad se había hecho carne, hierro y sangre.

No sabía si estar orgullosa de lo que había logrado. Con todo, su amor por Ugolino era tal que aunque se fuera al infierno por su conducta, lo habría aceptado de buen grado.

46

El camino de la Consuma

La columna avanzaba a duras penas.

Dante había desmontado del caballo y guiaba a Némesis a lo largo del camino de herradura. Temía que, de lo contrario, la potra pudiera romperse una pata. Y ese revés sería el final de todo. Amaba al animal y ahora que, de una u otra manera, hacían frente codo con codo a aquella prueba, no tenía la intención de perderla por ningún motivo. De hecho, sabía que ella era la única amiga que tenía. Además de Giotto, por supuesto, que estaba al final de la columna y quién sabía cuándo conseguiría verlo. Mientras avanzaban con dificultad, Dante, de vez en cuando, sujetando a Némesis por las riendas, le acariciaba el hocico a la altura de la estrella blanca entre los ojos.

Némesis no parecía asustada ni molesta. En la medida de lo posible, Dante intentaba protegerla con la mano de las moscas y los tábanos que no dejaban de zumbar a su alrededor. Estaba a la cabeza de la columna, entre los primeros de la vanguardia. Detrás de él veía el movimiento de multitud de caballeros a pie, ballesteros, lanceros, empavesados y, por último, los carros y los enseres. El camino de herradura estaba flanqueado por densos bosques de castaños y hayas.

Las huestes proseguían, intentando mantenerse en silencio, pero era en vano, ya que no faltaban imprecaciones de carreteros, rebuznos de mulas recalcitrantes, el crujir de los látigos, las maldiciones y los insultos de uno discutiendo con otro, en un ruido constante, comprimido, de fondo, que acompañaba el difícil avance por ese camino accidentado y empinado. Un camino que, sumado al calor del día, ponía duramente a prueba a los soldados cubiertos por la cota de malla y la coraza.

E incluso más exhaustos que ellos iban los auxiliares que empujaban los carros por el camino de herradura. Mientras tanto, Corso Donati y Boccaccio Adimari se afanaban por contener las incursiones de los soldados más indisciplinados en los pueblos. Más allá del hecho de que los campesinos soportarían mal aquellos abusos, y que era exactamente lo último que le hacía falta a Florencia, existía el peligro de que los más afines a los barones gibelinos se montaran a caballo para ir a contar lo que estaba ocurriendo. Los exploradores habían informado de que el Loco todavía no se había dado cuenta de que las huestes güelfas avanzaban por el camino del Casentino. Por tanto, se apresuraba a concentrar a los hombres de la vanguardia cerca de Laterina, donde las dos formaciones se habían enfrentado unos meses antes.

Ahora, mirando hacia atrás, Dante veía a los artesanos y a los herreros empujar las mulas de carga cada vez más recalcitrantes debido al pedregal, que no solo comprometía su equilibrio, sino que las exponía al riesgo de partirse una pata si daban un paso en falso. Escuderos y auxiliares fueron llamados a ayudar a los que no lograban subir por aquel camino de herradura que, cada vez más cerca de la cima, se convertía prácticamente en un acantilado. Algunos cargaban provisiones y equipamiento sobre sus espaldas para aligerar la carga de los animales más atribulados o de los vehículos más pesados.

Un carro se había detenido y ocupaba el centro de la vía; una de las ruedas se había atascado en un agujero del sendero. Un caballero francés desmontó y, junto con un *feditore* florentino, comenzó a levantar el carro, tras descargar buena parte del peso en la otra rueda, que descansaba en la calzada. Dos herreros hicieron avanzar las mulas hasta que las dos ruedas pudieron apoyarse de nuevo en el suelo del camino. El éxito de la maniobra fue acompañado de silbidos y gritos de alegría. El caballero francés y el *feditore* florentino se dieron la mano; luego regresaron cada uno a su montura.

Hasta los soldados, sin embargo, tenían que esforzarse bastante para llegar a la cima. La mayoría de ellos resoplaban y maldecían a Dios bajo el sol. Se habían quitado la malla y la coraza, las manoplas de hierro y los almófares, en definitiva, todo elemento de protección posible, y los habían colocado en los caballos de sus escuderos. Así, muchos de ellos avanzaban directamente en gambesón o cota de cuero, empapados en sudor, mientras la campana de una abadía tocaba la sexta y recordaba que aún quedaba un largo camino por recorrer.

Dante fue uno de los primeros en llegar a la cima. Allí la cumbre se inclinaba hacia abajo rápidamente en una meseta desde la que se dominaba todo el Casentino. Vio el macizo de Pratomagno, que, como una barrera natural, se alzaba sobre un fondo de roca separando el Valdarno y el Casentino, contempló los bosques de abetos y luego, gradualmente, descendiendo, los bosques de hayas y castaños hasta el fondo del valle. Sabía que aquella región estaba salpicada de castillos y que los más leales a los condes Guidi no dejarían de informar sobre su posición, ya que era poco probable que consiguieran ocultar la presencia de la larga e infinita columna que se preparaba para descender hacia Consuma y Poppi.

Por supuesto, él pertenecía a la vanguardia, a la cabeza de las huestes, y que toda la alineación traspasara el collado les llevaría un día entero. Ya era un milagro que hubieran logrado llegar allí sin despertar las sospechas de sus enemigos, y parecía claro que, ahora que estaban a las puertas del Casentino y se preparaban para descender, resultaría mucho más fácil ser avistados.

Pero no había mucho que hacer. Cuando finalmente vio a Carbone de Cerchi, Dante entendió lo que recomendaba el capitán agitándose en la silla de su negro caballo castrado.

—Ordenad a vuestros escuderos que ayuden a los demás —decía—. Haced que la columna pueda cruzar el paso en el menor tiempo posible. Los hombres de los Guidi nos verán, por supuesto, pero si somos rápidos tal vez podamos lanzarnos sobre Arezzo antes de que los gibelinos se organicen.

—¡A sus órdenes! —le respondieron desde varios puntos.

Dante no tenía escudero de ningún tipo.

—¡Alighieri! —le espetó Carbone, como si lo hubiera visto por primera vez—. Ahora estamos en territorio enemigo.

Procedamos, en la medida de lo posible, siendo rápidos y cuidadosos. Reclutad algunos hombres y empezad a preparar lo necesario para montar el campamento en Monte al Pruno. El ejército se reunirá allí antes de bajar a Poppi.

—A sus órdenes —respondió Dante.

—Moveos y daos prisa —lo despidió el capitán.

47

La ley de la sorpresa

Miró al soldado con los ojos inyectados en sangre, luego ya no se contuvo más.

—¿Estáis seguro de lo que decís? —Mientras hacía esa pregunta, Buonconte sentía que se le helaba la sangre. ¿Era posible que los güelfos hubieran optado por una estrategia como aquella? ¿Y que sus hombres no se hubieran dado cuenta?—. ¡Mandad a buscar a Guillermo! —tronó—. Me encontrará en mi tienda.

Ardía de rabia. ¿Cómo había sido posible subestimar al enemigo hasta ese punto? Se habían empeñado en evitar una batalla campal y ahora tendrían que hacerle frente de la peor manera. Se había ocupado de las emboscadas y escaramuzas, de acordar la táctica de golpear y correr, según ese viejo truco de Guglielmo degli Ubertini, y ahora ¿se había dejado engañar por los güelfos y había abandonado Arezzo a su merced?

¿Se había convertido en un soldado de desfile? ¿Un bandolero tan asustado por el enfrentamiento en el campo de batalla que prefería retroceder para permitir que otros le hicieran el trabajo sucio? Porque esto fue lo que sucedió la última vez que estuvo a orillas de aquel río.

El Arno fluía plácidamente frente a él. Buonconte suspiró.

Después de haber reunido las fuerzas, estaba convencido de que los güelfos regresarían a donde habían sufrido el revés. Por un momento sonrió: estaban frente a él gritando, burlándose de él mientras se retiraba con sus hombres. Y mientras tanto el Loco devastaba el campo alrededor de Florencia con sus cuadrillas. Había sido una más de las estratagemas con las que había logrado burlarse de sus enemigos. Pero debían haber tomado buena nota de quién era él, porque esta vez eran ellos los que le jugaban una mala pasada.

Se dirigió a la tienda de campaña.

Cuando entró, el Loco ya lo estaba esperando.

—Están llegando al Casentino.

—¿Cómo? —Buonconte no podía creerlo.

—Han salido de Badia a Ripoli, como os dije, pero en lugar de pasar por el Valdarno han tomado el camino más difícil. Y ahora se mofarán de nosotros.

—¿Cómo podemos comprobar que realmente sea así?

—Los hombres del conde Guidi, cerca de Monte al Pruno, han avistado abundantes huestes descender desde el paso y acampar —dijo el Loco—. Y no solo eso: han visto el Marzocco de bronce brillar al sol en la tienda del vizconde de Narbona.

Buonconte se estremeció. Habían trepado por la montaña. Debían de tener carros, provisiones, animales.

—¡¿Cómo diablos lo han logrado?! —exclamó, expresando en voz alta sus pensamientos—. Y además han acampado, ¿no es cierto?

—Sí. Creo que se detendrán un par de días para recuperar el aliento, esperando que todos terminen de pasar el collado. Pero ahora ya han hecho su jugada. Pronto descenderán sobre el castillo de Poppi y luego desde allí llegarán a Arezzo.

—¡Perfecto!

—¿Cómo? —preguntó estupefacto el Loco, que no estaba seguro de haberlo entendido bien.

—Han acampado, habéis dicho.

—Sí.

—Entonces no hay tiempo que perder.

—¿Para qué?

—Tenemos que apartarnos del camino y dirigirnos directamente al castillo de Poppi. Desde Monte al Pruno se tarda al menos un día. Si lo alcanzamos en el lapso de los dos días que habéis mencionado, tenemos tiempo de llegar antes que ellos al llano de Campaldino.

El Loco negó con la cabeza.

—Pero ¡si no es posible! No lo lograremos nunca.

—Ah, ¿no? ¿Y eso quién lo dice? ¿Vos? —Buonconte no logró reprimir una pizca de indignación en la voz.

—¡Exactamente! —tronó el Loco, con los ojos muy abiertos—. ¡Yo! El que os acaba de advertir del engaño tramado por los güelfos.

—Claro —asintió Buonconte, recuperando la compostura—. ¿Queréis que os dé las gracias?

—No me desagradaría —confesó el Loco.

—De acuerdo. Os agradezco las noticias que me habéis traído. Dicho esto, debemos llegar a Poppi pasado mañana.

Podéis ayudarme a hacerlo o permanecer en esta tienda de campaña esperando a que os lo vuelva a agradecer, pero, como bien podréis comprender, tengo otras cosas en las que pensar en este momento.

El Loco negó con la cabeza.

—¿De verdad creéis que se puede llegar a Poppi en dos días?

—No si nos quedamos aquí hablando, por supuesto, pero si nos movilizamos de inmediato, no tengo ninguna duda: lo lograremos.

Guillermo parecía pensar en ello. Como si poco a poco se fuera convenciendo. Buonconte sabía que así era. A esas alturas ya había aprendido que, cuando le hablaba, la primera reacción del Loco siempre oscilaba entre la hostilidad y la sorpresa. Luego, sin embargo, repitiéndole las cosas, parecía convencerse de lo que unos momentos antes juzgaba imposible de llevar a cabo.

Sabía que debía insistir. No podía tenerlo en su contra. Para hacerlo necesitaba su apoyo.

—¡Somos gibelinos! ¡Somos hombres del emperador! Vuestro tío dice que Rodolfo de Habsburgo hoy es solo el rey de los romanos y, formalmente, tiene razón. Pero nosotros dos sabemos que es mucho más: encarna una idea, el modelo al que tendemos y por el que vale la pena afrontar una marcha a etapas forzadas, cueste lo que cueste. ¿Me equivoco, tal vez? ¿Deberíamos darnos por vencidos? ¿Ceder a Florencia y a sus aliados justamente ahora que Pisa se ha hecho gibelina y que tiene a mi padre como alcalde?

Y mientras decía esto, le tendió la mano derecha a Guillermo. El Loco se la estrechó.

—¡No, de ninguna manera! —exclamó con mayor convicción.

—Pues entonces vayamos juntos a ordenar a los hombres que se preparen para ponerse en marcha cuanto antes.

—De acuerdo.

—Con un poco de suerte llegaremos a la llanura de Poppi antes que ellos. Nos han sorprendido, es cierto, pero aún no se ha dicho la última palabra.

—¡Claro que no, maldita sea!

Sin más dilación, ambos abandonaron la tienda. Frente a ellos, auxiliares, carpinteros y soldados trabajaban montando el campamento. Algún caballero practicaba con la espada, otros regresaban del bosque con una presa. La llanura hervía de actividad.

Buonconte los miró. Finalmente los llamó.

—¡Escuchadme todos! ¡Tenemos que irnos! No hay tiempo que perder.

Al oír esas palabras, todos los hombres interrumpieron lo que estaban haciendo. Hubo quien puso los ojos como platos por la sorpresa; hubo quien se quedó con la boca abierta. De un grupo de barones se separó Guglielmo degli Ubertini. Buonconte continuó. Tenía que erradicar por completo cualquier observación.

—Nuestros enemigos han sido avistados cerca de Monte al Pruno. Es evidente que en lugar de tomar el camino del Valdarno, decidieron sorprendernos tomando la pista de montaña que conduce al Casentino.

Un murmullo se extendió por todo el campo. Los hombres no acertaban a comprender lo que acababan de escuchar.

—Sé que os pido mucho —continuó Buonconte—, pero debo ordenaros que dejéis de montar el campamento y os preparéis para partir. Tenemos dos días para llegar al castillo de Poppi. Por nada en el mundo podemos permitirnos tardar más tiempo. Si no llegamos antes que los güelfos, empezaremos a combatir en desventaja porque les permitiremos a ellos elegir el campo de batalla. Y es mi firme intención enfrentarlos en el llano de Campaldino. Por tanto, no hay tiempo para discutir. ¡Preparaos para poneros en marcha!

—Señor Montefeltro —dijo una voz—, no podemos obedecer su orden, no conseguiríamos llegar a tiempo.

Quien había hablado se paró frente a él con arrogancia. Era un hombre de mediana edad, todavía fuerte, alto y con hombros anchos. Vestido con su armadura de cuero, permaneció observando a su comandante con aire desafiante. El Loco torció la boca. Sabía que a Buonconte no le gustaban esos modales, especialmente si quien se comportaba de esa manera era un fanfarrón como Lapo degli Uberti, que, por ser hijo del gran Farinata, el guerrero gibelino más extraordinario de todos los tiempos, estaba convencido de que podía permitírselo todo.

—¡Y sois vos quien decís esto, señor! Me sorprende. ¡Os creía archienemigo de los güelfos! —dijo Buonconte.

—Lo soy, pero lo que se puede hacer tiene un límite.

—Ah, ¿sí? Obviamente nuestras ideas respecto al concepto de «lo posible» son diferentes. Quiero deciros algo, señor —continuó Buonconte, avanzando hacia él—. Respeto mucho el nombre que ostentáis. Sé perfectamente bien quién fue vuestro padre, pero si creéis que voy a tener problemas con lo que estoy ordenando, estáis muy equivocado.

Y al decirlo plantó el dedo índice en el pecho de Lapo. Este trató de agarrarle la muñeca, pero Buonconte se apresuró a torcerle el brazo en la espalda. Al mismo tiempo sacó un cuchillo. La hoja brilló a la luz del sol.

Lapo degli Uberti emitió un quejido. Ni siquiera fue capaz de reaccionar, tal era la fuerza del capitán gibelino.

—A quien quiera que sea que se niegue a obedecerme le cortaré personalmente la cabeza y se la daré de comer a los perros. No importa de quién sea hijo —concluyó Buonconte.

Después plantó un codo en el pecho de Lapo y lo hizo caer al suelo. Los caballeros y los soldados guardaron silencio.

Un momento después, sin una palabra, empezaron a desmontar las tiendas de campaña bajo la atenta mirada de su comandante, mientras Lapo degli Uberti, maldiciendo, se ponía en pie.

Buonconte y el Loco intercambiaron una mirada de complicidad.

Llegarían a Poppi en dos días. A cualquier precio.

48

La espera

Era la noche lo que le daba miedo. La quietud y el silencio hablaban de un vacío que parecía devorarla. Durante el día el sol iluminaba sus pasos, llenaba de luz sus espacios, y sus pensamientos, en lugar de permanecer encerrados en la mente, se liberaban y parecían deslizarse hacia el cielo, disolverse en las fachadas de las iglesias o arrastrarse encima de los tejados. Y con los pensamientos también se iba el terror: el de quedarse sola. Dante era todo lo que tenía, y eso se le hacía aún más evidente cuando no estaba. Había logrado encontrar una manera de abrirse camino en su corazón y por ello se sentía agradecidísima a Dios o a quien fuera que hubiera sido lo suficientemente bueno para interceder por ella.

Si no hubiera sido una paradoja, habría dicho que fue precisamente el fracaso de la batalla de Laterina el que lo había acercado, y luego, por supuesto, la matanza de hombres, mujeres y niños en Compiobbi, que le había llenado los ojos de dolor.

Sabía bien que él no volvió a ser el mismo desde que regresó. Comprendía que se había convertido en otro hombre, como si la vida lo hubiera obligado a mirar al fondo del abismo. Gemma había temido que esa experiencia lo rompiera, en cambio, él había logrado superarlo poco a poco y así, después de algún tiempo, estuvo listo de nuevo. De hecho, se había preparado. Y Giotto tenía más de un mérito en la recuperación de su esposo. En cierto sentido le parecía tener algo en común con ese pintor un poco extraño pero genial. La paciencia, se dijo, era lo que ambos tenían. La paciencia era su arma y la paciencia la salvaría durante la espera. Le bastaría con liberar la mente y apretar los dientes. Le hubiera gustado tanto protegerlo en esos días de violencia y furia..., pero no era posible. No obstante, sabía que no estaba sola. Muchas otras mujeres, esposas, madres e hijas esperaban junto a ella.

La noche era calurosa. Se levantó de la cama y bajó a la cocina. Bebió agua, recogiéndola con un cazo de un cubo de madera. Encendió una candela y la colocó en el centro de la mesa. La vela ardía arrojando una luz tan frágil como su esperanza. Se fue hacia la puerta, la abrió de par en par y permaneció en el umbral. Florencia descansaba bajo un manto de estrellas. El aire fresco de la noche acarició su rostro. Se quedó allí, en silencio, tratando de captar los sonidos de la ciudad: el ladrido lejano de un perro, el crujir de las ruedas de un carro que avanzaba en alguna parte, el ruido repentino de un portazo, el chorro argentino del agua en la pila de una fuente.

Por lo demás, Florencia guardaba silencio, vaciada de sus hijos, que habían ido a la guerra, madre madrastra que pretendía expandir sus territorios, que anhelaba un poder cada vez mayor, una primacía que las otras ciudades no le querían conceder y de la que sin embargo intentaba apropiarse a costa de reclamar todas las vidas que fueran necesarias para lograr sus fines.

Tiempo atrás amó esa ciudad, pero ahora la odiaba con todo su ser. La había dado a luz, la había proporcionado una vida segura y cómoda, y luego, cuando se hizo mayor, no tuvo reparos en confinarla a una casa pequeña y sin un centavo. Y ahora que había comprendido cómo afrontar esa vida, encontrando el camino que conducía al corazón de su esposo, Florencia se limitaba a escuchar la aflicción interior de sus miedos en la oscuridad de la noche sin hacer nada para calmarlos, mitigarlos, la ciudad que disfrutaba viendo a sus habitantes divididos en sangrientas enemistades, que permitía a hombres y mujeres ser capturados según se llamaran güelfos o gibelinos.

¡Maldita sea! ¡Ay de ti, Florencia! Si no le devolvía a su marido, se iría. ¡No importaba dónde! Lejos de allí, de esos muros erizados de almenas y soldados, de esas casas fortificadas que parecían concebidas únicamente para encerrar familias en el vientre de guaridas negras y burbujas palpitantes de rencor. Lejos de los palacios donde hombres con títulos urdían artificios políticos para excluir, dividir, matar de hambre. Lejos de esas calles, de esas plazas donde se montaban horcas de madera, pobladas de cuervos negros, encaramados allí para cantar canciones de muerte.

Suspiró. Miró hacia el cielo por encima de su cabeza.

Le hubiera encantado ser una estrella para poder deslumbrar con su luz a esa ciudad cruel y cegarla a sus propias ansias y deseos, humillarla desde arriba y reducirla a la esclavitud, ponerle cadenas y obligarla a escuchar su grito silencioso de dolor de mujer sola, de esposa abandonada, obligada a esperar al hombre del que no podía prescindir.

Ese hombre que había entrado bajo su piel y que hacía apenas unas noches respiraba junto a ella, cubierto de sudor, consumido por una pasión ardiente, amándola como si fuera la última noche del mundo.

49

Cerca del castillo de Poppi

Los güelfos no creían lo que veían sus ojos. Sin embargo, aunque absurda, la vista les devolvía una amarga verdad.

Las huestes gibelinas los estaban esperando. Y ocupaban la mejor parte del llano. Los caballeros y la infantería habían tomado posiciones dejando el castillo del conde Guidi a sus espaldas, con la posibilidad de refugiarse dentro en el caso de correr el riesgo de ser derrotados en el campo de batalla. Detrás de ellos también se hallaba el camino que conducía al monasterio de Camaldoli y de allí al paso hacia las Romagne, de donde fácilmente podían recibir refuerzos. Lo habían pensado bien, ¡no había nada que decir! Todos mis respetos, se dijo Dante.

Pero había más. Los gibelinos habían llenado de tierra los canales que cruzaban la llanura para nivelar el terreno y así facilitar las maniobras de su ejército. Era obvio que esta vez no iban a rehuir la confrontación. Tanto más cuanto que habían confinado a los güelfos en el punto menos fácil del campo de batalla, de tal modo que obtenían una ventaja desde el principio.

Por otro lado, estaba del todo claro, incluso a primera vista, que sus fuerzas en el campo eran significativamente escasas en comparación con las de los güelfos, sobre todo en lo referente al número de caballeros. Dante no estaba dispuesto a jurarlo, pero tenía la neta impresión de que, también gracias a los *feditori* que venían de Pistoia y Volterra y a los partidarios de Anjou, la caballería de los güelfos contaba con casi el doble de hombres.

Sin embargo, veía miradas decididas frente a él y comprendió que la gente de Arezzo les haría pasar un mal rato. El mero hecho de que hubieran logrado llegar al campo de batalla antes que ellos, a pesar de que los exploradores habían informado de que dos días atrás estaban acampados en los alrededores de Laterina, era la demostración de cuánto ansiaban ese combate.

Desde la torre del castillo de Poppi, Buonconte vio las huestes güelfas descender del Casentino. Resultaba realmente impresionante. La columna de hombres armados parecía no tener fin y, a medida que avanzaba para tomar posiciones en la llanura de Campaldino, preparaba el terreno —esperando recoger el guante del desafío gibelino— e iba cubriendo el lugar con el blanco de las tiendas de campaña hasta donde no alcanzaba ni la vista. Y, sin embargo, Buonconte todavía divisaba carros descender por el camino que, desde Monte al Pruno, conducía al castillo de Poppi.

Sacudió la cabeza. Sería muy difícil ganar. La posición de los gibelinos, que llegaron primero, era absolutamente favorable, pero ¿sería eso suficiente para derrotar al enemigo?

No lo creía en absoluto. Incluso se preguntaba si no debería retirarse de inmediato tras los muros del castillo, obligando a los güelfos a un asedio que sin duda habría resultado agotador, y mientras tanto organizar salidas con las que sorprender a los enemigos.

Pero se temía que ya no era posible. Su nombre se lo impedía. Si su padre supiera de sus pensamientos en ese momento lo haría colgar. No obstante, los números estaban en su contra y tuvo la sensación de que debía enfrentarse a los güelfos consciente de su falta de esperanza y de ir al encuentro de una muerte segura.

Resolvió bajar de la torre para idear una estrategia con los demás líderes de su formación.

Lejos de la gloria de los gonfaloneros y la caballería, Giotto se ocupaba de asuntos muy diferentes. Estaba afilando la hoja de su hacha, ya que era obvio que iba a haber una batalla. Y esta vez nada ni nadie lo iba a impedir. Por lo tanto, como simple soldado de infantería, sin insignias nobles ni los honores de la primera línea, Giotto se dedicaba con celo a los preparativos.

De cualquier manera, la hoja de su gran hacha de mango largo, que él mismo había hecho, estaba perfectamente afilada y cumpliría con su deber, no lo dudaba. También llevaba en el cinturón una espada de cortante filo gracias a pasarla durante mucho tiempo por el pedernal. No obstante, para cuando tuviera que luchar a muerte prefería confiar su destino al hacha, el arma que decididamente escogería si tenía que combatir. No pocos caballeros sentían por la espada una suerte de veneración y confianza absolutas, pero era innegable que, si se encontraba con una plaga de hombres, haría mucho más daño con el hacha, o como mucho con un mazo, que con la espada, que, si bien letal en los puntos donde la piel estaba al descubierto o mal protegida, no traspasaría ni perforaría fácilmente el hierro de una cota de malla, una armadura o un yelmo. Un arma como la que tenía en la mano, en cambio, lo haría sin problemas, y eso era lo que hacía falta, especialmente si ibas a pie. Él era un soldado de infantería florentino.

Y, para ser más precisos, era un artista, un hombre del pueblo, criado en la fragua de un herrero, no un soldado profesional. Estaba convencido de que si realmente tenía que ir a morir, era mejor hacerlo sosteniendo un arma que sabía usar a la perfección en lugar de una espada. Sí, sabía cómo forjarla de la mejor manera, pero no conocía todas las modalidades mortales de su uso.

Quién sabía dónde estaría su buen amigo Dante Alighieri. Quién sabía si le habría puesto un nombre a la espada que le había regalado.

Habría querido al menos abrazarlo, pero las *venticinquine* de los *feditori* estaban acampadas más abajo, más cerca del campo de batalla, y Giotto no contemplaba que su capitán lo hallara fuera de su puesto. No en un momento como aquel.

Tal vez más tarde, de noche, podría intentar encontrar a Dante. Como había hecho en Laterina. Quizá juntos conseguirían vencer el miedo.

Suspiró porque sentía un peso en el corazón. Los hombres de su *venticinquina* estaban tan desanimados como él.

Vagaban entre las tiendas con la mirada perdida en el vacío. Esperaban órdenes, aunque eran conscientes de que no recibirían ninguna al menos hasta que los comandantes salieran del pabellón del vizconde de Narbona. Y, a juzgar por lo que se decía, no sucedería muy pronto. Giotto hubiera pagado por saber lo que estaban hablando él y los otros jefes de las huestes güelfas.

Pero luego algo llegó a su oído, una palabra que pasaba de boca en boca entre los soldados del campamento y que significaba que solo había una opción: combatir.

Los comandantes se habían reunido en la gran tienda de Amerigo de Narbona, la primera que habían montado. Corso Donati no hallaba la paz después de lo que había sucedido.

—Deberíamos haber sido más rápidos —espetó—. Dije que estábamos perdiendo el tiempo en Monte al Pruno. Al querer esperar a todo el mundo permitimos que los gibelinos llegaran antes y, lo que es peor, se organizaran a su favor en la llanura. Deben de estar echando el bofe por haber corrido tanto, visto el lugar donde se hallan.

El vizconde negó con la cabeza. Estaba claro que no apreciaba demasiado aquel arrebato del que su bailío traducía solo parte del contenido, con un gran sentido de la oportunidad. Sin embargo, Amerigo se entregó a un gesto de enfado muy elocuente y no se molestó en reprimir una serie de improperios en lengua francesa, pronunciados con los dientes apretados, que apremió a Guillermo de Durfort a traducir de inmediato.

El bailío no se lo hizo repetir dos veces y, levantando la mano, casi como para calmarse y aceptar las reprimendas de Corso Donati, dijo:

—De poco sirve ahora enojarse. Confiemos en que los gibelinos respetarán las formas y ritos de la batalla, de lo contrario nos volveremos a encontrar en grave desventaja. No obstante, esperar es completamente inútil. El vizconde ya ha dado órdenes de que los hombres nivelen el campo de nuestro lado. Así, al menos, no nos tomarán del todo desprevenidos.

—Alteza —observó Vieri, volviéndose hacia el vizconde—, habéis hecho bien, y me ocuparé con diligencia en apremiar a cuantos cavadores de trincheras y paleadores sea posible para que llenen los canales de tierra, a fin de obtener la mejor superficie en nuestra parte del campo.

Corso Donati lo miró con odio, acusándolo tácitamente de servil y rastrero.

—Por lo que respecta a las fórmulas del código, tenéis razón, por supuesto, aunque yo creo que... —Pero Vieri no tuvo tiempo de terminar.

—El guante de desafío —dijo alguien.

—¿Dónde? —preguntó Corso Donati.

Era Carbone de Cerchi quien hablaba.

—Han llegado dos hombres enviados por el obispo Guglielmo degli Ubertini y piden ser llevados a la presencia del vizconde.

El bailío Durfort tradujo las palabras pronunciadas por Carbone. Amerigo no perdió ni un instante y, asintiendo con la cabeza, le dijo a Guillermo que dejara entrar a los embajadores del obispo.

50

Desenfrenos

Así que la suerte estaba echada. El guante, recibido; el desafío, lanzado y aceptado. Y ahora la tienda de Amerigo de Narbona era un auténtico avispero porque, pensaba Vieri, Corso Donati se preparaba para desatar el infierno.

A pesar de todo, estaba más que dispuesto a escuchar las sabias palabras de Barone de Mangiadori, alcalde de Siena y experto en el arte militar. A Vieri le había inspirado confianza desde el primer momento.

Después de pedir la palabra, Barone explicó sus pensamientos.

—En primer lugar, sin ánimo de menospreciar nuestro valor, debo hacer notar que los gibelinos pueden jactarse de tener entre sus caballeros hombres más experimentados. En particular, cuentan con un comandante como Buonconte da Montefeltro, un caballero dotado de coraje y gran astucia. Nos ha jugado malas pasadas en dos ocasiones, demostrando una habilidad para construir una victoria que nunca había visto en toda mi vida.

Corso Donati fue a intervenir, pero Barone lo detuvo.

—Aún no he terminado. Decía que nada excluye que Montefeltro no tenga en mente otro de sus planes turbios; su capacidad para hacernos caer en trampas es legendaria. Así que recomiendo mantenernos firmes y esperar a que nuestros enemigos se muevan y se pongan al descubierto. La primera línea podrá responder al ataque, pero no debemos ser jamás impetuosos o imprudentes, de lo contrario la mayor experiencia de la caballería gibelina se impondrá y nos derrotará.

Pero Corso Donati parecía no querer escuchar razones.

—¡No tiene sentido! ¿Esperar para qué? ¿Y por qué? ¡Podemos ganar con facilidad! Somos superiores en número, nuestra caballería es casi el doble que la de ellos. Yo digo que hay que atacar y aplastarlos, a esos gusanos.

Amerigo de Narbona resopló. Era evidente que no soportaba la intemperancia de Corso y aquel desenfreno que se presagiaba como el primer paso hacia la ruina de los güelfos. Guillermo de Durfort miró a su señor y, tras captar un gesto de asentimiento, habló.

—Señor Donati, conocemos vuestro valor y no os haré mal al recordaros en detalle los desastrosos resultados de Pieve al Toppo, ni que el abandono del campo de Laterina en realidad ocultaba otra cosa. Por otro lado, no se trata de mover unos soldados en una escaramuza, sino de coordinar varios destacamentos sobre el terreno.

—¿Creéis que no lo sé? —respondió Corso con desdén—. ¿Pensáis que estoy aquí por casualidad?

Guillermo sonrió.

—Por supuesto que no —respondió con su extraño acento francés—. Conozco vuestras dotes de guerrero, todos las conocemos, pero por eso mismo os pedimos que os ciñáis al papel que os hemos asignado.

—¡Estoy al tanto de mi papel!

—No lo dudo, pero os ruego que por favor no insistáis. Os han sido confiadas las reservas por un motivo muy preciso. Si cada uno de nosotros hace su parte, ganaremos esta batalla porque, como bien habéis dicho vos, los números están a nuestro favor. En cambio, si fuéramos imprudentes, podríamos tener problemas ante la caballería gibelina.

Ahora le tocó a Corso Donati resoplar, con gran satisfacción de Amerigo de Narbona, a quien su bailío estaba explicando en lengua francesa lo que él y el capitán toscano se acababan de decir.

—La verdadera cuestión, si me permitís —dijo Vieri de Cerchi—, es otra.

—Ah, ¿sí? ¿Y cuál es? —preguntó Corso con arrogancia. Si hubiera podido le habría cortado la cabeza a Vieri; tal era su ira reprimida.

—Os lo diré enseguida —respondió este último con una sonrisa—. ¿Cómo lo haremos para comunicarnos entre nosotros en el campo?

—¡Buena pregunta! —asintió Guillermo.

—Lo pregunto porque sé que vos y el vizconde participaréis en la batalla, ¿me equivoco?

—No os equivocáis. Pelearemos. Igual que vosotros.

—Y no creo que sea fácil confiarle a un mensajero, tal vez en medio de la refriega, la orden de ataque que habrá de entregar al señor Donati.

—Estoy de acuerdo —respondió el bailío.

—Quizá podríamos usar banderas —sugirió Barone de Mangiadori, que había permanecido en silencio.

—Yo también lo he pensado, comandante —dijo Vieri—, pero si la jornada de mañana se presenta como la de hoy, y nada hace presagiar que no sea el caso, tal vez tengamos serios problemas, ya que el polvo y la niebla pueden dificultar mucho distinguir las señales de banderas.

—¿Y entonces? ¿Qué sugerís? —instó Guillermo de Durfort.

—¡Exactamente! ¿Cuáles son vuestras intenciones? —se le sumó Corso Donati, que esperaba poner en apuros a Vieri.

Pero iba a quedar decepcionado.

El señor De Cerchi simuló pensárselo, aunque para quienes lo conocían bien resultaba bastante obvio que estaba fingiendo. En cualquier caso, Vieri aguardó el tiempo preciso para hacer aún más evidente el irrefutable acierto de su solución.

—Bueno, yo creo que, para darle al señor Donati la orden de que ataque con las reservas, la solución es tocar trompetas, tambores y chirimías juntos. Así, su sonido predominará y tapará el ruido de la pelea.

Guillermo de Durfort no pudo reprimir un gesto de satisfacción.

—¡Excelente, realmente excelente! ¡De esta manera no habrá dudas sobre si hay que atacar ni cuándo atacar! —Y junto a esas palabras no dejó de lanzar una mirada de advertencia a Corso Donati, como para desafiarlo a hacer lo contrario.

A continuación, tradujo la solución ideada por Vieri al

vizconde que, un momento después, asintió con convicción e incluso soltó dos palabras que todos podían entender girándose en dirección a Cerchi.

—Bien dicho —concluyó con una pronunciación incierta, pero en un tono de voz claro que no admitía réplicas.

Corso Donati estaba que se lo llevaban los demonios y no se molestó en ocultarlo en absoluto. Sacudió la cabeza, obviamente molesto, pero, como todos, ese día no tuvo más remedio que cumplir y aceptar órdenes de Amerigo de Narbona.

Por si acaso, Barone de Mangiadori lo recalcó:

—Por favor, señor Donati, contamos con vuestra obediencia y templanza.

—Las tendréis ambas —fue la respuesta, pero era obvio que Corso estaba hecho de hiel.

El vizconde despidió a los comandantes, y los barones de Florencia y Siena salieron de la tienda de uno en uno.

51

La granja

Gemma le estaba agradecida a Lapa por haber ido a visitarla. Un día más y se habría vuelto loca. El vacío dejado por Dante la devoraba, y aquella ciudad, ahora poblada de fantasmas y ausencias, le producía escalofríos. A Lapa la acompañaban el pequeño Francesco, su hijo, el medio hermano de Dante, y dos de sus sirvientes, inquilinos que la ayudaban en la pequeña granja de las colinas de Fiesole. Pero no traía la intención de quedarse en Florencia, sino de llevarse a Gemma al campo.

Al principio, Gemma se preguntó si era correcto abandonar la casa. ¿Y si Dante regresara ese mismo día? Pero no, era imposible. Los mensajes que llegaban decían que la batalla todavía estaba por librarse. Antes de que Dante regresara pasaría mucho tiempo.

Por ello Lapa jugó bien sus cartas y al final logró convencerla. Gemma cogió un par de vestidos, se subió a un carro y partió con su suegra hacia el campo. El viaje no fue demasiado largo. Partieron al amanecer y llegaron por la noche.

A su llegada, cansada de ese ajetreado día, Gemma se bebió un caldo ligero e inmediatamente se fue a la cama. Cuando se despertó, poco después de maitines y justo antes del amanecer, le pidió a Lapa que la dejara ayudarla con las tareas del día. Esta última le tomó la palabra y la llevó a los establos. Allí dieron de comer a los dos caballos de tiro que pronto emplearían en los trabajos del campo. Y lo mismo hicieron con el viejo buey, antes de que dos hombres le colocaran la yunta y lo sacaran del establo para ir a arar un campo.

Sin mucha más dilación, Lapa la llevó al gallinero. En su percha elevada, las gallinas habían depositado numerosos huevos que Lapa recogió con gran cuidado. Gemma la imitó. Sentir en las manos esas pequeñas esferas aún calientes la hacía experimentar una sensación de gratitud y felicidad. Las gallinas, mientras tanto, habían comenzado a cacarear en el patio de una manera tímida pero reiterada, un parloteo que fue llenando el aire todavía fresco de la mañana.

Después de colocar los huevos en una caja, Lapa regresó a casa y le dio al cocinero lo que había recogido. Gemma estaba asombrada por la cantidad de tarea que su suegra había llevado a cabo sin quejarse y a pesar de ser la señora de aquel lugar. Tan pronto como terminó en la cocina, Lapa le hizo señas para que la siguiera al huerto. Llevaba consigo un par de cestas, sacadas de quién sabe dónde, y le dio una a Gemma.

Mientras tanto, el sol había salido, arrojando su luz clara sobre la granja, y Gemma vio que la propiedad de los Alighieri no era grande pero tampoco tan pequeña. Su núcleo central consistía en una hermosa casa de piedra, con paredes sólidas y gruesas, tal vez un poco gastadas, pero en general bien mantenidas. Luego había una torrecilla, el pequeño establo en el que habían estado poco antes y una cabaña para el estiércol, así como una casa más tosca y robusta de tierra, arcilla y paja para los aparceros y destinada a las actividades de la labranza. Todos estos edificios daban al mismo patio —donde estaban ellas en ese momento—, dispuestos de tal manera que formaban una especie de herradura.

—¡Ánimo! —dijo Lapa—, el día acaba de comenzar.

Gemma solo quería trabajar para no tener que pensar en Dante y en lo que podría sucederle. La fatiga física le impedía ser dominada por el miedo que tendría que afrontar quien estaba en la guerra.

—Aquí, hija, señores y aparceros trabajan juntos. Como veis, no somos lo suficientemente ricos para poder escapar de la penuria. No tenemos bastante dinero para pagar a los sirvientes y campesinos que nos harían falta, y tenemos que hacer de necesidad virtud.

—¿Dónde está Francesco? —preguntó Gemma, aludiendo al hermanastro más joven de Dante.

—¡Ah! Ese niño me volverá loca —dijo Lapa—, pero tiene buen corazón. Estos días, antes de que salga el sol, va con uno de mis hombres a los pastos a guardar las cabras.

Una vez en el huerto empezaron a recolectar verduras para el día. Lapa hundía las manos en la tierra para arrancar unas cebollas. Luego se movía y una lechuga terminaba en la cesta. Su velocidad era impresionante, conocía su huerto de memoria y sabía exactamente lo que necesitaba. Mientras tanto, Gemma solo había tenido tiempo de poner algunas legumbres en su cesta.

—Venid, volveremos a la cocina, que luego tenemos que ir a limpiar el palomar y os puedo asegurar que no será un trabajo agradable.

Sentada frente a la chimenea, Gemma observaba cómo se enrojecían las brasas. Había sido un día agotador, pero ahora, cansada y mareada, descansaba. Junto a ella, Lapa tomaba un sorbo de un vino bueno y fuerte. Durante el día el calor era infernal, pero por la tarde refrescaba en las colinas, y pararse frente a la chimenea no era en absoluto una mala idea.

—¿Estás preocupada? Lo entiendo. Yo también lo estoy, aunque no lo parezca. Veréis, la vida aquí es tan acelerada que te impide pensar, y esa es mi suerte.

Gemma la miró. Era una mujer de cuerpo enjuto, endurecido por el trabajo y los ritmos de las estaciones. No la hubiera calificado de hermosa, pero tenía una especie de encanto austero, una solidez en el rostro y un orgullo en la mirada que no podían dejar indiferente.

—Lo comprendo. Era justo lo que esperaba encontrar. Y debo decir que, gracias a vos, hoy el trabajo ha alejado de mi mente los malos pensamientos.

—Me alegro, querida —dijo Lapa—. ¿Veis? Mientras los hombres van a la guerra, a nosotras nos toca mantener el hogar y la familia. Sé que esa es la razón por la que no queríais abandonar Florencia, pero serán solo unos días y, aunque me duela admitirlo, temo que Dante no regrese antes de unas cuantas semanas.

—Si es que vuelve... —murmuró Gemma con voz débil, logrando apenas contener las lágrimas.

—No tenéis que hablar así —respondió Lapa, dejando la taza de vino en el suelo—. Al contrario, alimentad la esperanza y alegraos de lo que la vida os ha dado. Sois una mujer hermosa y fuerte, y algún día le daréis hijos a Dante. A pesar de sus defectos, es un hombre valiente e inteligente, y volverá a vos. Estoy segura de ello.

—¿De verdad?

—Podéis creerme. —Lapa se acercó a Gemma, le agarró las manos y las sostuvo entre las suyas—. Los hombres van a la guerra y nosotras tenemos que dar la bienvenida a lo que regrese de ellos porque, creedme, cada vez que se matan, una parte de quien sobrevive permanece eternamente en el campo de batalla. Por esto os pido que aguardéis y os preparéis, pues cuando Dante regrese no será el mismo, habrá perdido algo de sí para siempre.

—Lo he visto —dijo Gemma, casi sin pensarlo. Le vinieron a la cabeza los días en que Dante acababa de regresar de Compiobbi. Durante mucho tiempo había sido únicamente una sombra de sí mismo. Luego, día tras día, había logrado resurgir, como si se hubiera quedado mucho tiempo en el agua del fondo de un pozo. Ella lo había amado en silencio, armada de paciencia, perdonando sus súbitos arrebatos de ira y sus lágrimas repentinas.

—¿Cuándo? —preguntó Lapa, sorprendida.

—Cuando volvió de Laterina.

—Pero allí no combatió...

—En Compiobbi vio los efectos de la guerra.

—No mató a nadie.

Gemma abrió mucho los ojos. Se quedó callada.

—No tendréis que salvarlo únicamente de aquello que

haya visto, sino también de aquello que haya cometido. Sus acciones le destrozarán el alma, y vos, Gemma, debéis estar lista para volver a armarlo. Así que no penséis en si volverá ni en cuándo lo hará, no, en absoluto —dijo Lapa sonriendo con amargura—. Tenéis que aprovechar este tiempo para encontrar la fuerza en vuestro interior y prepararos para salvarlo, a su regreso, de los demonios que habitarán su cabeza.

52

El campo de batalla

Esa mañana el aire ya estaba en ebullición al amanecer, como si incluso el entorno circundante advirtiera el ánimo guerrero y las ansias de poder que animaban a cada una de las dos partes en el campo de batalla. Güelfos y gibelinos parecían listos para jugarse, en el llano de Campaldino, la victoria y la derrota en ese conflicto, la supremacía y la esclavitud, la vida y la muerte.

Dante estaba empapado en sudor. Había luchado por ponerse guantes, cota de malla y armadura. Y ahora estaba en la silla de montar, esperando la señal, armado hasta los dientes. Todavía no se había puesto el yelmo. Se cuidaba bien de ello. Había surgido una ligera neblina debido a la humedad nocturna, pero ahora se iba diluyendo y pronto lo que apareció frente a los *feditori* güelfos que estaban tomando posición fue un ejército compacto y bien desplegado, esperando la señal para arrojarse contra ellos.

Vieri había elegido veinticinco *feditori* por cada uno de los *sesti* de la ciudad y Carbone de Cerchi comandaba el de Porta San Pietro, al que pertenecía Dante. Los ciento cincuenta serían los primeros en atacar, la verdadera vanguardia. Los Cerchi habían querido también dos miembros de su linaje, solo por predicar con el ejemplo y no ofrecer ninguna excusa a quienes se mostraran reacios a unirse a las filas de la primera línea. El destacamento se dividía en tres grupos de dos *venticinquine* cada uno, flanqueadas por la infantería. Detrás de ellos estaba la principal división de caballería, con un millar de hombres, y una vez más la infantería flanqueándolos. Luego venían la mayoría de los soldados a pie, más de cinco mil hombres, divididos en escuadrones de tres compuestos por un ballestero, un lancero y un empavesado. Por último, los grandes carros de avituallamiento para las tropas y los bagajes y, tras ellos, Corso Donati con doscientos caballeros de la reserva. Era una disposición ordenada que, según le pareció a Dante, se podría manejar con facilidad y eficiencia. Aunque no era un experto, desde luego, esa fue la sensación que tuvo cuando Carbone les explicó la disposición de las huestes güelfas a él y a sus compañeros. Girándose hacia atrás y echando un vistazo a las formaciones, Dante fue capaz de distinguir con bastante claridad las divisiones, pero, a decir verdad, sintió un estremecimiento de orgullo al ver los estandartes con los lirios de Francia y el Marzocco ondeando majestuosos.

Volvió la mirada hacia delante, hacia las doscientas cincuenta toesas que separaban a su grupo de los gibelinos, frente a ellos. Respiró hondo. No veía el momento de que terminara esa espera y se diera la señal de carga. Confiaba en tener suerte. Y de saber usar lo mejor posible a Manto, la espada que Giotto había forjado para él.

No era tan prematuro empezar a pelear, pensaba Lancia. Sin embargo, lo más probable era que Buonconte tuviera algo en mente. A diferencia de otras veces, según lo que había escuchado decir, el comandante gibelino estaba dejando que todo el bando güelfo tomara posición. Por lo tanto, al menos ese día no aplicaría los trucos del *Strategemata* de Sesto Giulio Frontino, que con seguridad Buonconte conocía perfectamente. No habría tendido trampas ni emboscadas, pero era evidente que había ideado alguna maniobra. Lancia no había logrado comprender la disposición exacta de los gibelinos, aunque por lo que podía ver, Buonconte parecía estar a la cabeza de las huestes de Arezzo junto con un pequeño grupo de caballeros.

Nunca había luchado contra el hijo de Guido da Montefeltro, pero en esos dos últimos años aquel joven comandante se había ganado una reputación legendaria y lo había hecho usando más a menudo la cabeza que la espada. Y eso lo hacía infinitamente más peligroso que los demás comandantes presentes en el campo de batalla ese día. Su imprevisibilidad era una verdadera arma secreta, la que hacía que el resultado de la batalla fuera incierto, pues si se tenían en cuenta solo los números, el pronóstico era favorable a Florencia.

La espera y el calor lo hacían hervir literalmente bajo el hierro de la malla y las protecciones. ¡Maldita sea! Fuera como fuese que se desarrollara la contienda, habría una pérdida inútil de vidas humanas. Por supuesto, había caballeros expertos como él, pero lo que veía eran en su mayor parte caras jóvenes, encendidas de ira, exhibida en expresiones lúgubres y violentas, con el único objetivo de vencer el miedo. Eso era lo que advertía en las filas florentinas, y, estaba seguro, lo mismo sucedería entre los gibelinos.

No obstante, a pesar del miedo, en esa extraña parte de Italia parecía germinar día tras día un odio que empujaba a los hombres de las ciudades a enfrentamientos fratricidas: Florencia, Siena, Pisa, Volterra, Lucca, Arezzo, Pistoia. Era un misterio, pero también una verdad cruel e incontrovertible, y si alguien le hubiera preguntado a Lancia la razón de ese odio, pues bien, no hubiera sabido qué contestar. Quizá en ese mundo no había elección: uno era güelfo o gibelino, e incluso los indecisos se encontraban portando un estigma impuesto por ambas facciones, que, sin contemplar la neutralidad, imaginaban al ciudadano imparcial como afiliado al enemigo.

Era una disputa atávica que había estado destrozando aquella tierra desde que se tenía memoria. Y cuanto más pensaba Lancia en ello, más consciente era de la cruel idiotez del género humano.

Hasta él estaba allí para obedecer el juramento hecho a una mujer que le había pedido venganza para aquel al que, militante de los güelfos, los gibelinos de Pisa habían dado una muerte cruel. Por tanto, era un mecanismo de odio y depravación tan bien aceitado que involucraba, a su pesar, incluso a las mujeres que, sumergidas en el dolor de la pérdida de sus maridos, hijos y padres, se convertían en parte de ese gigantesco tributo de sangre.

Suspiró. Finalmente vio que un puñado de caballeros se

separaba de la alineación adversaria. Y no parecían en absoluto querer parlamentar.

Todo comenzaba.

Y, como siempre, no estaba nada claro qué intenciones albergaba Buonconte da Montefeltro.

53

Los paladines

—¡San Donato Caballero! —gritó Buonconte da Montefeltro, lanzando su caballo al galope.

En respuesta recibió un clamor por parte de su ejército, que con aquel rugido celebraba al santo patrón de Arezzo.

Mientras cabalgaba contra las filas enemigas, Buonconte sonreía. Pensaba que, con un poco de suerte, aquel plan suyo podría hasta funcionar. Era la única oportunidad que tenían de vencer.

Había elegido a once de sus caballeros más valientes, los había llamado paladines y ahora los estaba dirigiendo contra las huestes enemigas. Oía los cascos de los corceles de guerra retumbando sobre el campo de batalla. Los colores de las insignias gibelinas en la sobrevesta y la cota de malla: eran doce diablos arrojados contra la primera línea de los güelfos. No tenían miedo, actuaban impávidos y parecían proyectiles, tal era el ímpetu de la carga.

Buonconte esperaba que, tras el impacto, él y sus compañeros fueran repelidos por la primera línea de los güelfos. La idea era atraer a la vanguardia de la caballería hacia la segunda línea gibelina. En cierto sentido, la suya era una carga desesperada, una manera temeraria de expulsar a la presa, sacarla de su propia alineación, y hacerlo de modo que una parte de la caballería, persiguiendo a los supervivientes de ese primer ataque, se dispersara por la llanura hacia las huestes gibelinas.

No fue sin sorpresa, por tanto, que llegando a menos de cincuenta toesas de la primera línea de los *feditori,* Buonconte se diera cuenta de que los florentinos permanecían quietos. Lanzó a su caballo a una velocidad impresionante. El comandante bajó la lanza y lo mismo hicieron los once demonios que lo seguían.

Veinte toesas más arrasando el campo y los caballos de los güelfos se mantenían firmes sobre sus patas. Por las rendijas del casco de olla, Buonconte veía al enemigo cada vez más cerca, si alargaba el brazo podría incluso hasta tocarlo.

Sentía que se hundía en el infierno. O tal vez siempre había estado allí y hasta ahora no comprendía que en realidad era un pequeño e inútil hombre condenado a no salvarse. Los doce demonios que vio llegar cubiertos de hierro, con lanzas apuntando a la primera línea de la caballería, parecían llevar consigo el Apocalipsis, y cuando cayeron como rayos de carne y metal sobre el primer *feditore* florentino, el impacto fue monstruoso.

Afortunadamente para él, que estaba en una posición más lateral, Dante no era más que un testigo mudo de ese horror, pero tuvo la seguridad, en el momento exacto en que la vio, de que recordaría esa destrucción para siempre. Peor aún, la imagen lo perseguiría a partir de entonces hasta el final de sus días. Fue poco más que un instante porque, tan pronto como sus ojos percibieron la abyección humana en su culminación, todo había sucedido ya y los doce caballeros gibelinos estaban ya avanzando como una cuña imparable hacia el corazón mismo de la formación florentina.

El choque de la madera contra las cotas de malla era inhumano. En algunos casos, la lanza no solo atravesaba la malla, sino que también penetraba el forro de cuero o lino prensado debajo del metal y, además, la piel, la carne, los músculos y literalmente empalaba al guerrero atacado, que, con la lanza clavada y perforado de lado a lado, terminaba resbalando de la silla de montar para encontrarse dando tumbos entre los cascos de los caballos.

Otros *feditori* no fueron alcanzados por los ataques. Alguno lograba desviar el golpe con el escudo y, no obstante, al mirar su hombro descubría el húmero partido en astillas blancas de hueso y luego terminaba cayendo hacia atrás, gritando de dolor.

Pero después de que sus ojos captaran esas aterradoras imágenes por un breve lapso de tiempo, los gibelinos ya se hallaban lejos y la caballería florentina de los güelfos se dividió en dos, separada por el asalto devastador de Buonconte da Montefeltro.

Dante nunca hubiera creído que doce hombres a caballo pudieran sembrar el pánico de aquella manera. Sin embargo, eso fue lo que pasó. Cuando, atónito y débil aunque ni siquiera fue rozado por ese primer asalto, dirigió la mirada al frente, se dio cuenta de que al grito de «¡San Donato Caballero!», la caballería gibelina se abalanzaba en masa contra ellos.

Galvanizados por lo que debían de haber visto, la gente de Arezzo estaba liderando la acción y ahora avanzaba en filas compactas, en una ola gigantesca que brillaba con el hierro y se ennegrecía con el cuero, cubriendo la llanura por delante a una velocidad indescriptible. A Dante le parecía ver una ola gigante que se preparaba para romper contra ellos.

—¡Movámonos! —gritó alguien en el desordenado bosque de los *feditori* florentinos, perdidos tras el primer impacto.

Dante reconoció esa voz: era la de Carbone de Cerchi.

—Si nos quedamos quietos, ¡nos barrerán! —continuó—. ¡Regresemos a la segunda línea!

Mientras Carbone tronaba ordenando la retirada, Dante tuvo la fuerza de girar a su caballo, dando la espalda al adversario. Al volver la mirada hacia un lado se percató de que el ala de infantería güelfa se estaba dando a la fuga. Se echó hacia atrás lo más rápido que pudo.

Detrás de él se oía el rugido creciente de la caballería gibelina que llegaba, haciendo temblar la tierra.

Espoleó y Némesis galopó hacia la segunda línea de caballería. Solo tuvo tiempo de alcanzarla, bajo las insignias de los lirios y del Marzocco, y volverse, cuando los imperiales ya se encontraban sobre la caballería güelfa.

Irrumpieron como una ola de mar gigante. Aun así, en esta ocasión, cerrando filas y con muchos más hombres preparados, la segunda línea no se rompió. Por supuesto, sufrió y cedió en parte con el primer impacto, y en algunos puntos los gibelinos lograron penetrar a fondo. El propio Dante se vio a sí mismo chocando contra un caballero a la velocidad de una bala. Mientras el otro asestaba un tremendo golpe con su lanza, él lo detuvo lo mejor que pudo con el escudo.

El porrazo fue tremendo. Logró desviar el golpe lo suficiente para que no lo alcanzara, pero el choque fue tal que se encontró perdiendo el equilibrio y cayendo del caballo. El impacto con el suelo fue durísimo. El dolor del golpe desviado se extendía a lo largo del brazo con una intensidad tremenda. El hombro con el que había golpeado en el suelo le dolía a morir. Se puso de pie como pudo justo a tiempo, ya que el caballero gibelino acababa de detener al caballo y, aún en la refriega, se las había arreglado para encontrar la manera de retroceder.

Tenía la intención de terminar lo que había comenzado.

Debía de haber perdido su lanza en alguna parte porque extrajo un garrote con púas, apuntándolo hacia él, y dio un golpe de espuela.

Némesis se había perdido en medio de la confusión. Dante esperaba que no fuera abatida. Tuvo el tiempo preciso de tomar las medidas oportunas cuando otro golpe, propinado de arriba abajo, fue a dar contra su escudo. Trató de resistir y, mientras esquivaba el ataque, instintivamente atrajo la rodela hacia él. No logró ver bien lo que había pasado, pero se encontró de nuevo en el suelo. Las correas se habían aflojado y había perdido su escudo. Intentó deshacerse del casco, que lo estaba estrangulando con la correa de la barbilla. Lo consiguió y se lo quitó. Quizá no estaría protegido, pero al menos empezaría a respirar de nuevo. Tan pronto como pudo mirar lo que pasaba a su alrededor echó un ojo al escudo, tirado a un lado con el garrote clavado, y, un poco más adelante, también vio al caballero que lo había atacado correr hacia él con la espada desenvainada.

Inconscientemente apretó los dedos enguantados en hierro alrededor de la empuñadura de Manto y... se dio cuenta de que estaba agarrando el aire. ¿Dónde había ido a parar su espada?

54

A sangre y fuego

El caballero gibelino estaba ahora a poca distancia de él. Dante no tenía nada con que defenderse. Todo alrededor era una refriega de caballos abatidos y guerreros gritando, además de espadas trizadas y escudos despedazados, hierro abollado y cadáveres cubiertos de sangre.

Entonces ¿terminaría de esa manera?

¿Su enemigo le iba a partir el cráneo?

Dante no tuvo tiempo para pensar y cayó de rodillas. Vio al otro amagando un gran ataque, la hoja de la espada que ejecutaba un arco perfecto en el aire y se estaba preparando para abrirlo en dos, cuando algo se interpuso en el camino, lo que provocó que la hoja gibelina emitiera un sonido metálico sordo.

Un momento después, Dante vio a un hombre gigantesco que, tras parar el golpe, se liberó rápidamente del cruce de espadas e hizo vibrar el hacha más grande que jamás había visto a la altura del costado de su oponente.

La hoja del hacha mordió hierro, cuero y carne como si hubiera dado contra un tronco de madera y penetró el torso de su adversario casi hasta la columna vertebral. La sangre explotó a borbotones rociando cuanto lo rodeaba.

El caballero abrió la boca y escupió rojo. La espada le cayó de la mano. Terminó de rodillas, al igual que Dante, frente a él, con la lengua colgando de la boca como la de un perro. El hombre que acababa de derribarlo puso su pie contra su cuerpo haciendo palanca y sacó la hoja del hacha gigantesca justamente como lo hubiera hecho un leñador.

El gibelino cayó al suelo. Parecía un árbol talado.

Dante miró hacia arriba.

—¿Y ahora qué? —dijo una voz—. ¿Ya habéis perdido la espada que había forjado para vos, amigo mío?

—¡Giotto! —exclamó finalmente Dante, que no creía lo que acababa de ver.

Su plan había fracasado estrepitosamente. Había confiado en la experiencia de sus hombres y le habían pagado con el más banal de los errores. Exaltados por el éxito de la carga, lo habían seguido, cargando a su vez. Y así Buonconte había obtenido el resultado contrario al esperado. En lugar de mantener a su propia infantería cercana —habiendo actuado como cebo junto con los otros once paladines, atrayendo así a la caballería güelfa hacia su propia alineación—, se había encontrado con los suyos y las otras filas de *feditori* gibelinos en la trampa de las huestes güelfas, que, después de resistir el embate, cerraban filas con su caballería, aislándola de los soldados de infantería gibelinos, demasiado distantes para intervenir eficazmente. Dicho de otro modo, debido a la imprudencia, los suyos se habían metido solos en la trampa.

A todo esto, a horcajadas en su caballo palafrén, Buonconte propinaba grandes golpes a diestra y siniestra, cortando miembros y aplastando cabezas de lanceros y empavesados, ya que, a fuerza de avanzar tras el primer asalto, había terminado mucho más allá de la segunda fila de la caballería güelfa y ahora estaba tratando de abrirse paso para unir los dos restos de su ejército, acercando a los soldados a caballo y a los de a pie.

Pero tenía que afanarse lo suyo para implementar el plan en medio de la pelea, con golpes que llovían de todas partes. Ponía especial cuidado en que no mataran al caballo, que avanzaba en medio de la marea humana como un barco de guerra, pateando violentamente en más de una ocasión y rompiendo las cabezas de algunos soldados de infantería enemigos.

Con todo, la situación empeoraría aún más. Buonconte lo entendió cuando vio que los ballesteros güelfos se estaban colocando a lo largo del perímetro del cerco. Al abrigo de los empavesados, lo aprovecharon para lanzar flechas sin descanso, cercenando a los gibelinos, que caían de los caballos alcanzados por un dardo en la garganta o en los ojos.

—¡Ánimo! —les gritó a sus hombres—. ¡No os rindáis precisamente ahora! ¡La batalla todavía puede ser nuestra! —Y, según lo decía, comprendía que tenía que predicar con el ejemplo, justo como cuando atacó el primero a la cabeza de los paladines.

En algún lugar de la refriega reconoció a Guillermo de Pazzi. Peleaba como un león. Los adversarios parecían estar compitiendo para medirse con él, pero, ante la sorpresa de los muchos que lo intentaron, el resultado siempre era el mismo: quien estaba lo bastante loco como para desafiarlo acababa en el suelo con la garganta sajada.

Sin aflojar ni un instante, Buonconte apuntó con su espada hacia delante, como si fuera a ordenar una carga: se proponía volver a subir al campo para ir a reencontrarse con Guillermo.

El Arpón se movía tratando de mantenerse con vida. En tantos años de robos y emboscadas nunca le había sucedido tener que cometer un asesinato en una situación como aquella.

Lo que más le molestaba era aquel olor, que hacía el aire irrespirable: sudor, sangre, intestinos que goteaban de cuerpos desgarrados, por no hablar de la orina y las heces que liberaban unos hombres que experimentaban un horror personal que nunca serían capaces de olvidar.

Al principio había pensado que aprovechar el tumulto era la manera perfecta de atacar sin que nadie pudiera seguirlo. En cierto sentido había sido una feliz intuición. Y, a juzgar por lo que estaba sucediendo, incluso afortunada, puesto que, por alguna razón inescrutable, el asalto de Buonconte había sido tan terrible que había partido en dos la caballería florentina, lo cual permitió al comandante gibelino llegar casi hasta la línea de infantería enemiga. Y de ese modo, de repente, tuvo su objetivo muy cerca. O eso le pareció.

Pues en el momento exacto en que sacó la larga daga del cinturón, un caballero gibelino a pie lo vio, y le propinó un golpe que el Arpón esquivó por los pelos, saltando a un lado.

Entonces tomó el garrote con púas y, aprovechando que el otro se había echado hacia delante, lo aporreó con el arma. No consiguió lo que quería, ya que el golpe resultó débil debido al precario equilibrio, pero tuvo el efecto de hacer caer de rodillas a su enemigo, que, entretanto, se había tropezado con las piernas de un cadáver.

Aprovechando la ventaja, el Arpón propinó un segundo golpe con el garrote, que alcanzó al enemigo en la rodilla. Lo embistió con todas sus fuerzas, de tal modo que el hombre, que acababa de ponerse de pie, cayó de nuevo porque la pierna no lo sostenía.

El Arpón se le abalanzó encima en un instante y, aprovechando que el otro tenía la visera del casco levantada, le estrelló la maza en la cara.

No perdió más tiempo y se volvió en dirección a Buonconte, que destacaba sobre su caballo en medio de la batalla donde él también se hallaba.

El comandante gibelino estaba haciendo una escabechina de soldados de infantería enemigos, blandiendo su espada como un dios de la guerra, y rebanaba cuellos y golpeaba con el escudo en la cabeza a aquellos que intentaban desesperadamente tirarlo de su caballo.

El Arpón se abrió paso hasta él, esquivando una flecha que le silbó muy cerca. Vio a un empavesado caer al suelo llevándose las manos a la garganta. Un alabardero fue alcanzado por un golpe por la espalda y rodó por el suelo, en medio del bosque de cadáveres que iba anegando de sangre el campo de batalla.

Pero no se daba por vencido. Ya casi estaba allí. Unos pocos pasos más. Buonconte estaba de espaldas a él.

55

La promesa

Le habían ordenado esperar la señal para no comprometer el resultado del enfrentamiento con una maniobra precipitada. Corso temblaba de rabia. Aquellos idiotas franceses no entendían que si hubiera intervenido en ese momento podría haber decidido el destino de la batalla.

—Estos malditos franceses no saben aprovechar las oportunidades —espetó—. ¡No podemos esperar más!

Desde donde se encontraba podía ver perfectamente la formación en el llano de Campaldino. Moviéndose entonces podría haber atacado por el flanco derecho a la caballería gibelina y devastarla. Buonconte no esperaba un avance como ese, y lo habría hecho antes de que la infantería de Arezzo decidiera seguir adelante. En ese momento todavía estaba aislada y a una distancia considerable de la pelea, y Corso podría adelantárseles con sus hombres. Una vez aniquilada la caballería gibelina, con una carga de los *feditori* sería fácil destruir a los soldados de infantería de Arezzo. Por no añadir que, con todo y que la confusión era absoluta, le parecía haber visto caer a Guillermo de Durfort.

Por eso, cansado de esperar, levantó su lanza y, a pesar de las mil recomendaciones y órdenes recibidas, resolvió atacar. Si su intervención llegara a determinar el resultado del enfrentamiento, estaba seguro de que cualquier crítica se derretiría como nieve al sol. De hecho, con un poco de suerte, incluso podría salvarles la piel a aquellos incapaces de los franceses.

—¡Hombres! —gritó—. Os ordeno que me sigáis a la refriega.

Diciendo eso, se bajó la visera del casco y, clavando las espuelas a ambos lados de su palafrén, salió disparado hacia delante, apuntando a la caballería gibelina. A modo de respuesta recibió un rugido, y, unos momentos después, unos doscientos caballeros de Pistoia lo seguían, lanzados con todo el ímpetu posible contra los hombres de Buonconte da Montefeltro.

Buonconte agitaba su espada en un intento desesperado de abrirse hueco en la lucha. Estaba cansado. Empapado en sudor, lo único que deseaba era irse de allí. Tenía poco que hacer. Había tratado de hacer intervenir a la infantería gibelina, pero desde el punto en que se encontraban sus hombres, la batalla incluso podría haber parecido ventajosa para Arezzo.

No era así, obviamente. Los gibelinos caían como moscas bajo los tiros de ballesta, que llovían con precisión letal del cerco externo, en manos de los güelfos, y la refriega era tan furibunda y confusa que no conseguía de ninguna de las maneras reunirse con el Loco, que luchaba furiosamente en aquel mar de armaduras y corazas. Más de uno de los suyos, caído del caballo, terminaba succionado en esa especie de estanque de hierro y despedazado, o incluso asfixiado por los cuerpos ensangrentados que caían embadurnando y llenando la llanura.

La confusión era total. En un instante de tregua fue a levantarse en los estribos para indicar a la infantería que avanzara, pero una nube de polvo, sudor, estandartes desfigurados y gritos envolvían el lugar y se dejó caer sobre la silla con la espada en la mano.

Trató de averiguar, una vez más, cómo abrirse paso, pero por mucho que empujara al caballo hacia delante, apenas podía penetrar en ese océano de cuerpos en lucha.

Le hubiera gustado quitarse el casco. No podía soportarlo más.

Entonces sucedió algo de repente: una punzada fría lo mordió en el cuello. Súbita, traicionera, inesperada. Era como si un animal le hubiera clavado los colmillos encontrando el delgado e imperceptible pasaje que lo llevaba al corazón de su persona.

El Arpón había sido inteligente al apoderarse de una larga lanza en el reguero de cadáveres que conducía directamente al comandante enemigo. Así, pensó, podría mantenerse a más distancia de él. Se había arrastrado como un gusano, se había fingido muerto, y moviéndose lentamente entre los cuerpos sin vida había avanzado lento pero inexorable hasta alcanzarlo por la espalda. Y tan pronto como Buonconte se inclinó hacia delante, tratando de encontrar un camino a través de aquella multitud de soldados de infantería, había emergido de debajo de una capa de cadáveres y le había clavado la lanza en el cuello.

Empujó tan fuerte como pudo. Sabía que no tendría una segunda oportunidad: debía descerrajar un solo golpe fatal. Luego tiró de la lanza hacia sí y se la arrancó de la carne. No logró divisar el tamaño del agujero, pero vio claramente que la sangre estaba saliendo a chorros de la garganta del comandante.

—Os prometí que lo pagaríais —dijo el Arpón. Vio al caballero mirándolo desde arriba de su formidable caballo de guerra.

—¡Vos! —rugió Buonconte con dolor—. Habéis venido hasta aquí a buscarme.

El Arpón se puso de pie, audaz, casi ignorante, en aquel momento supremo, del peligro que corría. Le pareció, a decir verdad, estar envuelto en una nube de gloria tan intensa que lo hacía invencible, y lo confirmaba la prodigiosa monstruosidad del hecho consumado: él, poco más que un asesino y un putero, acababa de herir de muerte al comandante de las huestes gibelinas.

Sin embargo, esa distracción fue fatal para él, ya que, a pesar de estar herido, Buonconte le propinó un sablazo fulminante y le desgarró el pecho.

El Arpón no esperaba una reacción como esa, no después de haber apuñalado en el cuello al comandante con la punta de la lanza. La hoja de la espada no tuvo dificultad en rasgarle la carne, puesto que iba ligeramente armado y protegido tan solo con una pesada casaca de cuero. La herida sangraba con profusión y, un instante después de la gloria, el Arpón se encontró de rodillas.

Cansado, consciente de que le quedaba poca vida, Buonconte descerrajó un último golpe con el borde del escudo, que estrelló contra la cabeza del adversario, partiéndole el cráneo.

Finalmente, ahora ya sin fuerzas, mirando otra vez al Arpón, que se desplomaba en el suelo, se quitó el casco que lo estrangulaba, se liberó de las manoplas de hierro y, presionando con la mano derecha la herida del cuello, tomó las riendas con la izquierda, clavó las espuelas en los flancos del caballo y lo puso a una velocidad vertiginosa en medio de la refriega.

Mientras entregaba su alma a Dios, el Arpón vio al comandante gibelino hundirse entre los hombres de infantería empantanados en la tierra amasada de sangre y abandonar el campo.

Entonces, la oscuridad lo envolvió.

El asesino cayó entre los mismos cadáveres bajo los que se había escondido para poder tender su trampa fatal.

Buonconte, por su parte, continuó su carrera a caballo. En su galope desenfrenado el palafrén arrollaba a quienes se encontraba por delante.

El comandante mantenía la mano presionando la herida, pero sabía que le quedaba poco.

56

Dante y Giotto

Corso destacaba en el centro del campo. Montado en su caballo blandía la espada por encima de su cabeza. Había creado un vacío a su alrededor y sus hombres habían hecho otro tanto. El impacto en el flanco de la caballería gibelina había sido devastador. Literalmente, la habían destruido. Y ahora lo que quedaba de ella perseveraba en propinar los últimos golpes. Corso atravesó de lado a lado a un hombre que, arrojado de su caballo, se había puesto de pie con dificultad. Lo había observado cuidadosamente antes de ensartarlo: iba sin casco, perdido quién sabe dónde, por lo que fácilmente adivinó dónde el almófar no lo protegía. Lo traspasó con la hoja a la altura de la nuez de Adán.

Muchos gibelinos cayeron bajo los estoques de otras espadas. Los muertos, entre los adversarios, se acumulaban a montones.

Sonrió porque con su carga había determinado el resultado de la batalla y ya estaba degustando por anticipado la forma en que haría valer sus razones en la mesa de la victoria. Había visto a Buonconte da Montefeltro alejarse. No había logrado distinguir, en medio de la confusión general, si se había reincorporado a la infantería gibelina para esperar al enemigo en la parte del campo donde se hallaban sus hombres de a pie o si simplemente huía. Por cierto, a quien sí había visto caer era a Guillermo de Pazzi.

Amerigo de Narbona estaba de rodillas, no lejos de él. Sostenía el brazo debajo de la cabeza de un soldado. Corso intuyó que se trataba de Guillermo de Durfort. Lo lamentaba, por supuesto. A pesar de su desprecio por las órdenes, sabía reconocer a los valientes, y los franceses, más allá de las polémicas, se entregaron de lleno a la lucha.

Con todo, no podía perder tiempo. La batalla aún no la habían ganado. Después de aniquilar decisivamente a la caballería gibelina, decidió recurrir a los muchos caballeros güelfos que, desde lo alto de sus palafrenes, derribaban a los enemigos supervivientes. Apuntó al centro del campo, donde esperaba la infantería enemiga.

—¿Los veis?

Un rugido le respondió.

—¡Pues venga! ¡Vamos a ganar esta batalla! ¡Exterminémoslos! —Y, sin esperar más, galopó hacia la infantería gibelina.

La caballería de los güelfos lo siguió como un solo hombre. Lejos, delante de ellos, las huestes enemigas se estaban dando a la fuga.

De ese modo, Corso Donati acababa de atribuirse el mérito de victoria en la batalla de Campaldino.

Dante y Giotto estaban espalda contra espalda. Peleaban lo mejor que podían. Siendo dos al menos tendrían alguna posibilidad. A su alrededor, los enemigos se estaban debilitando. Solo unos pocos caballeros gibelinos resistían todavía, la mayoría de ellos habían sido abatidos en el cuerpo a cuerpo con la infantería florentina, atravesados por los dardos de las ballestas, derribados de sus sillas de montar por la última carga de Corso Donati, que había llegado como una exhalación, seguido por sus hombres, y había asestado un golpe mortal a la enérgica resistencia de los caballeros de Arezzo. El campo de los güelfos estaba cubierto de cadáveres, pero algunos aún persistían en la lucha.

Dante, en concreto, se enfrentaba a un duro oponente. No particularmente peligroso pero sí persistente, difícil de eliminar, tanto más porque él, espada en mano, hacía lo que podía. La hoja, sin embargo, respondía bien a los estoques del oponente. El acero era resistente y elástico, parecía contener la energía del golpe enemigo para devolverla duplicada tan pronto como Dante propinaba un sablazo. La empuñadura estaba perfectamente calibrada y no se sentía tan cansado como hubiera pensado. Su enemigo, por otro lado, estaba exhausto, y ahora solo la rabia y la determinación parecían mantenerlo de pie. Propinaba los estoques con extrema lentitud, pero Dante era consciente de que atacar, arriesgándose a bajar la guardia, habría sido fatal. No tenía la intención de darse por vencido, aunque tampoco confiaba en atacar.

Por su parte, Giotto lo hacía lo mejor que podía. Tras herir a un adversario, que había caído entre los muertos apilados, ahora, balanceando su hacha, le estaba haciendo saber a otro que no era el caso continuar.

Dante paró el impacto del enemigo. Luego, con las últimas fuerzas que le quedaban, le propinó un codazo. Con el golpe, al hombre se le rompió la nariz, los cartílagos se partieron, dejando salir abundante sangre. En su rostro, ahora, el gibelino parecía tener un plato de peras podridas. Cayó de rodillas frente a Dante, pero este no tuvo corazón para rematarlo.

—Señor —jadeó con el último hilo de voz que le quedaba en la garganta—, estáis a mi merced. ¿Desistís?

El otro dejó caer la espada y levantó las manos en el aire. Dante lo miró. Se sentía débil y temía que pronto pudiera desencadenarse una de sus convulsiones. De hecho, estaba seguro de ello. Ahora frente a él tan solo contemplaba una única e infinita extensión de cadáveres. La batalla se había desplazado hacia el campo gibelino. La caballería güelfa, dirigida por Corso Donati, se había alejado de allí y una buena parte de la infantería lo había seguido.

—Giotto —dijo, mirando al compañero—, amigo mío, ¿podéis vigilarlo? Tengo que alejarme un momento.

—¿Y adónde queréis ir? —preguntó el amigo, lleno de sorpresa.

—Lejos de aquí —respondió Dante, tambaleándose—. Hacia esos árboles —concluyó señalando una hilera de álamos que bordeaba el campo.

—¿Qué os pasa? —preguntó Giotto, que lo notaba extraño.

Por toda respuesta, Dante intentó caminar. Escuchó un relincho, se volvió y vio a Némesis.

—Amiga mía —dijo, dando algunos pasos hacia ella y agarrando las riendas.

Entonces, obstinadamente, se puso en marcha de nuevo, arrastrando consigo a Némesis, que lo siguió dócilmente. Estaba seguro de que si pudiera llegar a donde quería, allí nadie lo vería. Le hubiera gustado subir a lomos de su potra, pero, débil como se encontraba en ese momento, sabía que no lo conseguiría. Avanzó con dificultad mientras el mundo parecía desmoronarse ante él. Aquí y allá se oían los jadeos de alguien que se arrastraba en la sangre y se rendía a la agonía antes de la muerte. Los cuervos ya habían descendido como un ala diabólica para darse un festín con los ojos de los muertos. Dante y su caballo trepaban sobre esos cuerpos. Dante lo hacía intentando desesperadamente alcanzar los árboles y esconderse de la mirada de su amigo, pero por más que se afanase, era consciente de haber recorrido apenas unas brazas. Finalmente se rindió y cayó de rodillas.

—Dante —dijo Giotto, que lo había seguido, con la voz quebrada por la preocupación—. ¿Qué os ocurre?

—Me siento mal.

—¿Os han herido?

—No, amigo mío —dijo, dándose la vuelta. Plantó la espada en la tierra y con un esfuerzo supremo se apoyó en ella y se levantó. Luego agarró a Giotto por los hombros—. Ahora caeré presa de un mal que no puedo controlar. No tengáis miedo. En poco tiempo volveré en mí. No tendréis que hacer nada. Al menos, con todos estos muertos, nadie se dará cuenta de nada... Prometedme que guardaréis...

No tuvo tiempo de terminar la frase porque su visión se oscureció y sus piernas cedieron, y se derrumbó entre los cadáveres.

Sentía como si le agarraran las entrañas. El hielo casi le cortaba el aliento. Tuvo que protegerse la cara con el brazo para ponerse a resguardo de la tormenta de nieve que lo claveteaba con copos helados.

Estaba temblando. El cuerpo se sacudía a causa de las convulsiones provocadas por el frío que le penetraba en los huesos como una espada antigua.

La ventisca envolvía el paisaje. Apenas avanzaba y ni siquiera aguzando la mirada reconocía dónde estaba, ya que el viento silbante formaba molinillos en la nieve y le impedía ver.

Sintió que el rostro casi le ardía por el frío. Luego, poco a poco, se las fue arreglando para avanzar en una dirección cualquiera y, por alguna razón desconocida para él, sucedió que la nieve dejó de caer y el aire a su alrededor se hizo más claro. Por supuesto, todavía era algo lechoso, envuelto en una espesa niebla, con el cielo oscurecido como si el día diera paso a la noche, y allí, frente a él, creyó ver un molino con las aspas movidas por el viento.

Se dio cuenta de que caminaba sobre una gran capa de hielo, que le pareció tan grande como un lago, y por encima de aquella superficie helada y lisa, más adelante, hete aquí que emergía el pecho de un ser gigantesco y monstruoso con brazos colosales y que se estiraban hacia arriba casi hasta las frías nubes que ennegrecían la bóveda celeste, de lo enorme que era.

En el momento en que se encontró contemplando semejante visión escalofriante tuvo la certeza de que se hallaba al borde de la locura.

Se acercó más todavía.

Estaba aterrorizado por lo que veía, ya que aquel monstruo...

... tenía tres cabezas. Estaba seguro de ello, igual que no tenía ninguna duda de hallarse en medio de una carnicería. El olor a sangre y la vista de los cadáveres se lo confirmaba. Hizo aspavientos con los brazos, pero alguien le apretó la mano derecha con firmeza. Recordó de quién era la mano y se alegró de ver el rostro redondo y sincero de Giotto.

—Hice lo que me dijisteis —afirmó su amigo mientras lo ayudaba a levantarse—. He visto lo que os pasa...

—No tenéis que comentarlo con nadie —se apresuró a advertir Dante, susurrando las palabras con la boca todavía pastosa.

—No temáis, amigo mío —lo interrumpió Giotto—. Conmigo vuestro secreto está a salvo, pero debéis tener cuidado, por si el mal que os aflige os sorprende en el transcurso de un duelo o una carga de caballería...

—¡No soy un cobarde! —murmuró Dante con los dientes apretados.

—Jamás lo he pensado —le aseguró Giotto.

—¡Por lo tanto correré el riesgo que este mal me impone! —espetó el amigo, dejando claro que no iba a hablar del tema más de lo que ya se había extendido.

—De acuerdo, si es lo que os va bien a vos.

—Para mí está bien así —dijo Dante, apoyándose en la silla de Némesis, que había permanecido inmóvil donde la había dejado. Le acarició el hocico. Cogió a Manto, que todavía estaba clavada en la tierra, y se la envainó.

—De acuerdo, pero tengo la intención de ayudaros a llegar a vuestra tienda de campaña.

Entonces avanzaron juntos entre los cadáveres y los restos de los caballos abatidos.

Némesis los siguió obedientemente.

57

El último viaje

A pesar de que apretaba con todas sus fuerzas, Buonconte notaba que la sangre manaba copiosamente de la herida. Ya no sostenía las riendas, sino que se aferraba a ellas con la mano izquierda, tras habérselas enrollado alrededor de la muñeca, como si de ello dependiera su vida.

Y realmente era así.

Cuando le clavó las espuelas en los flancos al caballo se lanzó a un galope frenético, arrollando a cuantos encontraba en su camino. De una forma u otra, Buonconte había conseguido salir de la refriega y se dirigía a la parte del campo de batalla donde se encontraba la infantería gibelina. O, mejor dicho, donde debería haber estado porque, después de esperar en vano una señal, los hombres comandados por el obispo de Arezzo habían comprendido que se avecinaba una terrible derrota y se estaban dando a la fuga a la desesperada. Tanto más cuanto que, lejos de mantener las puertas del castillo abiertas, Guido Novello Guidi decidió refugiarse con algunos de sus caballeros dentro de la fortaleza de Poppi, cerrando las puertas tras de sí. De ese modo le había arrebatado cualquier posibilidad de salvación a la infantería.

¡Maldito fuera!

Los gibelinos quedaron tocados por ese gesto cobarde y desesperado al mismo tiempo y, con el debido respeto al honor, habían comenzado a encaminarse hacia la dirección opuesta a donde se estaba consumando la batalla.

Buonconte los entendía: inferiores en número y abandonados por uno de sus comandantes, que por cobardía había preferido salvar el pellejo, ¿qué alternativa tenían que no fuera escapar? Dejarse matar, ciertamente, y no se podía pretender eso. Él fue el primero en darles la espalda a los güelfos. ¡Se habían equivocado en todo! Su plan era todo lo contrario a lo que había sucedido. Y ahora Arezzo sería aniquilada.

Un rayo atravesó el cielo. Un trueno lo siguió y dio la impresión de que haría caer la bóveda celeste al suelo. Empezó a llover. Unas gotas grandes como monedas de plata cayeron sobre la llanura y el agua pareció querer ahogar a cuantos permanecían todavía vivos.

Buonconte seguía cabalgando. Ahora le resultaba difícil distinguir dónde se hallaba. La herida lo atormentaba. Había perdido mucha sangre, la cota de malla estaba empapada de un líquido de color óxido. La lluvia nivelaba el terreno en un gigantesco e ininterrumpido campo de barro. Se encontró en la orilla de un río. Tenía que ser el Arno. Continuó a lo largo de la orilla. Hasta su caballo parecía agotado por la extenuante carrera y ahora avanzaba lentamente, a ligero trote.

Buonconte alzó los ojos al cielo. La lluvia caía sin cesar,

y había sumergido los campos y llenado los canales y arrastraba los cadáveres hasta las orillas.

Con un esfuerzo supremo se quitó el almófar con la mano izquierda y lo tiró lejos.

Fue en ese momento cuando se cayó del caballo. Incapaz de volverse a montar en la silla se arrastró andando, en el barro; la lluvia tamborileaba sobre hierro de la armadura. Seguía sangrando profusamente. Vio aumentar el caudal del río, el agua subir hasta que se desbordó por los lados y se vertió en las orillas y fluyó hacia la llanura circundante. Se sentía como si estuviera vagando en un mundo de aguas negras. Se cayó, arrastrado por la riada. Se volvió a poner en pie. Pensó en Giovanna, a quien no había amado lo suficiente, y sin duda no lloraría por su desaparición. Recordó una noche de algunos meses atrás, en esa posada de las afueras de la ciudad, cuando había sido testigo de la violencia de un hombre contra una mujer y se había puesto del lado de esta, salvándola de la crueldad. Fue entonces cuando conoció al Arpón, y ningún otro enemigo había resultado más fatal que él.

No había vuelto a pensar en ese perro, pero era evidente que al otro no le había pasado lo mismo. Aquel hombre, por lo visto, había albergado un odio indescriptible, de los que difícilmente mueren. Peor aún, lo habría alimentado con todo el veneno y el resentimiento que hubiera sido capaz de acumular, hasta encontrar por fin la oportunidad de vengarse.

Buonconte había subestimado la voluntad humana: un deseo tan fuerte que había corrompido el alma de un ser vivo durante todo aquel tiempo, como si fuera hiedra venenosa, aferrándose a su corazón. Suspiró, y hacerlo le costó una bocanada de sangre.

Estaba cansado.

Miró el agua. Ahora chapoteaba en ella. Estaba casi en el punto donde el Archiano desembocaba en el Arno. A lo lejos oía los gritos de sus compañeros, destrozados por la caballería güelfa.

Todo estaba perdido.

Finalmente se dejó caer, abandonándose a la muerte.

CUARTA PARTE

El retorno

(Primavera de 1290)

58

Caprona

Capuana miraba a Lancia y sus ojos se habían vuelto de luz y fuego.

—Habladme de Caprona —dijo—, puesto que la derrota de los pisanos es para mí el final de una pesadilla que ha durado demasiado.

Gherardo Upezzinghi la observaba fijamente. Desde que había regresado de la campaña contra los gibelinos, Capuana nunca le había hecho esa petición, pero en cierto sentido sabía que aquella espera era tan solo una forma de prepararse para hacerla. Había en ella un espíritu grande que, a pesar de los contratiempos de la vida, finalmente la había llevado a sobrevivir. Y en ese temperamento, Lancia se reconocía a sí mismo, fiel a su señor hasta la muerte.

Y no solo eso. Desde hacía ya un tiempo nutría en secreto una intensa pasión por esa mujer. Ella, muy probablemente, había advertido sus sentimientos, ya que nada parecía oculto a sus ojos, como si pudiera, con el rigor y la intransigencia adquiridos durante su vida de reclusa, sondear los rincones más remotos del alma humana.

Y así, Lancia se entregó a ella y a su sed de conocimiento, ahora que Capuana había roto el silencio. Y entonces, en esa celda desnuda pero limpia y ordenada, le abrió su corazón como ya lo había hecho en el pasado.

—Regresamos de Campaldino unos días después, con los que habían sobrevivido, y no eran pocos, bajo el liderazgo de Amerigo de Narbona. Florencia nos pareció una ciudad abandonada, con los ánimos destrozados por el hierro y la sangre. Pero no se nos concedió ni siquiera el tiempo de recuperar el aliento, ya que Corso Donati, borracho de gloria y triunfo, nos urgió a tomar las armas. Aproximadamente dos meses después nos movilizamos, en aquella ocasión hacia el monte Pisano. Sabíamos lo que había sucedido: aprovechando que todas las fuerzas de las huestes güelfas se concentraban en Campaldino, Guido da Montefeltro había tomado el castillo de Caprona para tratar de arruinar una vez más el destino de una enemistad que parecía no tener fin. Y así, cuando llegamos a la torre de los Upezzinghi, la que lleva el nombre de mi familia, corrimos hacia un campamento armado y encontramos a Nino Visconti a la cabeza de una horda de hombres que, de una forma u otra, se mantenían sitiando el castillo.

—¿Qué os pareció mi sobrino? —preguntó Capuana, embelesada con los labios de Lancia.

—Audaz e impetuoso como de costumbre, pero también desilusionado y cansado de combatir para hacerse con un poder que parece escapársele a cada cambio de rumbo. Estaba a cargo de mis cincuenta hombres, que, a decir verdad, después de Campaldino, habían quedado reducidos a poco menos de la mitad. Yo era parte de ese contingente de güelfos que, para llevar ayuda a Nino, habían juntado con estrechos márgenes de tiempo ya en Florencia: cuatrocientos caballeros y dos mil soldados de infantería. Habíamos caminado a marchas forzadas para ir a Caprona y, cuando me encontré con Nino en la tienda de campaña, confieso que hablamos largo y tendido del conde.

Capuana asintió.

—¿Qué os dijo él?

No traicionó en aquella pregunta la gran emoción que sin duda albergaba en su interior. Hacía ya tiempo, a esas alturas, que aquel carácter suyo, forjado en el hierro de la espera, le había permitido aceptar la pérdida. No era resignación, ni mucho menos. En esa mujer, la conciencia era fuerte y clara, pero también lo era su capacidad para aceptar el destino. Lo lograba con la serenidad de los justos y de quienes, al final de un largo viaje espiritual, saben que no pueden ya reprocharse nada a sí mismos.

—Que estaba arrepentido y desconsolado por la muerte de su tío. Y que, si hubiera podido cambiar el curso de sus acciones, lo habría hecho, y que las últimas palabras que le dirigió al conde las había dicho con la rabia y la ingratitud de un joven arrogante y necio. Y, sin embargo, puesto que no podía cambiar el hilo del tiempo, esperaba con aquel asedio derrotar para siempre a los que habían conspirado contra él.

—Ruggiero degli Ubaldini y Montefeltro —dijo Capuana.

—Exactamente.

—¿Y qué hicisteis después?

—Nos preparamos para continuar el asedio. Nino y los

suyos habían llegado a aquel lugar tres días antes. Era verano y el calor podía más que las armas. La colina parecía incendiada por el sol y la torre del castillo de los Upezzinghi era como un monolito plantado en el corazón de la campiña pisana. Planeamos tomarlo a fuerza de hambre y sed.

—¿Y Guido da Montefeltro resistió mucho tiempo? —preguntó Capuana con toda la frialdad de la que era capaz.

—No exactamente. En menos de una semana capitularon los gibelinos, y Nino Visconti obtuvo la victoria que buscaba desde hacía tanto. Y, sin embargo, sucedió algo extraño, aunque pensándolo bien, después de tan grandes sufrimientos era la única conclusión posible.

—¿Es decir?

—Veréis, mi señora, durante mucho tiempo, después de la muerte del conde, creí que la forma en que mataron a Ugolino della Gherardesca merecía un tributo de sangre, un castigo ejemplar. Palabras como «matanza» y «exterminio» eran para mí la única moneda con que podía pagar a quienes habían realizado los actos villanos que conocemos. Sin embargo, después de la tragedia de Campaldino, después de la sangre y la agonía, muchos de nosotros teníamos el alma más destrozada incluso que el cuerpo. Queríamos ganar, es verdad, derrotando a los pisanos, pero ninguno de mis hombres estaba ya dispuesto a entregarse a la destrucción del enemigo. Aquella terrible batalla nos había apagado la sed de sangre a todos.

—Lo entiendo. La derrota es suficiente para mí. Ya no deseo la aniquilación. Y hoy lamento haberos encomendado la tarea que en su momento os asigné sin dudar. No tengo excusas. El pesar por no haber podido defender a mi marido me ha vuelto insensible. He manchado con dinero esa lealtad que me prodigasteis desde el primer instante. Hubiera querido reteneros, pero era demasiado tarde. Lo lamento y sé que no merezco a un amigo como vos.

Ante aquellas palabras, Lancia dobló la rodilla e inclinó la cabeza.

—Vos, señora, no tenéis nada de que culparos. Sois una mujer extraordinaria y la misma conducta que habéis adoptado en estos años da testimonio de la profundidad de los sentimientos hacia vuestro marido. Estad orgullosa de ello. Lo que hice, lo hice con alegría, ya que yo también anhelaba tomar represalias. Sin embargo, he descubierto al sobrevivir que no hay nada más amargo y triste que la venganza. Con todo, lo que más me sorprendió fue ver que incluso Nino Visconti, por diferentes razones, había descubierto este lado amargo de la revancha. A pesar de esa especie de bravuconería que nunca lo abandona, me mostró un aspecto nuevo y sorprendente de su carácter.

—Él también, por tanto...

—Tuvo lástima del enemigo —completó Lancia, asintiendo—. Cuando al octavo día de sitio los gibelinos se rindieron, lo hicieron temiendo acabar exterminados a manos de Nino, las mías propias y las de Florencia.

—Pero no fue así.

—Esto es lo que pasó —respondió Lancia, poniéndose de pie—. Los gibelinos dijeron que estaban dispuestos a rendirse, siempre y cuando se les perdonara la vida. En la tienda de campaña de Nino Visconti no todos estaban de acuerdo. Quizá quien más se oponía era Corso Donati.

Después de Campaldino, su sed de sangre se había vuelto legendaria. Y, no obstante, no era quien podía tomar decisiones en aquel lugar, ya que para los asuntos de Pisa la decisión estaba en manos de quienes habían vertido lágrimas y sangre por esa ciudad. Y, por lo tanto, la última palabra la teníamos Nino y yo, que conocía bien aquella fortaleza, ya que llevaba el nombre de mi linaje. Resolvimos aceptar la rendición, dejando marchar a los pisanos. Pensamos que tal demostración de superioridad les debilitaría los ánimos y que aquella victoria presagiaba otras en el futuro, y que eso nos bastaba.

Capuana miró a Lancia de una manera que lo hizo sentirse bendecido.

—Habéis hecho bien, señor Lancia. «Misericordia» es una palabra mucho más fuerte que «venganza». Y si Ugolino no recibió justicia en vida, al menos su martirio no sufrirá la ofensa de una venganza inicua. Habéis hecho bien y hoy soy una mujer feliz. Y quizá por primera vez me doy cuenta de que siento por vos una amistad tan dulce que casi me abruma.

Lancia tembló al escuchar esas palabras.

—Señora —dijo—, me dais hoy una nueva vida. No me atrevo a preguntar, pero sabed desde este momento que mi corazón es vuestro y que mi secreta esperanza es poder envejecer con vos fuera de aquí.

—Paciencia, amigo mío, paciencia. Un poco más de tiempo y estaré lista.

Y al escuchar esas palabras, Lancia se calló porque era su corazón el que cantaba.

59

Codicia

La plegaria no le daba consuelo. A pesar de haberse vuelto aún más puntilloso en procurarse momentos de meditación, el ajetreo de su mente lo abducía y lo llevaba a fantasear con monstruos y apocalipsis que amenazaban el futuro de Florencia. A pesar de la naturaleza sagrada del lugar donde se hallaba, no era capaz de sentir paz.

Dante suspiró.

También aquel día, cuando buscó alivio bajo las nervaduras de la cúpula de San Giovanni, le pareció ser testigo silencioso de un despertar ya ineludible. Como San Brendano en su *Navigatio*, se había dado cuenta demasiado tarde de que había desatado al aspidoquelonio, la aterradora criatura que parecía una isla y, en cambio, había revelado ser un repugnante monstruo marino, por lo que percibía claramente que Corso Donati nunca renunciaría a perseguir el dominio absoluto de aquella ciudad, y que fueron precisamente las recientes hazañas de la guerra las que habían despertado de la manera más firme y decidida el instinto sanguinario de su ansia de poder y anulación de la vida ajena.

Desde que había regresado, una cosa y solo una parecía gobernar la vida de Corso Donati: la codicia. Se hizo fuerte en la victoria de Campaldino, de la que se jactaba constantemente, casi como si fuera su único protagonista. Y no dejaba de hacer lo mismo respecto al triunfo posterior en Caprona, a pesar de que el asedio se resolvió en una simple victoria moral, que culminó al entregar los gibelinos el honor de las armas. A estos últimos se les perdonó la vida contra su voluntad y, sin embargo, como líder de los güelfos, había conseguido volver los acontecimientos de la guerra a su favor y a esas alturas ya no había nadie en Florencia que dudara de los éxitos militares obtenidos como si fueran su exclusiva prerrogativa. Esa fama estaba aún más extendida desde que la mayoría de la gente conocía sus talentos como guerrero sediento de sangre, y cuando alguien los ignoraba, un puñado de fanáticos intrigantes y secuaces contratados ponían remedio a la situación, forjando la convicción con palabras y amenazas, cuando no con la espada.

Pero esa no era la única razón. En calidad de alcalde, Corso se cebó incluso con Pistoia, logrando atraer a su lado a un gran número de partisanos.

Por no mencionar que la mayoría de los priores eran hombres que se hallaban bajo su influencia directa y a ellos les pedía, como verdadero déspota, que cualquiera de sus decisiones o actos le fuera favorable. En resumen, ejercía una influencia política y una coerción insoportables, y se comportaba aún con mayor bravuconería desde hacía poco, seguro de que sus abusos y opresiones, siempre perpetrados contra los más débiles e indefensos, quedarían impunes.

Había llegado a exhibir tal audacia que se había vuelto incluso desvergonzado. Y nadie, como era obvio, parecía oponerse. No abiertamente, al menos.

En definitiva, actuaba en la ciudad como un verdadero matón, complacido por aquella creciente popularidad y ansioso no solo por expandir la esfera de su dominio, sino también por engrosar sus arcas, que siempre habían sufrido una ancestral escasez de oro. Por eso, su odio a Vieri de Cerchi aumentaba día a día. A pesar de haber nacido de ancestros menos nobles, este último, sin cubrirse de la gloria de la guerra, logró zanjar las diferencias con ríos de dinero, gracias al éxito de su banco.

Corso, que soportaba mal el imparable ascenso de Vieri, respondió en el único idioma que conocía: el de la amenaza y el miedo, incitando a sus sicarios con el único propósito de aterrorizar a la ciudad y a sus conciudadanos. Lo hizo para reafirmar su supremacía y evitar que, poniéndose de parte de Vieri, la gente albergara extrañas aspiraciones. Confiaba aquella política de terror a figuras como los hermanos Filippo y Boccaccio degli Adimari. No eran los únicos, por supuesto, pero ciertamente eran los más temibles por temperamento y actitud.

En una situación semejante, tan terrible, Dante había sabido que su amada Beatriz estaba sufriendo. Embarazada de su primer hijo, llevaba días en cama y, según le había revelado Lapo Gianni, su buen amigo, al parecer las cosas empeoraban. Existía, además, el peligro de que no superara el parto. Esta, al menos, fue la respuesta del médico que la había examinado, y esto le había revelado el hermano de ella a Lapo. A Mone de Bardi, su marido, un hombre violento, adicto a las armas y a sus negocios, no se le veía particularmente preocupado.

En cambio, para Dante aquella noticia había sido terrible. La sola posibilidad de que Beatriz pudiera faltarle lo dejaba postrado. Y lo que más lo atormentaba era que no podía hacer nada. Tenía que contentarse con las escasas noticias que le llegaban de las casas de los Portinari, que no estaban lejos de la suya. Con ellos, por lo menos, tenía algún trato, sobre todo porque su padre había establecido una amistad sincera con Folco, el cabeza de familia. Sin embargo, Folco había fallecido el invierno anterior. Y ese había sido un primer hecho trágico que no solo había debilitado a la familia de Beatriz, sino que también había fortalecido el comportamiento frío e insensible de Mone, ahora que su suegro ya no estaba vivo. En fin, parecía que su esposa no le importaba lo más mínimo.

Ah, maldito holgazán, pensó Dante. Él, que por Beatriz se habría dejado matar. Él, que hallaba en ella la razón de su vida, capaz de mantenerlo alejado de un deseo de autodestrucción que iba creciendo cada vez más desde que la guerra había quemado todas sus ganas de vivir.

Se sentía presa de una fiebre que parecía paralizarle el raciocinio y reducirlo a un estado de ansiedad que no sabía cómo apaciguar y que le quitaba la lucidez. Cuánto le hubiera gustado poner solución a su estado de eterna duermevela... No obstante, por más que se esforzara, no había manera. Pasaba las noches con la mirada fija en la oscuridad mirando las vigas del techo. Y aquella inquietud perenne lo volvía cada día más ausente, quebrado, agotado.

No tenía idea de cómo podía ayudar a la mujer que amaba. Y saberla en un lecho de dolor, próxima a extinguirse como la luz frágil de una vela consumida, le hacía sentirse como en un naufragio, golpeado por la resaca e ingobernable. Los días se sucedían idénticos, todos igualmente escuálidos, desprovistos de sentido y de promesas.

Solo, en el agua monstruosa, los pies que giraban en el vacío, en un intento desesperado de tocar un eje, un atisbo de rumbo, un trozo de madera al que aferrarse. Y delante, el remolino de un abismo insondable que lo iba succionando, arrastrándolo más y más abajo. Y esa pelea suya, esa obstinada agitación con el propósito de mantenerse a flote de alguna manera, no hacía sino hundirlo cada vez más profundamente. ¡Ay, cómo le gustaría poder salir de semejante y tormentoso dilema! Pero no tenía fuerzas y, por lo tanto, se abandonaba a su dolor como el náufrago que al final, agotadas las fuerzas, dejaba que el mar se cerrara, burbujeante y terrible, por encima de él.

Salió a la plaza. Vio que ese día, al principio inundado de sol, entregaba el cielo al color de las cadenas. Pronto empezó a caer una lluvia fina pero helada. No estaba lejos de casa, aunque tenía la sensación de que la bóveda celeste se estaba preparando para llorar.

Inspiró hondo ese olor a lluvia, seguro de que anunciaba algo inminente y trágico.

Sintió un estremecimiento. Entonces, con el corazón herido por unos pensamientos que le debilitaban la mente, se puso en marcha.

60

Lluvia y llanto

Estaba lloviendo. Como en Campaldino hacía un año. Hasta la mañana anterior, Florencia había sido devorada por el calor y ahora parecía que el diablo quería ahogarla. Quizá porque ese día de junio había sucedido algo terrible, como en Campaldino. Pero si en aquel caso fueron los hombres los que decidieron hacerse pedazos en nombre de las ideas y las facciones, esta vez era el destino el que desataba su furia, de manera cruel e incomprensible.

Beatriz había muerto. Y él, que llevaba un año luchando por volver a encontrarse a sí mismo, se sentía aún más perdido, indefenso y derrotado. No recordaba quién se lo había dicho, pero estaba aturdido, aniquilado, incapaz de entender una tragedia como aquella. Lo había presagiado, pero ahora que había llegado el momento culminante, se sintió defraudado. Y entendió en ese preciso instante que nada hubiera podido prepararlo para un acontecimiento como ese, ya que el temor de que algo horrible suceda no es nada comparado con el sentimiento de abandono total y devastador que nos abruma cuando alguien a quien amamos es cercenado por la guadaña de la muerte.

Se tambaleaba bajo una lluvia torrencial, empapado de pies a cabeza, en el corto trayecto que lo llevaba a la casa de Simone de Bardi, el hombre que había hecho suya a Beatriz durante algunos años.

Dios debía haber querido llamarla. En toda aquella locura, Dante no encontraba otra explicación. ¿Cómo aceptar, si no, ese hecho terrible y cruel al mismo tiempo? Se sentía desnudo y herido, y no a causa del agua helada que le hacía temblar hasta los huesos.

No, en absoluto. Era la conciencia de ser testigo de otro drama: el destino le había arrebatado a Beatriz. No bastaba con lo que había visto en Campaldino y luego en Caprona, cuando los güelfos se convencieron de aceptar la rendición de los gibelinos y los contemplaron saliendo de la fortaleza de Upezzinghi. A él le parecían demonios derrotados, escupidos de la cueva del infierno, aquel fuerte de piedra negra y ahumada por las flechas y los proyectiles incendiarios que lo habían asaeteado en los días anteriores a la caída.

Había experimentado el miedo que ahora nunca lo abandonaba.

Cuando entró en la hermosa casa del señor De Bardi, la halló abarrotada de gente. Las razones de aquella peregrinación eran de lo más diversas. A muchos de los presentes Beatriz les importaba muy poco, en cambio les importaba mucho más mostrar su devoción al marido. No en vano este último era uno de los grandes de la ciudad, antiguo alcalde de Volterra y en aquellos días capitán del pueblo de Prato. Mone era un hombre de temperamento frío y calculador, poco acostumbrado a sentimientos y arrebatos de pasión, y fue precisamente su frialdad la que dejó a Dante consternado.

Vio a Vieri y luego a Corso, y a muchos otros de los barones de la ciudad. Y también a los Portinari. Los hijos Manetto y Ricovero, los dos hermanos mayores, de rostro sombrío. Habían enterrado a su padre Folco apenas unos meses atrás, y ya un nuevo duelo los llamaba a mirar a la muerte cara a cara.

Cilia de Caponsacchi, la madre de Beatriz, estaba desesperada. Los ojos enrojecidos por las lágrimas, los pasos vacilantes, la postura de quien está perpetuamente inclinado hacia delante, debilitado por los golpes despiadados del destino. ¡Cómo había envejecido! Apenas podía ponerse de pie, apoyada en Vieri, al que estaba muy vinculada, también en virtud de la proximidad entre los Cerchi y Folco, que era socio del banco de este último.

A Dante se le hizo un nudo en la garganta mientras abrazaba a Manetto. Lo estrechó contra su pecho y a duras penas pudo contener las lágrimas.

—No entiendo cómo pudo suceder —dijo el hijo mayor del señor Folco—. Dicen que fue por el nacimiento, pero cualquiera que sea la causa... no es justo. Era una mujer dulce y hermosísima y no hizo daño a nadie.

Esas palabras lo golpearon como el chasquido de un latigazo. Aunque tenía razón, ¿qué podía decirle él, que sentía un abismo abrírsele en el alma, ahora que su bien, el amor de su vida, había desaparecido?

—Vamos, Manetto —dijo, pero se le quebró la voz en la garganta.

—Id a darle el último adiós, Dante —murmuró su amigo.

Y él, obedientemente, se fue, como si necesitara ese estímulo para entrar en la habitación donde Beatriz yacía exánime.

Estaba vestida de blanco, como una novia. El largo cabello castaño lo llevaba suelto y parecía unas llamas líquidas en la almohada, como cobre derretido. Su tez pálida la hacía idéntica a un ángel. También en la muerte era la mujer más hermosa que había visto en su vida. ¿Cómo no iba Dios a quererla a su lado?

Esa pregunta surgió en él de repente, rápidamente, ineluctable. Cualquiera hubiera querido contemplar aquella belleza. También Dios.

Cegado por el esplendor de Beatriz en la muerte, dio un paso atrás. Algo parecía envolverla: una presencia celestial. Se sintió ante tal gracia que no fue capaz de soportarla. Era demasiado, tanto más cuanto que, estaba seguro, se hallaba por encima de lo humano. Repentinamente, la visión de ella le parecía revelar en quién se había convertido. Tuvo miedo.

Así que salió. De lejos vio a Guido Cavalcanti, pero en ese momento no tenía ningún deseo de hablar con él.

Sintió dentro de sí la necesidad de hacer algo para volver inmortal a Beatriz. Era como si lo que había presenciado en aquella habitación se lo pidiera. No, más concretamente, como si le ordenara una línea precisa de conducta, la de dedicarse a la celebración de Beatriz en los años venideros. Pero ¿cómo? ¿Cómo inmortalizar su vida? Y cuanto más pensaba en ello con más claridad se iba abriendo paso una idea. Todavía era una sombra, el reflejo de un pensamiento, nada claro, pero iba creciendo dentro de su alma.

Campaldino y Compiobbi habían pedido un homenaje a su corazón. Después de ver la sangre y la matanza, el horror de las vidas rotas de aquella forma violenta, tribal e inhumana, Dante había percibido un cambio que no lograba controlar. La vista del cuerpo desnudo lo horrorizaba. No lograba expresarlo de otra manera, pero el solo hecho de que Gemma lo tocara le provocaba una irrefrenable sensación de pavor. Era algo horrible decirlo y más aún pensarlo, pero le parecía como si la guerra hubiera borrado todo apetito erótico en él. Únicamente concebía el contacto físico como resultado del odio y la reprobación. Hubiera podido pegar y golpear a alguien, si bien no acariciarlo. Los besos y las efusiones lo angustiaban, lo disgustaban, y por eso estaba avergonzado, porque sabía que Gemma lo amaba y él también había aprendido a quererla.

Y ahora que había visto a Beatriz de esa manera, perfecta e inalcanzable en la muerte, despojada de cualquier significado terrenal, aunque con el corazón roto por el dolor, escuchaba una voz desconocida sugiriéndole que alimentara ese sentimiento de pura espiritualidad, libre de cualquier otra implicación, ya pasional, ya emocional.

La muerte de Beatriz, en su trágica naturaleza, le ofrecía una salida. Resultaba terrible y salvífica al mismo tiempo.

Cruzó el pasillo donde estaban reunidos los dolientes. Sintió que le fallaban las fuerzas. Alcanzó la salida y se encontró bajo la rugiente lluvia.

Empezó a correr entre lágrimas.

Como un demente.

61

Superviviente

Llovía. La casa estaba vacía. En un rincón cerca del hogar Gemma lloraba en silencio. No sabía cuánto tiempo había pasado bañada en lágrimas. Había hecho todo lo posible para conquistar el corazón de Dante, pero desde hacía un año se había vuelto imposible.

De nuevo. Como si, de repente, hubiera regresado a los días inmediatamente posteriores al matrimonio, cuando la incomprensión era total. Con el añadido de la amargura de haber podido tocar la fibra sensible de su marido y ahora estar siendo desterrada.

Se dijo que debía ser paciente, comprender sin exigir. Quería tener confianza. Sin embargo, Dante era un veterano que había sobrevivido al horror de Campaldino y a la guerra, pero no había regresado intacto, no del todo, al menos.

Algo en él parecía haberse roto para siempre.

Cualquier manifestación de cariño, ternura, intimidad y deseo representaba para él un obstáculo insuperable, o peor, un contacto insoportable. Al principio se retraía, luego había incluso aprendido a poner cierta distancia entre ellos.

Ese hecho la aniquilaba. ¿Cómo podía tratarla de esa forma? ¿Cómo podía no hablarlo? Le hubiera encantado poder explicarle que ella estaba allí, dispuesta a escucharlo, a comprenderlo, codo con codo. Habían entrado en esa pesadilla y saldrían de ella, se repetía, pero sacudía la cabeza y lo peor era que fingía que todo iba bien.

Y, al contrario, era un infierno.

Un año entero sin que él la tocara ni siquiera un instante. Gemma creía que iba a volverse loca.

Sabía que tenía que dar gracias a Dios o a la suerte por el solo hecho de que Dante hubiera regresado, pero a veces se preguntaba si junto a ella no vivía un fantasma. En un par de ocasiones había visto de nuevo a Giotto. Él estaba asimismo perturbado, parecía también estar viviendo de otra manera. Se refugiaba en la pintura, le confesó un día Ciuta, su esposa. Gemma reconocía la misma obsesión en Dante por la poesía y las letras. Pero entonces Ciuta había añadido que Giotto anhelaba dejar Florencia, que probablemente para fines de ese año se mudarían a otra ciudad, tal vez una más pequeña, tal vez ni siquiera en Toscana. Aquello parecía un proyecto común, encaminado a recuperar un matrimonio o al menos un cariño que, evidentemente, les importaba a los dos.

Con Dante, en cambio, no quedaba nada. La apartaba. Quizá lo hacía para protegerla, pero ella sufría de todos modos. Otro hecho extraño era la agresividad, que parecía haber aumentado. Por supuesto, antes también soltaba bufidos y se quejaba. Y se habían peleado y de qué manera. No obstante, nunca le había levantado la mano, y aunque tampoco había sucedido que llegara a golpearla en ese último año, en dos ocasiones ella lo vio alzar la mano para abofetearla y luego detenerse como si, de repente, hubiera vuelto en sí.

En cuanto a sus crisis, el oscuro mal que de vez en cuando lo visitaba, se habían intensificado. Sabía que cuando le era posible trataba de soportar aquellos accesos en soledad. No tenía idea de cómo se las arreglaba, pero pocas veces había sido testigo de lo que le sucedía, parecía que lograra refugiarse en un lugar secreto para enfrentar solo lo que acaso vivía como una humillación. En el último año no fueron pocas las ocasiones en las que lo había pillado temblando y abandonándose en el lecho hasta que la baba blanca le llenaba la boca, aguardando que el ataque le diera tregua tarde o temprano.

Gemma estaba aterrorizada.

Y lo estaba por una razón muy precisa: no sabía qué hacer.

Ella tan solo quería que la abrazara, como lo había hecho antes de Laterina y antes de partir hacia Campaldino. Sabía que ese pensamiento era egoísta. Era en él en quien tenía que pensar en primer lugar, porque había visto muertos, había luchado y había usado armas contra otros hombres. Y tenía que soportar esa carga todos los días.

Pero estar excluida de todo no era justo.

Dante parecía no convivir ya con ella. En su lugar había un fantasma, un hombre frío, retraído, que la evitaba.

Iban pasando los días y ella se llenaba de amargura y resentimiento. Y ahora contaba las horas que faltaban para la siguiente disputa, que sin duda volverían a tener.

62

Argento

Lo llamaban Filippo Argenti porque su caballo estaba enjaezado en plata, pero su verdadero nombre era Filippo Cavicciuoli y pertenecía a la familia de los Adimari, muy leal a los Donati.

Por temperamento y disposición, los Adimari poseían sed de sangre y eran belicosos, como Corso o más. Alimentaban especialmente un sentido natural de superioridad y una arrogancia que en la ciudad nadie parecía igualar.

De ellos, Filippo era quizá el más autoritario e insoportable de todos. Tenía una pésima reputación, y Dante había llegado a verlo en acción bastante de cerca en las batallas que habían librado, cuando Filippo no solamente quería matar al adversario, sino también perpetrar una masacre con la misma determinación despiadada que Aquiles había empleado contra Héctor, haciendo polvo su cuerpo, atándolo a su carro. Pero si el héroe griego tenía como justificación la muerte del amado Patroclo, no se podía decir lo mismo de Argenti, que, en cambio, cultivaba un instinto innato de prevaricación y ferocidad como si fuera la violencia misma lo que le daba placer. Esto lo convertía en un hombre abyecto y peligroso. Por no mencionar que la fama que había conquistado de ese modo lo animaba a reiterar su comportamiento, ya que tenía la intención de cumplir lo que ahora se decía de él.

Por esto era tan odiado en la ciudad.

La crueldad de Argenti era tanto más inquietante porque Corso iba creando alianzas con hombres como él y, cada vez más a menudo, cuando se hallaba en Florencia y, por lo tanto, no estaba comprometido en Pistoia como alcalde, se oponía a Vieri de Cerchi. Estaba naciendo una disputa entre las dos facciones y el momento de la rendición de cuentas se volvía imposible de aplazar. Parecía como si, agotada o casi la eliminación definitiva de los gibelinos, se preparara una nueva lucha trágica dentro del bando de los güelfos.

Argenti avanzaba con altivez y orgullo, como siempre a lomos de su semental, a veces poniéndose en pie en los estribos, mirando con desprecio a todo el que se cruzara en su camino, como si no fuera digno ni siquiera de lamerle los zapatos.

Dante trataba de desinteresarse de él por completo, después de todo no sentía curiosidad alguna por aquel fanfarrón sediento de sangre. Sin embargo, asimismo sabía que ese hombre disfrutaba provocando a los demás, y en alguna ocasión no había dejado de intentar burlarse de él. Por lo tanto, era más consciente que nunca de que tenía que estar en guardia. Siguió adelante por su camino, mirando al frente, dándole la espalda y evitando volverse para mirarlo, hecho que Argenti odiaba especialmente.

Escuchó los cascos del caballo batir rítmicamente y acercarse. Aunque se dirigía a la piazza del Battistero, tuvo la sensación de ser el único hombre en la vía pública. Entonces le pareció que, de repente, Argenti se detenía. Finalmente, mientras aceleraba el paso, oyó que el caballo volvía a ponerse en marcha y se acercaba a un ritmo más rápido, como si alguien lo hubiera incitado.

Un instante después vio al animal junto a él; luego alguien lo atacó. Dante cayó hacia delante. Terminó boca abajo, embarrado completamente a causa de la lluvia que había caído el día anterior. Se giró de espaldas, apoyándose en los codos. Ni siquiera tuvo tiempo de ponerse de pie cuando el caballo y el jinete volvían a estar frente a él, Filippo Argenti con una sonrisa malvada en el rostro, como queriendo desafiarlo para que intentara reaccionar.

—¿Qué creéis que estáis demostrando? —preguntó Dante, conteniendo apenas su ira—. Lo hicisteis a propósito, ¿no? ¿Y por qué?

Filippo Argenti se echó a reír.

—Vaya, parece que las cucarachas hablan. ¡Ser uno de los *feditori* de primera línea os ha vuelto soberbio! ¡Aunque sepamos ya cuál fue vuestra contribución en Campaldino! Y que no sois más que el hijo de un usurero.

—¿Qué diablos queréis? —dijo Dante, esta vez alzando la voz. Quizá tiempo atrás hubiera temido la reacción de un fanfarrón como Argenti; ahora, en cambio, casi ansiaba la confrontación. Se puso de nuevo en pie.

—¡Ah! ¿Y vos me lo preguntáis? ¿Quizá debo recordaros que fuisteis aniquilados por los hombres de Buonconte da Montefeltro, es decir, doce hombres, incluido él, y terminasteis regresando a la segunda línea con el rabo entre las piernas?

—Bueno —respondió Dante, quien no tenía ninguna intención de dejarse incriminar así—, recuerdo que estabais allí, con vuestro arnés de plata, bien protegido entre los hombres de la reserva, de pie y mirando a los que nos dejamos hacer pedazos para resistir la carga y ganar la batalla. Os movisteis solo en el último momento, cuando el conflicto ya no tenía razón de ser y los güelfos habían contenido y luego aniquilado a la caballería gibelina.

Argenti se sonrojó. Luego estiró el dedo índice hacia él.

—¡Cuánto descaro! ¡Y más en un hombre de vuestra estirpe! ¡Un descendiente de prestamistas usureros, de repugnantes difamadores, tan incapaces que ni siquiera lograron hacerse ricos con sus delitos! ¡Me disgustáis, Alighieri!

—¡Qué gran coraje tenéis para criticarme, estando en lugar seguro a lomos de vuestro caballo! ¡Bajaos de la silla y veamos si os atrevéis a pegarme de nuevo como acabáis de hacer! —lo provocó Dante, que odiaba su insolencia y el veneno que destilaban sus palabras injuriosas.

—Dad gracias a Dios que me están esperando, de lo contrario os metería de vuelta vuestra arrogancia directamente en la garganta con la hoja de mi espada. Pero solo es cuestión de tiempo. Corso Donati tomará posesión pronto de esta ciudad maldita y yo con él. Siento tener que irme, me hubiera quedado aquí gustosamente.

—Idos, idos —concluyó Dante—. Quedo a vuestra disposición donde y cuando queráis.

—¡Tened cuidado, Alighieri, que un día os tomaré la palabra! —Y según lo decía, Filippo Argenti escupió en el suelo.

Luego, sin esperar respuesta, plantó los talones en los flancos del caballo y un instante después aceleró en la dirección opuesta a la de donde había venido.

Dante se quedó mirándolo con ojos llenos de rabia. No le tenía miedo y se descubrió deseando volver a encontrarse con él para devolverle la jugada.

63

El burro de Porta

—¡El burro de Porta! —exclamó Vieri de Cerchi—. Así es como me llama ese cerdo de Corso Donati. —Estaba rojo de rabia y Dante nunca lo había visto en ese estado.

Carbone lo miraba fijamente con decepción mal disimulada. Era como si su proverbial sangre fría hubiera sucumbido de repente a la ira y justamente él, que había cosechado fama como urdidor de tramas, se abrazase ahora a un ciego resentimiento.

Sin embargo, duró un instante. Al cabo Vieri se recuperó y volvió a mirar con frialdad al hombre que había ido de Pistoia a Florencia para dar cuenta de lo que estaba sucediendo.

—Vos conocéis la situación, que está próxima a la locura —dijo el hombre. Tenía el pelo hasta los hombros y ojos azules y acuosos—. Toda la cuestión gira en torno a una disputa entre los hijos habidos con una mujer y los habidos con una segunda por Cancellieri. ¡Maldita sea su estirpe! Los primeros son los Blancos; los segundos, los Negros.

—Sí, señor Panciatichi —dijo Vieri—, pero Schiatta Amati mantiene alto el honor de la parte blanca.

—Por supuesto, os confirmo que así es. No obstante, los Negros están ejecutando un buen juego en estos días. Como sabéis, Corso Donati es alcalde de Pistoia y desde el año pasado, cuando fue nombrado, hace todo lo que está en su poder para ayudar y favorecer a Simone Cancellieri.

—¡Maldito!

—Pero lo peor es que los güelfos, que se acaban de imponer en todas las ciudades de la Toscana, a excepción de la orgullosa Pisa, todavía gibelina, están sentando las bases de una nueva disputa, entre Blancos y Negros.

Vieri negó con la cabeza.

Dante también había ido incubando aquella certeza. Sabía que no era un buen momento para reavivar esa sensación, pero tenía que advertir a Vieri de lo que estaba sucediendo. Tal vez llevaría su tiempo, pero del mismo modo que había temido el inevitable advenimiento de la madre de todas las batallas, así percibía ahora con claridad que aquella nueva lucha interna era tan solo una cuestión de tiempo.

—Hablaré con Vanni de Cancellieri —dijo Carbone.

—¡No lo hagáis, ahora no! —le increpó Vieri—. A menos que deseéis desencadenar un infierno. Ese hombre es un joven exaltado, un loco sediento de sangre.

—Por más que este asunto os disguste, es un hombre del tipo que necesitamos —observó Carbone con malicia.

Quizá era mejor guardar silencio sobre su encuentro con Filippo Argenti, pensó Dante, pero si se hubiera sabido que un Adimari lo había amenazado en la vía pública y él se había abstenido de denunciarlo, habría sido aún peor. Así que soltó a su vez:

—Filippo Argenti me provocó mientras me dirigía a la piazza del Battistero.

—¿Y qué os ha hecho? —le preguntó Carbone con una mirada de reojo que no auguraba nada bueno.

—No se trata tanto de lo que hizo, sino de cómo. Por no añadir que pronunció amenazas muy específicas.

—Y qué tendrá esto que ver con lo que estamos hablando... —respondió Carbone.

Entonces fue interrumpido por Vieri.

—Callaos, dejadlo hablar.

—¡Me dio una patada, él a caballo y yo a pie, y me tiró al suelo! —estalló Dante, muy cansado de que Carbone continuara cuestionando su palabra. Por respuesta recibió una mirada gélida.

—¡Pues vaya, qué novedad! —exclamó este último con desdén—. Lo habrá hecho no sé cuántas veces. En la ciudad lo odian por eso.

—Lo sé —admitió Dante—, pero cuando le dije que lo mejor que podía hacer era seguir su camino, más allá de los insultos personales, ha corrido a anunciarme que Corso Donati pronto tomará Florencia y que él estará a su lado. Si a esto le sumáis lo que se dice a propósito de Pistoia...

—¡Sí! —exclamó Vieri—. Pensad de una vez por todas, Carbone, en lugar de abandonaros a vuestros habituales e inútiles deseos de sangre. Corso apunta a crear su propia facción. Odia a los que son como nosotros, culpables de habernos convertido en nobles gracias a nuestros florines. Este hecho no lo puede digerir, ¿cómo podría hacerlo? Él, que se define a sí mismo como noble por linaje ancestral, sueña con aniquilarnos algún día. ¡Y ahora también es alcalde de Pistoia! Y se ha puesto del lado de Simone Cancellieri. Pronto nos veremos obligados a ver a Schiatta expulsado de su propia ciudad, ¡me apuesto algo!

—El tiempo lo dirá —confirmó el hombre de Pistoia.

—¡Lo que faltaba! ¡Solo nos faltaba vuestro comentario, señor Panciatichi!

—Solo digo lo que está pasando —respondió el otro con una mirada ausente, como si lo que auguraba fuera inevitable y estuviera al margen de cualquier posible influencia política y militar.

—Lo sé —concluyó Vieri, negando con la cabeza—. La situación es grave.

—Entonces ¿qué pensáis hacer? —preguntó Carbone, que ya soñaba con sacar la espada y degollar.

—No tengo ni idea. Aún no. Ya veremos. En realidad, una buena medida podría ser ir a hablar con un amigo.

—¿A quién os referís? —preguntó el señor Panciatichi con curiosidad.

—Oh, lo siento, pero eso sí que no puedo decíroslo.

64

Ideas y acciones

A aquella hora la taberna estaba medio vacía. Dante y Guido permanecían sentados a una mesa en un rincón. Algunos clientes bebían un vino infecto. Detrás del mostrador, el posadero parecía ocupado con las cuentas.

—Sé que queréis defenderlo porque se ha convertido en vuestro benefactor —dijo Guido con su habitual ironía burlona—, pero debéis entender que ese hombre nunca tomará la iniciativa. Ninguna, con tal de no enfrentar a Corso cara a cara.

Hablaba a media voz porque sabía que, en un lugar así, ciertas conversaciones podían ser escuchadas por oídos enemigos.

—Bueno, creo que puedo decir que sois injusto —observó Dante—. Después de todo, Vieri es el único que se opone al caballero Donati.

Guido suspiró.

—Sois sordo y ciego. No queréis entender. Voy a tratar de explicároslo así: después de Campaldino, Corso está convencido de que es un héroe.

Dante no pudo evitarlo, era más fuerte que él.

—No deja de tener su gracia que os expreséis al respecto, puesto que no estabais allí —dijo.

Guido suspiró.

—De acuerdo. Tenéis razón, pero no es en absoluto esa la cuestión.

—Ah, ¿no? ¿Y cuál sería, entonces?

—Tanto si es cierto como si es falso lo que Corso dice, son muchos los que lo creen. Vieri no lo desmiente y Carbone es demasiado débil para imponerse, no obstante, sería el hombre adecuado en momentos como estos. Creo que de una forma u otra tiene algún complejo de inferioridad respecto a Vieri.

—¿Qué estáis tratando de decirme?

—Bajad la voz, por favor —lo instó Guido—. ¿Sabéis que Vieri fue a hablar con Giano della Bella? —murmuró. Dante no tenía la menor idea. No pudo disimular que estaba completamente *in albis*. Se quedó callado—. ¡Ah! ¡Así que vuestro mentor no os lo cuenta todo! —continuó Guido en ese tono provocador suyo.

—Guido, por favor deteneos —gritó Dante. No podía seguir soportando más aquellos golpes bajos.

El señor Cavalcanti levantó las manos.

—Está bien —dijo—. Os prometo que no me burlaré más de vos, pero debéis saber que el señor Della Bella tiene una idea muy interesante en mente.

—¿De qué se trata?

Guido miró a su alrededor para asegurarse de que nadie estuviera interesado en su conversación.

—Vetar los cargos políticos a los grandes de Florencia.

—Creo que no os entiendo. O, mejor dicho, ¿sería posible tal cosa? ¿Y cómo pretende hacerlo?

—Por ahora es solo una posibilidad y de momento su propuesta no es factible, pero el proyecto no carece de encanto —observó sonriendo el señor Cavalcanti—. Y de alguna utilidad.

—No me habéis respondido todavía.

—Oh, es más simple de lo que parece, pero hay que quererlo. Y, sobre todo, conseguir que se apruebe una provisión. De cualquier manera, la idea es evitar que se asigne el cargo de prior a los nobles caballeros y a los que ostentan títulos feudales.

—Por lo tanto, a las familias cuyas nobles raíces se hunden en la noche de los tiempos —observó Dante.

—Si lo deseáis, también podéis decirlo así.

—Y Vieri... ¿ha aceptado ponerse del lado de Giano della Bella en semejante batalla?

—El señor De Cerchi está indeciso —dijo Guido, sin ocultar su desprecio—. Por supuesto, puedo entender que primero se debe desarrollar una conciencia colectiva, y por eso Giano della Bella pretende defender a los simples y a los que pertenecen al pueblo.

—¿Contra los nobles, a pesar de que él es uno de ellos?

—Precisamente, y yo también lo haré.

—Pero...

—¿Qué os sorprende? Conozco y respeto a Giano della Bella desde hace tiempo. ¿Creéis que sois el único que puede presumir de amistades con alguien de peso? ¿De verdad pensabais que habíais entrado en las altas esferas? Vieri os ha ocultado sus encuentros con Giano, y por esta razón tal vez os sintáis traicionado. No obstante, ya os había advertido que para Vieri no sois más que un pasatiempo divertido. Un poeta, es verdad. Un hombre capaz de escribir y hablar, no lo pongo en duda. Incluso un *feditore*. Pero si realmente queremos que se nos tenga en cuenta, debemos dar con la manera de cambiarle el rostro a esta ciudad.

Dante se quedó de piedra. Aquella revelación lo dejó atónito y sorprendido. Creía que se había ganado una posición, pero ahora se dio cuenta de que no había logrado hacer nada. A decir verdad, ni siquiera había rasguñado la superficie del mármol en que se había tallado la nobleza.

—No me malinterpretéis —continuó Guido—. Creo que Vieri es bastante mejor que Corso, pero es necesario llevar a cabo algo más radical. Es un poco como con nuestros versos. Y así como en vuestra lírica cultiváis la ilusión espiritual del amor y yo, al contrario, hace tiempo que me he rendido a su desencanto más doloroso, en política creéis que Vieri es el hombre adecuado para esta ciudad, mientras que yo creo que la solución está en la idea de revolución de Giano della Bella. Sé que habéis recibido un duro golpe recientemente, y os ruego que no tergiverséis mis palabras. No soy un enemigo vuestro, al revés, os digo que a partir de ahora si me necesitáis os tenderé mi mano, pero creo que la oposición a Corso debe hacerse de una manera muy diferente a como la está llevando a cabo Vieri, a quien, mirándolo con detenimiento, aunque es menos arrogante y violento que el señor Donati, no le falta codicia y crueldad.

—¡Oh, claro! ¡Puesto que me está ayudando, entonces necesariamente debe ser un incapaz y un violento! Eso es lo que no entiendo de vos, Guido, por qué sois siempre tan hostil. O, mejor dicho, desde cierto punto de vista, lo entiendo perfectamente: queréis tomar partido solo por vos mismo.

—Siento que penséis eso, Dante. En realidad, es todo lo contrario.

—Si fuera cierto, me pediríais que os ayudara.

—¿Y lo haríais? Además, ¿por qué debería pedíroslo? Después de todo, ya habéis decidido de qué lado estar.

Dante resopló. Había mucha verdad en lo que Guido decía, pero no se dio por vencido.

—Por fuerza. Cuando he necesitado ayuda, Vieri estuvo siempre ahí.

—¿Y yo no? ¿Olvidáis quién apoyó vuestros versos? ¿Vuestro talento? ¿Quién os ayudó a haceros un nombre?

—¡Vos, por supuesto, nunca lo he negado! Pero lo que quiero decir es esto: Vieri nunca me ha echado en cara su ayuda. Vos, en cambio, seguís recordándomela. Tengo la sensación de que queréis a toda costa mantenerme bajo vuestro mando, evitar que tenga mi propia convicción. Como si mejorar y convertirme en un poeta más conocido y capaz pudiera haceros daño, oscurecer vuestra fama. Ya está. ¡Ya lo he dicho! —exclamó Dante, y se dio cuenta de que esas palabras le procuraban satisfacción y amargura al mismo tiempo.

Guido negó con la cabeza.

—No sé qué deciros. Con vos todo es siempre muy complicado. Puede ser que llevéis razón, os lo concedo. Y también sé que no tengo un carácter demasiado fácil. Tampoco vos, sin embargo, estáis exento de defectos, me parece. Pero intentad pensar en esto: una ciudad donde la nobleza no se determina según el nacimiento sino según las obras, las propias acciones y el valor demostrado es un lugar mejor que este en el que vivimos. La posibilidad de ser elegido prior en calidad de miembro de una de las Artes de Florencia y no porque uno tenga patentes de nobleza tan antiguas como el mundo y más... ¿Os dais cuenta de la revolución que sería? De este modo quitaríamos el poder de las manos de las familias habituales para dárselo a otros, a nuevos hombres con nuevas ideas. Y os lo dice alguien que con una forma de gobierno como esa no tendría nada que ganar. De hecho, solamente tendría que perder.

Dante respiró hondo. Se dio cuenta de que Guido estaba en lo cierto, pero ahora le resultaba difícil admitirlo. Era parcial. Quizá lo que estaba diciendo lo asustaba porque cuestionaba el orden establecido. Se trataba de una revolución. Una gran idea. Y a medida que lo iba entendiendo, Dante comprendía que, mientras estaba ocupado buscando su propio beneficio personal —porque por esa razón había acogido con agrado la protección de Vieri—, Guido razonaba con una perspectiva más noble y más grandiosa. Por supuesto, era más fácil cuando ya lo tenías todo, pero la honestidad lo obligaba a reconocerlo.

—Es una gran idea, Guido. —Y esta vez fue sincero.

—Ya veremos —respondió su amigo—. Con ideas, lamentablemente, se hace muy poco. Tenemos que convertirlas en acciones.

Dante asintió. Lo sabía bien. Campaldino había sido eso. Sin embargo, mientras la lucha entre güelfos y gibelinos se iba decantando a favor de los primeros, un posible nuevo orden estaba camino de nacer. Algo muy distinto de Cerchi y Donati.

—Tengo que irme —dijo finalmente Guido levantándose de la mesa—. Os deseo un buen día, amigo mío.

Dante lo saludó con un movimiento de cabeza.

Y mientras el señor Cavalcanti llegaba a la salida, pensaba que pronto su mundo volvería a cambiar.

65

La solución

La conversación con Guido le había dejado huella. Como siempre. Así que estaba en ciernes un mundo nuevo. Algunos de los nobles renunciarían a sus prerrogativas para convertirse en representantes del pueblo. Era un hecho inaudito. Dante tenía la sensación de ser viejo ya, de que no entendía aquella ciudad. Mientras se preparaba un enfrentamiento entre Cerchi y Donati, ambos corrían el riesgo de ser sobrepasados por una marea creciente que estigmatizaba la soberbia de los nobles y que en algunos de ellos haría madurar la convicción de querer derrocar el orden establecido.

¿Y él? Sentía que no estaba hecho para ese mundo, que no lo había entendido y que quizá sería incapaz de hacerlo. Además, lo abrumaba el dolor por la muerte de Beatriz, esa sensación de abandono y una soledad que nunca lo abandonaba, ni siquiera un instante. Por no mencionar la tensión casi insoportable entre él y Gemma, que intentaba alejar en todos los sentidos, pero que en cambio siempre estaba allí, recordándole hasta qué punto el horror de Campaldino lo había convertido en un hombre frío, inestable, negado para el cariño.

Lo único que en ese momento le daba una pizca de esperanza era la poesía. Se aferraba a las palabras como lo haría un náufrago a una tabla de madera mientras la tormenta arreciaba a su alrededor.

Volvió a lo que había concebido, a aquella idea que había tenido y luego dejado de lado porque otra había ocupado sus días.

Recuperó sus escritos: los versos dedicados a Beatriz, el relato de sus sueños, esas confesiones suyas entre prosa y rima. Sabía cómo concluir ese proyecto, confiriéndole una estructura definitiva.

Desde hacía algún tiempo había decidido crear un solo texto, una composición estratificada. De hecho, había terminado la primera parte. Pero le faltaba el evento central, la frontera, la línea que señalara la conclusión de una parte y el comienzo de la otra.

Lo que estaba buscando acababa de suceder: la muerte de Beatriz sería el punto de inflexión de su poema. Y cuanto más reflexionaba sobre ello, más pensaba que también comprendía cuál sería el título adecuado para esa obra porque, por amargo y trágico que fuera el presente que estaba viviendo, tal hecho se estaba revelando como completamente nuevo, revolucionario, impactante.

Lo que tenía ante sí sería una vida sin Beatriz, en una nueva Florencia, probablemente arrancada a los nobles, una Florencia completamente güelfa, pero dividida entre Cerchi y Donati.

Tantas cosas habían sucedido en esos días... Y cuanto

más lo pensaba, más entendía que Beatriz no se había ido, sino que se había quedado cerca de él, y ahora le hablaba más que nunca, porque sería el único que la celebraría con sus versos para convertirla en su propio ángel, en su inspiración, para tomarla como guía de sus actos más inminentes.

Tenía la intención de escribir esa obra para inmortalizar su persona. Y, al mismo tiempo, ese camino espiritual representaría el antídoto para una Florencia diferente. ¿Cómo lo había llamado Homero en el sueño? ¡Poeta guerrero! ¡Por supuesto! Lo recordaba perfectamente. No se sustraería al conflicto, ni político ni militar, pero tampoco renunciaría a la poesía.

Y a ella se aferraba en el momento más oscuro de su vida. Después de ver el horror, de escuchar los gritos de los moribundos, de ver cómo los soldados se arrancaban las lanzas del pecho, se arrastraban por el barro, rogando compasión; después de contemplar la belleza arrebatada al mundo, mirando a los ojos, ya de cristal, de Beatriz, sentía que no podía abandonar lo único que le daba alegría y consuelo.

He aquí lo que constituiría el límite entre la primera y la segunda parte de su escritura: la muerte de su amada. Una amada inmortal, ya que viviría para siempre en sus escritos.

No sucumbiría a las provocaciones, a la violencia, a la miseria de todos los días, ¡no! Lucharía, trabajaría sin descanso en las palabras, en el significado de la frase, en la estética de los versos. Nunca se daría por vencido. Aceptar ensuciarse las manos, desenvainar una espada, defender la causa de su parte no lo distraería de celebrar la gracia perpetua de la mujer que lo había inspirado.

Giotto había pasado a despedirse. Se hallaba en aquel carro que tiempo atrás le había mostrado. Ciuta también estaba allí. Se marchaban juntos. Realmente parecía el vehículo de un cuentacuentos, y en cierto modo Giotto lo era, porque sabía, a través de imágenes y colores, narrar aventuras mejor que nadie.

Dante y Gemma lo estaban esperando en la puerta.

Cuando se abrazaron, su amigo se conmovió sinceramente. Ambos sabían que con su partida se acababa una etapa. Giotto estaba cansado de tener que quedarse en el taller de Cimabue. Ya había expresado su impaciencia. No obstante, fue la batalla de Campaldino, sobre todo, lo que lo había dejado consternado y sin fuerzas para quedarse en aquella ciudad.

Justamente como le había sucedido a él.

Solo que su reacción había sido la contraria.

Ciuta estaba esperando un bebé. Gemma se dio cuenta. La decisión de su amigo parecía aún más descabellada. ¿Qué diablos pensaba que estaba haciendo? ¿Creía que si se iba los problemas se resolverían? Sin embargo, Dante sentía una extraña envidia, en cierto modo inexplicable. Y por un instante tuvo la clara impresión de querer irse con él.

Cuando le había hablado de la propuesta de Giotto, Gemma había manifestado su oposición. Antes de irse quería al menos dar a luz a un hijo. Se sentía incompleta y esperaba poder tener pronto un hijo correteando por la casa.

Y mirando a Ciuta, Gemma no pudo contener las lágrimas.

—Estoy encantada —dijo de inmediato, secándose las lágrimas con el dorso de la mano.

Giotto y Ciuta la abrazaron, pero Dante sabía que no era así. O, mejor dicho, no solo así. Aunque su esposa estaba feliz por sus amigos, al mismo tiempo sufría porque cualquier aspiración a la maternidad le era negada en aquella jaula en que ahora se había convertido su vida.

Y él era el responsable de ese encarcelamiento al que estaba condenada.

Gemma se sentía traicionada. Y tenía razón.

Era un hombre mezquino, no tanto porque no pudiera darle cariño y pasión, sino porque se negaba a admitirlo e incluso a hablar de ello. Y tanta cobardía le hacía avergonzarse de sí mismo.

Giotto debió percibir alguna cosa porque lo miró fijamente con aquella extraña mirada suya que le dedicaba cuando advertía que algo iba mal. Pero fue tan amable que no dijo nada. Se limitó a abrazarlo.

—Como os prometí, me voy —dijo finalmente—. Esta ciudad es como Saturno: devora a sus hijos.

Dante suspiró.

—Así es —admitió amargamente.

—¿Y hacia dónde vais? —preguntó Gemma.

—Lejos de aquí. —Y al decir esas palabras Ciuta se acarició el vientre.

Estaba más hermosa que la última vez que Dante la había visto: más dulce y madura, como si la maternidad le hubiera dado una conciencia de sí misma que no tenía antes.

—Tengo que ir a Asís para una última tarea encomendada por mi maestro Cimabue. Supervisaré la realización de algunos frescos. Y después me dirigiré a Roma sin más demora. Quiero viajar y ver mundo. Y tal vez algún día, si tenemos suerte, nos volveremos a encontrar.

—Eso espero, amigo mío —contestó Dante—. No tenéis idea de cuánto os voy a extrañar.

—Oh, vaya si lo sé, puesto que podría decir lo mismo de vuestra ausencia.

Entonces Dante comprendió que esta era la ocasión adecuada para lo que se había prometido hacer mucho tiempo atrás.

—Esperad —dijo—. Vos me dejasteis una espada que forjasteis para mí.

—Un regalo bastante inusual para cualquiera que ejerce de pintor, lo reconozco.

—Bueno, me he tomado la libertad de daros un regalo también.

Dante desapareció dentro de la casa un momento. Fue a su estudio y tomó un códice que había dejado aparte. Luego, sin aliento, bajó las escaleras y regresó a la puerta donde estaba Giotto esperando.

—Aquí está —dijo—. La *Visio Pauli*. Es un texto que me obsesiona desde siempre. Infierno y cielo, valles, precipicios y ríos de fuego. Es una lectura llena de encanto y maravilla que en su compleja belleza podría inspiraros, a vos, que sois un auténtico narrador con el arte de la forma y el color. Como bien podéis ver, las magníficas miniaturas enriquecidas con pan de oro y los vivos colores de los pigmentos de laca, del ultramar y muchos otros pigmentos lo convierten en un pequeño y genuino tesoro.

Giotto tomó el códice de manos de su amigo con la delicadeza que se reservaba a una reliquia.

—Gracias, Dante. Me hacéis verdaderamente feliz —dijo al fin. Luego abrazó a Gemma—. ¡Ya es hora de irse! —exclamó con amargura, volviéndose hacia Ciuta.

Los amigos se dieron la mano.

—Volveremos a vernos —dijo Dante.

—Lo podéis jurar —replicó Giotto.

Después ayudó a Ciuta a subir al pescante. A continuación, subió él. Sacudió las riendas sobre los cuartos traseros de los dos caballos y partió.

Mientras se alejaban, Dante pensó que echaría de menos a Giotto por encima de todas las cosas.

66

En las colinas

El aire de las colinas agitaba la hierba. Era una suave brisa que acariciaba con dulzura. Lancia estaba feliz y asustado al mismo tiempo. Feliz porque, mientras miraba el apacible valle a sus pies, reflexionaba sobre cómo había logrado convencer a Capuana de que se fuera del monasterio y volviera a tener una vida. Asustado porque, en tantos años, nunca había vivido con una mujer ni, lo que es más, lejos de la guerra. Y decir que no tenía la menor idea de cómo comportarse era una pálida aproximación a la verdad.

Se habían ido dos días antes y Capuana había insistido en llegar a una de sus propiedades en las colinas que rodeaban Lucca, en Garfagnana. Colocó en el suelo del carruaje las pocas cosas que tenía intención de llevarse consigo. Él ató su caballo de guerra al vehículo y se instaló en el pescante. Y se encaminaron así hacia la pequeña aldea de la que Capuana era señora.

Al caer la tarde, quedaron encantados con lo que habían visto. La Garfagnana había revelado toda su belleza, y a Lancia le fascinó la exuberante magnificencia de esos lugares. Marcada por el Serchio con sus aguas cristalinas, que lo cruzaba como una cinta resplandeciente, esa tierra virgen mostraba sus prados verdes esmeralda y sus bosques de castaños y, más arriba, donde la parte alta del valle daba paso a los Alpes Apuanos, pinares oscuros y densos hasta tal punto que eran casi impenetrables. Los puentes alomados que cruzaban el Serchio salpicaban el paisaje y a uno de ellos, el de la Maddalena, cerca de Borgo a Mozzano, lo llamaban el «del Diablo». Ese nombre inquietante estaba relacionado con el maestro de obras que, al encargarle la construcción del puente, había hecho un pacto con el diablo para terminarlo a tiempo, entregando el alma a cambio. No solo eso, en toda esa tierra era habitual creer que esos lugares encantados estaban habitados por brujas y criaturas fantásticas.

Después de que Capuana le mostrara el hermoso pueblo y el castillo legado por su primer marido, Lancia tomó el caballo y se fue a galopar por las colinas hasta detenerse en un prado que dominaba el valle.

Y ahora estaba ahí. Solo, para reflexionar sobre su futuro junto a esa mujer que al final había optado por confiar completamente en él. ¿Cómo lo haría? Desde luego, no tenía nostalgia de la guerra, pero no sabía muy bien cómo comportarse, como si tuviera miedo de darse una oportunidad. Y no debería ser tan difícil: gracias a Capuana poseían todo aquello que necesitaban. No tendría que hacer nada.

Sí, pero, entonces, ¿de qué serviría? Si no tenía que conseguir el dinero para vivir ni pelear, ¿cuál era la razón para quedarse ahí? ¡Amaba a esa mujer, seguro! Y por ella se habría dejado cortar un brazo. Él la protegería, de acuerdo. Pero ¿de quién? En ese pueblo todo el mundo la quería y respetaba, gracias a la estima que le habían tenido a Lazzaro di Lanfranco Gherardini, su primer esposo, señor de Collodi y de esas tierras, que eran su feudo menor.

¿Entonces? ¿A quién pretendía engañar? Él era quien la necesitaba a ella y no al revés. En tantos años de servicio ni siquiera logró recaudar suficiente dinero para comprar una choza, y mucho menos un pueblo como ese.

Pero ¿era realmente así? ¿O en cambio, precisamente con esa guerra suya continua, al menos había mantenido vivo el recuerdo de Ugolino en Capuana y ella le estaba profundamente agradecida por ello, tanto que lo había llegado a querer como jamás lo hubiera imaginado? Y, además, después de todo, era él quien le había dado esperanza, y si ahora, años después, habían encontrado por fin una manera de envejecer juntos, bien, pues entonces tal vez él no tenía que ser tan duro consigo mismo. Algo bueno, al final, debía de haber hecho.

¿No estaba ya cansado de sangre y muerte? Había terminado con tantas vidas que con los cadáveres habría podido recubrir todo aquel inmenso prado.

Se sentó en medio de la hierba, arrancó una brizna y se puso a silbar, apoyando los labios y soplando, como hacía de vez en cuando, siempre que no sabía a qué santo encomendarse. El aire traía el intenso aroma del heno. Lancia respiró hondo, como si ese perfume llevara consigo la promesa de una nueva vida.

Y en cierto modo, pensó, eso era así.

Miró el valle a sus pies y, de la emoción, le dio un vuelco el corazón. ¿Cuánto hacía que no se dejaba llevar por la simple contemplación de prados y bosques, graneros y animales pastando? Lancia no lo recordaba, pero pensaba que, con un poco de tranquilidad y de tiempo, bien podría acabar acostumbrándose.

Estaba envejeciendo, eso al menos lo tenía claro. Y ¿por cuánto tiempo habría resistido su cuerpo esa vida de privaciones y sobresaltos? Ciertamente de todo ello no le había faltado. El solo pensamiento de poder dormir en una cama, con ropa limpia y una mujer hermosa como Capuana a su lado lo hacía feliz.

Y aunque sabía que no se lo merecía, tenía un enorme deseo de probarlo. Lo haría todo mal, pero confiaba en la bondad de Capuana y en aquel sentido suyo de la misericordia y la compasión que con seguridad la habían impulsado a aceptarlo a su lado.

—¿Señor Upezzinghi? —dijo una voz.

Lancia se puso de pie de un salto y se volvió inmediatamente, llevándose por instinto la mano a la espada. Sin embargo, vio que quien lo llamaba era un sirviente que vestía la librea de Capuana da Panico. Iba montado sobre un hermoso caballo castaño de relucientes crines.

—Mi señora os pide que volváis.

—¿Ha pasado algo grave? —preguntó Lancia, que se maldijo a sí mismo por perderse en sus tontas cavilaciones a expensas de la seguridad de la mujer que amaba.

El paje sonrió, divertido. Lo hizo casi imperceptiblemente, sin mostrarlo demasiado.

—En absoluto —respondió—. Solamente reclama vuestra presencia.

Lancia se sintió como un perfecto idiota. Pensó que si se quedaba en ese lugar, aquello sucedería muchas más veces en los meses venideros. Así que no se lo tomó a mal.

—Entonces es mejor no hacerla esperar —concluyó.

Dicho esto, saltó a lomos de su caballo y, sin aguardar al paje, galopó por el prado y luego a lo largo del camino de carretas que conducía al castillo.

Pronto divisó la torre que dominaba el valle. Allí, en los baluartes, vio a su dama: su largo cabello ondeando al viento, su vestido ligero de color claro. Parecía una virgen guerrera. Y lo estaba esperando a él.

67

Visiones

Y así fue como también Giotto se fue, dejándolo cada vez más solo. La única compañía que no le fallaba era la de los enemigos, los fantasmas y las criaturas que poblaban sus pesadillas.

Desde hacía algún tiempo tenía una visión del infierno más detallada que nunca, tal vez resultado de lo que había visto en batalla y de la lectura obsesiva de un par de códices, ricamente ilustrados, que había logrado adquirir gracias a la amistad del señor Cavalcanti. Eran códices de ambigua belleza: espléndidos para leer y mirar, gracias a las magníficas miniaturas, pero terribles porque esas mismas imágenes llevaban, en sus enormes iniciales, representaciones de criaturas monstruosas e inquietantes.

Durante algún tiempo, por lo demás, había dedicado su atención a un particular tipo de historia relacionada con los viajes al más allá. No se trataba únicamente del undécimo libro de la *Eneida* lo que ocupaba su mente, sino también de otras obras como la *Visión de Tundal*, de la que poseía una copia. En ella, el infierno se dividía en dos partes. La superior estaba compuesta por una serie de lugares de dimensiones excepcionales, como valles escarpados y muy profundos, una montaña alta e inaccesible, un lago que parecía no tener fin y un palacio, cuando menos, monumental. La parte inferior se abría bajo un desfiladero infinito, un abismo al final del cual se hallaba el príncipe de las tinieblas: Lucifer, el ángel caído.

Tundal era un caballero irlandés, de origen noble, que despreciaba a la Iglesia. Abstraído en los sentidos, durante un banquete cayó en un sueño mortal de tres días y tres noches, durante los cuales hizo un viaje penitencial de purificación a través de los tormentos de las almas confinadas al infierno y de las bienaventuranzas de aquellos destinados al paraíso.

En el momento exacto en que su alma abandonó el cuerpo, una bandada de demonios la asaltó, amenazándola con la condena eterna, hasta tal punto que Dios, conmovido, envió al caballero un hermoso ángel para guiarlo. Siguiendo a este último, el alma de Tundal se encontró vagando hasta que el ángel descubrió un barranco de brasas ardientes donde se condenaba a los asesinos. Después llegaban los valles negros de los orgullosos, los avaros, los ladrones, los codiciosos y los lujuriosos. Desde allí finalmente se accedía a un horno maloliente e incandescente.

Y allí Tundal se encontraba a Lucifer, negro como un cuervo, pero con los rasgos de un hombre, aunque gigantesco y monstruoso, y además con muchos brazos y manos de veinte dedos cada una, con uñas largas y afiladas como lanzas de hierro y terribles garras en los pies. El rostro se alargaba en un pico en forma de gancho, mientras que con una cola erizada de fuertes púas torturaba a sus víctimas.

Sin embargo, Lucifer yacía boca abajo en una parrilla incandescente, colocada sobre unas brasas ardientes, a la cual le habían atado brazos y piernas con cadenas y clavos, para que se retorciera en un eterno y desesperado intento de escapar del calor infernal, extendiendo las manos hacia las almas de los condenados y agarrándolos para luego aplastarlos como racimos entre los dedos, como si fueran uvas negras.

A pesar de los estudios de esos últimos meses y las nociones aprendidas, Dante se sentía profundamente involucrado en las etapas de ese viaje infernal y experimentaba un sentimiento de consternación: la descripción era tan vívida y terrible que lo dejaba sin aliento.

Cerró el códice. Se levantó y bajó las escaleras. Gemma se aprestaba a cocinar algo. Ágilmente, llegó a la puerta y salió. Necesitaba aire.

Lucifer lo miraba desde el mosaico. Dante estaba hechizado. Coppo di Marcovaldo lo había representado de una manera escalofriante.

Y ahora que lo veía con detenimiento, se le ocurrió que algo semejante se hallaba asimismo en los bocetos de Giotto, hacía ya tiempo, cuando su amigo le había explicado el uso y las modalidades del carboncillo. El ángel caído era monstruoso y lo observaba mientras devoraba a un hombre con las fauces abiertas. Con todo, lo que más lo impresionaba era ver las dos serpientes que le salían de los oídos, ávidas también de miembros humanos, de modo que aplastaban con unas bocas enormes a un condenado cada una. Se trataba de una imagen aterradora que lo devolvía a la pesadilla vivida en la llanura de Campaldino: el lago congelado y el monstruo gigantesco que emergía de su interior con sus tres bocas decididas a destrozar numerosas vidas.

No conseguía marcharse. Ese mosaico lo atormentaba y lo reconducía a sus lecturas: a la visión de Tundal y al príncipe de las tinieblas colocados en el fondo del colosal desfiladero que representaba el infierno, ese aterrador embudo en el que debían de hallarse los condenados que, ahora frente a él, se arrastraban en la sangre y el fuego, luchando desesperadamente por salvarse del diabólico banquete. Era en vano. Y al ver esos cuerpos destrozados volvía a su mente la batalla, el grito de los soldados moribundos, el rugido de los caballos, el chirrido de las espadas, los golpes sordos de los martillos de guerra en los escudos, los aullidos impotentes de los que estaban a punto de ser decapitados por las hachas.

Esas visiones y pensamientos ya no le daban tregua. Se pasó una mano por la frente y la encontró húmeda de sudor frío. Estaba temblando, pero no era por su enfermedad. No iba a tener una crisis, no, en absoluto; algo lo atormentaba y perseguía, un dolor invisible ocupaba su mente y lo haría para siempre. Le parecía que tenía una espada plantada en el corazón y que alguien seguía hurgándole la herida con ella para recordarle que nunca más volvería a gozar de paz.

Se sintió derrotado. Y era Florencia quien lo vencía, con independencia de lo que pudiera pasar. ¿Qué importaba que Giano della Bella tuviera grandes planes para el pueblo? ¿Qué creía Guido que estaba haciendo? Aun incluso en el caso de que su pretensión tuviera éxito, si hubieran elaborado un plan de acción realmente capaz de llevar a los nuevos ricos al poder para suplantar a la antigua nobleza florentina, ¿qué habrían resuelto con ello? Habrían logrado reemplazar a una minoría codiciosa y despiadada por una nueva clase de hombres igualmente hambrientos de poder y dinero.

Y la gente como Corso Donati o Filippo degli Adimari, ¿creían que se resignaría a limitarse a mirar? ¿Y qué haría Vieri? Claro que no habría consentido ese estado de las cosas de manera pasiva. Y si lo hiciera, algo que Dante no creía posible, ya estaría Carbone para tratar de iniciar una guerra. ¿O acaso los Cerchi, más astutos y más ricos pero menos nobles, hubieran aceptado de buen grado esa idea?

Mirando a Lucifer y a los condenados intentando salvarse de aquel terrible juicio universal, Dante tuvo la sensación de que el futuro que aguardaba a los florentinos era lo que tenía ante sus ojos en aquel momento.

68

Explicación

Gemma lo miraba con los ojos inyectados en sangre.

Dante sabía por qué y no podía sino darle la razón. Sin embargo, no tenía idea de cómo cambiar la situación. Era muy doloroso. Ni siquiera tuvo tiempo de alcanzar el primer peldaño de la escalera para subir cuando ella se paró ante él como una furia, bloqueándole el paso.

—Ahora me vais a hablar. ¡Tendría que sacaros las palabras con tenazas!

Estaba indignada. Los ojos le brillaban.

—¿Qué puedo decir?

—Cualquier cosa menos el silencio. ¡Habladme!

—¿Acerca de qué?

—De por qué os habéis convertido en un fantasma.

—¡Creedme que es mejor que no!

—No os dejaré subir hasta que me digáis lo que os corroe.

—¿De verdad queréis averiguarlo, Gemma? —Y esa pregunta salió de él en un tono cruel.

Ella lo contempló fijamente y por primera vez, mirándolo aquel día, sintió temor. Una sombra, aunque fuera por un instante, cruzó sus ojos. Dante suspiró. Luego pareció hundirse en un valle de dolor.

—La primera carga partió nuestra línea en dos. Eran doce y parecían centenares. Vi a mis compañeros terminar empalados por lanzas, arrojados de sus monturas, aplastados en la llanura como proyectiles de carne. Y luego vi a esos hombres avanzar sobre sus caballos como una lanza de hierro, penetrando en nuestro ejército y dejando un rastro de muerte a su paso...

—Dante...

—¿Estáis segura de que queréis saber? —Y mientras la urgía se apoyó en la mesa. Se tambaleó. Recordar era como revivir el horror una vez más—. Los hombres, Gemma, los hombres... Ya fueran güelfos o gibelinos, estaban inmersos en un río de sangre. Hasta los ojos. Y si se atrevían a levantarse, los ballesteros los mataban, porque ya los habían rodeado. Fue una masacre. Donde quiera que volvía la mirada veía cuerpos torturados... —Titubeó. Se inclinó hacia delante. Algo le mordía las vísceras. Se dio cuenta de que estaba llorando—. No pude hacer nada, ¿entendéis? Oía todos esos gritos, ese océano de dolor sumergiéndome, y no sabía el modo de acabar con eso. No tenéis idea de adónde puede llegar la ferocidad humana: los vientres desgarrados, montañas de cabezas cortadas, los cadáveres saqueados de sus posesiones, los miembros seccionados para formar pilas de muerte.

Gemma lo miró conmocionada. De repente, le faltaban las palabras. Ahora lo observaba consternada. Había querido saber y él estaba complaciéndola.

A Dante le pareció estar levantando un peso insoportable, una masa tan ciclópea que pronto lo aplastaría contra el suelo. Y esa confesión, sin embargo, lavaba su corazón. Y poco a poco, horror tras horror, tuvo la sensación de que se volvía más ligero.

—No sé qué empuja tanto al hombre. No soy capaz de explicarme qué fuerza lo lleva a querer exterminar a sus semejantes, pero he visto el infierno, Gemma. Y no creo que consiga olvidarlo jamás. Eso me convierte en un fantasma, tenéis razón. Me encantaría, de verdad, ser un mejor esposo, ser capaz siquiera de tocaros, pero el caso es que después de Campaldino no soy el mismo, ¿entendéis? Mi cuerpo no puede percibir el instinto del amor, del cariño, de la ternura. Los rechaza porque el recuerdo me devuelve a ese campo, a esa llanura preñada de sangre, cubierta de cadáveres, heces y entrañas.

Gemma se llevó las manos a los labios. Tenía los ojos enrojecidos, las lágrimas le caían copiosamente. Dante escuchó su propia voz romperse a causa de una emoción que le había atenazado la garganta y que ahora parecía derretirse poco a poco.

¿Cuánto tiempo había esperado para hacerlo? Más de un año. Pero ahora que ya no tenía a nadie, ahora que Beatriz estaba muerta, que Giotto se había ido, que Guido se había alejado para siempre de él, ¿quién le quedaba? ¿Quién? Gemma.

Entonces ¿no era ella la que más merecía una explicación? Aunque solo fuera la sentencia de cadena perpetua del dolor, porque sabía que no podía curarse. No de Campaldino.

Ella lo abrazó y él, por primera vez en mucho tiempo, la dejó que lo hiciera.

Sus lágrimas se mezclaron con las de él.

—Tenéis razón, amor mío, no sé qué os ocurrió. Y ni siquiera puedo imaginarlo. Y mis palabras no bastarán nunca para aliviar vuestro dolor. Ni tampoco mis acciones. Soy plenamente consciente de ello, pero como ya os dije hace tiempo, no dejaré de amaros por esto.

—Gemma... —murmuró Dante, abrumado por tanta bondad de espíritu.

—Vivimos tiempos terribles —prosiguió ella—. Tiempos en los que los amigos de hoy son los enemigos de mañana, y los que llamamos hermanos podrían apuñalarnos por la espalda cuando menos lo esperáramos. No podéis confiar en nadie, excepto en mí, al menos eso me lo debéis. O no quedará nada de nosotros. Sé lo que habéis logrado y he visto cuánto os costaba: matar, pelear, enfrentarse a la otra parte, tomar partido políticamente, ser chantajeado y amenazado.

Dante alzó la mirada, observándola con sorpresa. ¿Cómo se las había apañado para saber con tanto detalle lo que le había pasado? ¿Con quién había hablado?

—¿Creéis que no lo sabía? Soy la hija de Manetto Donati. Conozco bien ciertas maquinaciones muy propias de mi familia. Corso es un demente sanguinario. Nada lo detendrá. Es inteligente, valiente, pero la codicia lo devora, el ansia de poder guía sus acciones. Y he visto lo que son capaces de hacer hombres como Filippo y Boccaccio Adimari, sus aliados. ¡Son la escoria del mundo! Pero de alguna manera nos tocó vivir en este tiempo y tenemos que salir adelante. Ahora entiendo por qué confiáis en la lectura y la poesía, Dante. Es vuestra manera de llegar al día siguiente, y si antes estaba preocupada, ahora entiendo que es lo mejor para vos, y me regocijo con ello porque cuando estáis en ese mundo es como si encontraseis la clave para interpretar este. Pero no os encerréis en vos, no me evitéis, no es justo. Afrontemos juntos lo que nos espera y dadme la oportunidad de ser una buena esposa. Fui a la granja con Lapa. Conocí una vida diferente, marcada por los trabajos manuales, las tareas, las dificultades cotidianas. Me evadí en todo ello, en un vano intento de no pensar en la posibilidad de que no regresarais. No sabía qué hacer, cómo ser útil, y allí encontré una manera de pasar el tiempo. Pero todo lo que hice tenía que traerme de vuelta aquí. Y aunque mil veces he pensado que un tiempo en Fiesole tal vez nos ayudaría, también me doy cuenta de que aquí es donde debemos aprender a avanzar. En Florencia.

—¡Oh, Gemma!

—Y por eso os digo ahora que nunca aceptaré que estemos lejos el uno del otro si estamos bajo el mismo techo. Al menos mientras el destino nos permita estar cerca, no habrá un día en el que me resigne a veros como os he visto en este último año, y ahora comprendo que estaba equivocada y que debería haber insistido mucho más. —Y mientras lo decía, lo ayudó a incorporarse.

Dante la miró. Sentía un alivio que le había sido negado durante mucho tiempo.

Tal vez Gemma tenía razón, tal vez debía darle a su amor una segunda oportunidad. Ella, sin duda, se lo merecía. Entonces la abrazó. Y fue menos difícil de lo que esperaba. Mantuvo la cabeza de ella contra su pecho y le acarició el cabello, suavemente.

Permanecieron abrazados.

EPÍLOGO

La rebelión

(Invierno de 1292-1293)

69

Aires de rebelión

La plaza estaba abarrotada.

Giano tronaba, convocando a la gente a unirse. Puños levantados en el aire, gritos de alegría que celebraban su triunfo. Se había convertido en tribuno de los humildes, pensaba Dante, que percibía en sus palabras apasionadas un viento de rebelión.

—Ay de los poderosos y los grandes de esta ciudad, que han oprimido a los humildes y a la gente simple de Florencia. Aquellos, cerrados en sus casas fortificadas, creen que pueden hacer lo que quieran en detrimento de los otros. Campaldino no nos ha enseñado nada. En lugar de tener güelfos contra gibelinos, hoy son los nobles los que están contra el pueblo, y eso no lo podemos tolerar mucho más tiempo. Por no mencionar que aquellas familias que han visto en repetidas ocasiones elegir a los priores entre sus miembros, lejos de observar la ley, al contrario, han hecho de todo para corromperla. Y si sus amigos o familiares eran culpables de algo, esas mismas familias han puesto todo el empeño en exonerarlos, gracias a su influencia, en mantenerlos impunes. Ni que decir tiene el dinero que robaron de las arcas municipales cada vez que les fue posible, oprimiendo día tras día al pueblo que hoy les odia.

Dante miraba a Giano, que dominaba la plaza desde lo alto de una tarima de madera. Aquella declamación suya en voz alta, sentado en una especie de púlpito, denotaba una pasión y una determinación extraordinarias. Su elocuencia, intensa y eficaz, conmovía al público que atestaba la piazza dei Priori.

Aunque era uno de los seis recién nombrados, debía haber estado de acuerdo con los otros miembros del colegio en una especie de línea compartida, actuando como portavoz de todo el organismo institucional.

En la plaza había hombres de todas las artes y oficios, y no faltaban tampoco los nobles que escuchaban su monólogo con rabia y resentimiento. ¿Quién diablos se creía que era Giano della Bella? ¿Acaso era inocente, él, que era tan noble como el resto de los grandes e incluso más aún? Vieri, que solía ser muy cauteloso y atento, resoplaba molesto. Carbone tenía el rostro sombrío. Cuando llegó Corso Donati, el aire se había vuelto pesado y los murmullos de aprobación a las palabras de Giano habían disminuido, como un fuego en la campiña que poco a poco se va apagando.

Corso llevaba consigo algunos escuderos. No había hecho nada, se había limitado a demostrar que tenía hombres a su disposición preparados para todo. Dante había divisado a su hermano y luego a Filippo degli Adimari montando un caballo semental enjaezado en plata como de costumbre. Altivo y terrible, este último observaba a los artesanos y comerciantes como si fueran un mar de mendigos. Y, sin embargo, a pesar de los escuderos, a pesar de los orgullosos nobles ceñudos, Giano prosiguió. No tuvo reparos, al contrario: parecía haber aguardado aquel momento desde hacía mucho.

—Es por ello por lo que, de acuerdo con los otros cinco priores de Florencia, anuncio lo siguiente: de ahora en adelante la ciudad tendrá un gonfalonero de Justicia, para lo cual hemos confiado en la persona de Baldo Ruffoli para el *sesto* de Porta Duomo, y se le asignarán mil hombres armados por ley, y, después de él, a los que lo sucedan. Sus soldados llevarán la cruz roja en campo blanco, igual que el estandarte que se le dio. Tendrá el poder de hacer cumplir las leyes, especialmente a los grandes, que en los últimos años las han violado con tanta frecuencia como les apeteció. Y no solo a ellos se les llamará «grandes», sino también a cuantos puedan vanagloriarse de tener aunque sea un solo caballero en su propia familia.

Esas palabras parecían grabadas en hierro. Así que eso era la rebelión contra el orden establecido que le anunció hacía un tiempo Guido Cavalcanti. Quién sabía dónde estaría ahora. Seguramente riéndose de todo aquello desde lo alto de su casa fortificada, que dominaba Florencia.

Corso Donati escupió al suelo. Solo para dejar claro lo que pensaba de esas medidas. Quienes lo conocían se percataban de que las palabras de Giano della Bella sonaban como una declaración de guerra a los oídos de alguien como él.

Florencia había sido arrojada a un embudo de odio. Dante lo sabía. No solo la diatriba entre los Cerchi y los Donati, sino ahora las mismas familias del pueblo llano se convertían en nuevos contendientes por el poder y el dominio de la ciudad, y aunque Dante ya estaba al tanto de esa opción, de todos modos se había quedado impresionado, porque nunca antes los nuevos ricos habían logrado tanto, y aunque Giano y los otros priores intentaban actuar de la mejor manera, simplemente de aquella forma abrían la puerta a quienes se habían enriquecido recientemente y no tenían ninguna noción sobre el gobierno o la administración de la ciudad.

Se entregaba un poder inmenso a manos de aquellos que eran poco más que unos zafios. Y Florencia estaba condenada a una guerra que nunca terminaría.

Aquel anuncio era solo el primer paso. Desde el comienzo se ampliaría el número de los que podrían ser llamados grandes y luego, en el otro extremo, se impediría a los magnates ocupar cargos públicos. Ese era el plan completo de Giano della Bella, exactamente como lo predijo Guido.

Y aunque el cargo de prior no duraría más de dos meses, sin duda se ocuparía en ese tiempo de asegurar suficientes alianzas para ejercer un control indirecto en el Priorato de las Artes. De esta manera podría continuar consolidando una línea política precisa, haciendo lo mismo que los que lo habían precedido, por supuesto con el objetivo último de favorecer una categoría diferente de poder. Pero su juego, en apariencia más noble, finalmente se resolvía en la creación de un vacío de gobierno que acabaría siendo ocupado por otros hombres, igualmente dispuestos a cualquier cosa.

Dante miró a Vieri y le pareció que se estaba mirando en un espejo, puesto que la expresión que leía en su rostro era la misma que debía de tener él: una sensación de decepción y disgusto. No era así como se iba a remediar la situación. No todo el mundo era capaz de ejercer el noble arte del buen gobierno; de hecho, no había nada malo en asegurarse de que tal arte fuera prerrogativa de un limitado número de nobles. No todo el mundo podía dominar completamente la sutil alquimia del compromiso y la diplomacia, así como no se le podía conceder a todo el mundo el privilegio de tomar decisiones en interés de la comunidad.

¿Se quería ayudar al pueblo llano? Bueno, ¿por qué no apoyar e incentivar las actividades financieras de los bancos, el préstamo de dinero, las cartas de crédito, el establecimiento de sucursales y, más en general, el comercio y la artesanía? No era expandiendo el espectro de los posibles poseedores del poder de gobierno como se lograría una mejor administración.

Sacudió la cabeza. Le pareció que lo habían rechazado, no porque su linaje le garantizara los derechos de los grandes, sino porque creía que borrar un mundo de reglas sólidas y determinadas en beneficio de una clase nueva y más numerosa, pero no menos arrogante que la anterior, era una gran hipocresía. Incluso si llegara a desaparecer en nombre de la rebelión y del cambio. No era así. Reemplazar la clase dominante no significaba eliminar las luchas que, apelando a dicho poder, se desencadenaban.

Y habría sumido Florencia en una incertidumbre aún mayor. Que la nobleza fuera una especie de patente que se podía adquirir con trabajo y patrimonio, y no por dignidad de nacimiento o por la sangre derramada en la batalla, deshonraba a generaciones enteras.

Por ello, mientras Giano della Bella reiteraba las resoluciones y las líneas políticas adoptadas por los priores, Dante se encontró alejándose de la plaza, caminando hacia su casa, decepcionado y humillado, incapaz de comprender el alcance de un cambio que tenía, a su parecer, toda la pinta de un golpe de Estado.

Y, a pesar de las sinceras palabras y la férrea voluntad de azotar los vicios políticos, Giano della Bella finalmente se le aparecía como un usurpador que, ostentando el título de protector del pueblo, iniciaba en cambio una fase política que lo llevaría a convertirse en tirano de la ciudad. Guido tenía razón: los tiempos eran propicios para derrocar jerarquías y órdenes.

Sin embargo, no estaba seguro de que una desvergonzada maniobra política como aquella pudiera resultar buena. Cuanto más pensaba en ello, más se convencía, por contra, de que determinaría el surgimiento de nuevas divisiones, tensiones, enemistades.

70

Hacia Fiesole

Gemma se había ido el día anterior con Lapa. Él, aquella misma mañana.

Después de que Giano della Bella tronara en la plaza contra los magnates, habían decidido pasar unas semanas fuera de Florencia. No tenían la intención de abandonar la ciudad, sino de recuperar el equilibrio necesario para afrontar los días venideros.

Dante entró en el establo. Ya había ensillado a Némesis y, más resuelto que nunca a marcharse, la sacó. Saltó sobre su grupa y la espoleó.

Pronto alcanzó la puerta de la ciudad y salió. Al cabo de un rato, el camino bordeaba los campos pardos cubiertos por el rocío de la madrugada. Mientras Némesis galopaba indomable y orgullosa, con las crines mecidas por el viento, Dante miraba las columnas de los cipreses inclinarse bajo la fría brisa del invierno que se avecinaba y el sol plateado que estiraba sus rayos para embellecer con ópalo la campiña toscana. Tal vez todavía había esperanza, se dijo a sí mismo, mientras aceleraba por la senda que conducía a las colinas de

Fiesole. Quizá volver a las raíces, a la tierra, a las fatigas y a la magia de los ritmos antiguos aplacaría el alboroto que albergaba su corazón inquieto.

¿No eran los Alighieri, después de todo, hijos de Cacciaguida degli Elisei, el noble caballero cruzado? Entonces ¿cómo iban a poder aquellos hombres de las plazas decidir por él? Ellos, que no tenían origen noble, que ni siquiera entraban en las filas de la plebe y, por tanto, no eran ni carne ni pescado, y, de hecho, con las ganancias del comercio acumulaban en sí mismos tanto los defectos y la arrogancia de aquellos que eran realmente nobles como las miserias de los pobres y sus gustos toscos y viles, y en su ciénaga de sentimientos y aspiraciones pretendían ahora encumbrarse como hombres de gobierno. Cansado de esas inexplicables expectativas, de aquel deseo de prevaricación y codicia, encaradas únicamente al beneficio personal y nunca al bien de la comunidad, Dante se sentía como un Cincinato* retirándose a las colinas para protegerse, a sí mismo y a los que amaba, de una locura desenfrenada. Quería ir por su cuenta y comprender por qué valdría la pena luchar a partir de aquel momento. Y redescubrir una dimensión honesta y sincera de la vida, lejos, al menos por un tiempo, del clamor de la lucha por el poder y del mero beneficio a corto plazo.

Cabalgó sin descanso. Abrió los brazos y se dejó llevar por la brisa que soplaba intensamente sobre las suaves laderas de los cerros.

* Lucio Quincio Cincinato, patricio y cónsul romano, que vivió entre los siglos VI y V a. C., a quien otras personalidades romanas posteriores erigieron como ejemplo de virtud, buen hacer y honradez. *(N. de la T.)*

Se prometió a sí mismo que dedicaría su vida a algo más grande y más noble que el cálculo y el compromiso, que no olvidaría la belleza y el alma cegadoras de Beatriz y el alma generosa de Gemma, no las traicionaría en nombre del resentimiento. No cambiaría el arte y el amor por la vida pública y un puñado de grupúsculos que únicamente soñaban con reducir a cenizas esa ciudad que, a pesar de todo, veneraba por encima de cualquier cosa.

Florencia merecía ser celebrada, y no solo ahogada en sangre y odio, y, por lo tanto, mientras los campos color pardo se convertían en grandes extensiones arcillosas, cubiertas de viñedos y olivos, y la bóveda cerúlea del cielo hechizaba sus ojos, Dante juró que dedicaría su vida a contar la adoración por las mujeres que llevaba en el corazón y por la ciudad a la que había consagrado la vida misma.

Al llegar a una meseta, tiró de las riendas hacia sí y detuvo a Némesis. Desmontó de la silla y condujo a la yegua de brillante pelaje a una fuente. Miró al frente. Vio Florencia a través de la dura placa de la luz invernal, la vio desde lejos orgullosa y guerrera, erizada de torres, magnífica y ofrecida a la llanura como la más espléndida de las amantes, rodeada de pardas tierras y coronada de sierras.

Respiró hondo y sumergió los ojos en aquella belleza.

Nota del autor

Cuando, junto con Raffaello Avanzini, pensé en cómo afrontar la figura de Dante Alighieri, enseguida me quedó claro que sería fundamental encontrar un corte narrativo original, una perspectiva que me permitiera hablar de un Dante Alighieri completamente inédito. A partir del estudio llevado a cabo en estos años, me pareció que podría ser una excelente idea la de hablar del joven Dante, que se había tratado poco en los ensayos y menos en novelas. Además, tenía la intención de explorar la dimensión aventurera del poeta más grande de la historia. Tanto más cuanto que, a partir de las lecturas de la *Cronica delle cose occorrenti ne' tempi suoi* [Crónica de las cosas ocurridas en su época], de Dino Compagni, y de la *Nuova Cronica* [Nueva Crónica], de Giovanni Villani, emergía con brío toda la salvaje crueldad de la Edad Media florentina, desgarrada por las disputas entre güelfos y gibelinos.

Además, en la parte central de la novela, estaría la batalla de Campaldino, que desempeñó un papel muy importante en la vida de Dante, siendo él un *feditore* en primera línea que, como veterano, se encontró haciendo frente a pesadillas, resultado de una batalla sangrienta. Y, por lo demás, no hay quien no vea hasta qué punto las visiones apocalípticas de ese conflicto fueron cruciales en la concepción misma de la *Divina Comedia*.

Después mantuve una conversación con el profesor Fabrizio Fornari —en el curso de una cena fabulosa en el café Pedrocchi de Padua— para confirmar lo fundamental que fue Campaldino como acontecimiento en la Edad Media italiana y como hecho histórico que merecía ser narrado con aire de aventura y convertirse en el núcleo central de una novela dedicada al Poeta Supremo.

Otro gran mapa resultó ser *Vida nueva*, obra de juventud por excelencia del joven Dante, en la que habla de su amor por Beatriz, de su concepción de la mujer ángel, del abecé del Dolce Stil Novo, un texto que incluso contiene algunos indicios autobiográficos que luego podría cruzar con lo que iba surgiendo de la lectura del *Trattatello in laude di Dante* [Breve tratado en alabanza de Dante], de Giovanni Boccaccio.

Estaba claro que en ese momento tenía que releer la *Divina Comedia* de arriba abajo para registrar los tonos, para encontrar las sugerencias literarias que representarían la constelación ideal para contemplarla como un náufrago en el mar tempestuoso de mi tentativa. No me molesté en aprender de memoria los pasajes, me contenté con sumergirme en la belleza y con llevarme algunos destellos conmigo. En cierto sentido, la única posibilidad que tenía de salir vivo era concebir una novela histórica y de aventuras sobre el poeta guerrero más extraordinario que jamás haya existido. Sí, porque a pesar de la absoluta grandeza, el Dante que trato de contar no es otro que un joven, hijo de la pequeña nobleza, que intenta encontrar un lugar en la Florencia dividida entre los Cerchi y los Donati. Y para alcanzar su ubicación y su papel, combate en Campaldino como un rito de supervivencia y de paso. Dante nunca volverá a ser el mismo después de esa batalla, y no podría ser de otro modo, ya que se trató de una de las más sangrientas de la Edad Media.

A esto hay que sumar la amistad con Giotto, genial pintor, el que cambió los paradigmas de la pintura. No tenemos evidencia de la amistad entre los dos, pero tampoco tenemos pruebas que la nieguen. Por lo tanto, había materia suficiente para la invención, o más bien para una hipótesis verosímil. Después de todo, Giotto y Dante vivieron en Florencia en los mismos años, al menos hasta 1290. Sabemos con certeza que ambos fueron heraldos de una auténtica revolución en la pintura y las letras. Por tanto, dada la grandeza que los caracteriza, la oportunidad de verlos juntos en el escenario era demasiado tentadora para dejarla escapar. Como he hecho anteriormente con otras parejas de personajes (Cosimo de Médici y Filippo Brunelleschi, Lorenzo el Magnífico y Leonardo da Vinci, María de Médici y Pedro Pablo Rubens), también en este caso he juntado a mi protagonista, Dante, con un artista como Giotto.

Por no mencionar que los estudiosos de la historia del arte son casi unánimes en reconocer las nociones no precisamente banales de Dante sobre las técnicas pictóricas.

En cuanto al trabajo de Giotto, cito entre las fuentes consultadas: Maurizia Tazartes (editora), *Giotto*, Milán, 2004; Giuliano Pisani, *I volti segreti di Giotto. Le rivelazioni della cappella degli Scrovegni* [Los rostros secretos por Giotto. Las revelaciones de la capilla de los Scrovegni], Milán, 2008; Angelo Tartuferi, *I giotteschi* [Los giottescos], Florencia, 2011; Alessandro Tomei, *Giotto. La pittura* [Giotto. La pintura], Florencia, 2017; Roger Fry, *Giotto*, Milán, 2020.

Para evitar dudas, quiero señalar que lo que me guio en mi investigación fue la obra de uno de los expertos en Dante más importantes de la historia, nunca suficientemente reconocido: Marco Santagata, a quien me tomé la libertad de dedicar esta novela. A este propósito menciono algunos de sus libros más importantes, que estudié con mucho cuidado: *Dante, il romanzo della sua vita* [Dante, la novela de su vida], Milán, 2017; *Il racconto della commedia: guida al poema di Dante* [El relato de la comedia: guía al poema de Dante], Milán, 2017; *Il poeta innamorato. Su Dante, Petrarca e la poesia amorosa medievale* [El poeta enamorado. Sobre Dante, Petrarca y la poesía amorosa medieval], Parma, 2017; *Guida all'inferno* [Guía al infierno], Milán, 2013.

También me urgía contar qué había «alrededor» de la *Divina Comedia*. No soy ensayista ni crítico, no tengo un enfoque científico de la totalidad del tema y también me siento aliviado, para ser honestos, porque hay mucha gente más preparada que yo que ya se dedica a ello. Sin embargo, la novela ofrece una oportunidad para intentar reflexionar, a través de la invención y la verosimilitud, sobre las razones de un veterano superviviente, sobre las debilidades de un hombre en el frente del conflicto más sangriento de aquel siglo. Sería extraño pensar que Campaldino no tuvo consecuencias profundas para el alma y la mente del Poeta Supremo. Y sería igualmente extraño suponer que la literatura sobre el viaje al infierno, la del undécimo libro de la *Eneida* de Virgilio, la *Visio Pauli*, la *Visión de Tundal* —obras muy difundidas en el periodo medieval, y a las que Dante ciertamente tuvo acceso— no hayan constituido un germen importante en la génesis del poema más grande de todos los tiempos. Al respecto me permití una indagación en el contenido y propuse la hipótesis de que ciertas ideas tuvieron algún peso en el joven Dante, lo que, combinado con sus nociones de pintura y su amor por obras como el fresco del *Juicio Final*, de Coppo di Marcovaldo en su «bel San Giovanni», podía haber supuesto un precedente, o una simple chispa de inspiración, para la estructura del *Infierno* de la *Divina Comedia*. Respecto a ese punto, además de una cuidadosa relectura de la *Eneida*, aconsejo profundizar más en otros textos literarios sobre el viaje al infierno a través de las páginas de Alberto Magnani (editor), *Il cavaliere irlandese all'Inferno* [El caballero irlandés en el infierno], Palermo, 1996; Alison Morgan, *Dante e l'aldilà medievale* [Dante y el más allá medieval], Roma, 2012; Giovanni Orlandi y Rossana E. Guglielmetti (editores), *Navigatio sancti Brendani* [El periplo legendario de San Brandán], Florencia, 2018; Pasquale Villari, *Antiche leggende e tradizioni che illustrano la Divina Commedia* [Antiguas leyendas y tradiciones que ilustran la *Divina Comedia*], Turín, 2020.

El enfoque del novelista que combina la historia con la aventura me ha permitido además concederme algunas licencias. En primer lugar, la razón por la que Dante participó en la fallida batalla de Laterina. No tenemos noticias en este sentido y por lo tanto podemos contar esos capítulos como una invención narrativa, pero, incluso en ese caso, ni siquiera tenemos argumentos que atestigüen con certeza lo contrario y, puesto que aquel enfrentamiento no sucedió nunca, me pareció una licencia que podía concederme y que bien podría contribuir a construir esa figura de poeta guerrero y veterano que tenía que ser «mi» Dante. Tanto más cuanto que los eruditos autorizados, como Marco Santagata, de hecho, subrayaron que la experiencia militar de Dante duró todo el curso de las guerras entre Arezzo y Pisa, que significaría que desde Poggio Santa Cecilia hasta Campaldino, el clímax, el poeta habría participado en todas las campañas.

También con respecto al hecho de que Dante sufría de epilepsia mencionaré como referencia a Marco Santagata. El escritor y gran experto en Dante aporta bastantes pruebas de esta enfermedad en su obra. Por lo tanto, se me ofrecía un personaje maravilloso y poco contado: poeta, caballero, veterano de guerra, epiléptico, enamorado del amor. ¿Existe acaso un personaje más fascinante y aventurero que él? No me lo parece.

Y, por último, disponía de todo lo demás: algunas de las figuras históricas más fantásticas que un novelista podría desear.

El juego entre invención y realidad se ha vuelto a proponer en lo que respecta a algunos de ellos. Si en el caso del conde Ugolino della Gherardesca me atuve a los hechos tal como los conocemos, sin embargo, no he dejado de sacar el de su esposa Capuana da Panico de las sombras: una figura casi desconocida pero absolutamente fascinante. De ella no quiero añadir más porque, llegados a este punto, el lector ya habrá descubierto todo lo que hay que saber. Otro tanto sucede con Buonconte da Montefeltro, un personaje que siempre ha ejercido sobre mí una fascinación extraordinaria. Aquí también, a través de la invención novelesca, intenté ponerle cara a su asesino, de modo totalmente imaginario, que quede claro. En cuanto a la conducta de Buonconte, ese capitán inescrupuloso y astuto, héroe de las Giostre del Toppo, capaz de hacer desfilar a su ejército a marchas tan forzadas como para cubrir la distancia entre Laterina y Poppi en dos días, pues es verdad, como casi todo lo que le pasa a Buonconte en la novela.

Pero vayamos a la mayor invención ficticia: Filippo Argenti. Sobre este personaje los invito a leer un interesante panfleto firmado por Michele Tortorici, *Due bugie di Dante* [Dos mentiras de Dante], Roma, 2018. En él argumenta el autor, y ciertamente no es el único, de hecho diría que en excelente compañía de otros expertos en Dante, que los personajes de Ciacco y Filippo Argenti son pura invención de Dante y nunca existieron. También se especula, y de una manera muy seria, que entre Dante y los muchos comentaristas autorizados de la *Divina Comedia*, incluidos su hijo Iacopo y el mismo Giovanni Boccaccio, ha tenido lugar una especie de conspiración de gente honesta que habría decidido ocultar en el imaginario personaje de Filippo Argenti a un personaje real del que Dante quería vengarse. Pues bien, no seré yo quien revele esta sugerente y bien documentada teoría, pero, por mi parte, no quería privarme del carisma infinito de un personaje tan memorable, que en esta novela aparece fugazmente, con la secreta esperanza de que, si hubiera una secuela, pudiera volver.

Respecto a la batalla de Campaldino, recomiendo consultar la monografía firmada por Kelly DeVries y Niccolò Capponi, *La battaglia di Campaldino, 1289. Dante, Firenze e la contesa tra Comuni* [La batalla de Campaldino, 1289. Dante, Florencia y la disputa entre municipios], Gorizia, 2019, que ha sido, cuando menos, fundamental. De manera más general, en lo que concierne a las técnicas de guerra medievales, aconsejo las obras siguientes: Kelly DeVries y Robert Douglas Smith, *Medieval military technology* [Tecnología militar medieval], Toronto, 2012; Kelly DeVries, *Infantry Warfare in the Early Fourteenth Century: Disciple, Tactics, and Technology* [Guerra de infantería a principios del siglo XIV: Disciplina, tácticas y tecnología], Woodbridge, 1996.

Respecto a todo lo relacionado con la época medieval en general y la figura de Dante y los tiempos que lo vieron como protagonista, sugiero la lectura adicional de: Eileen Power, *Vita nel Medioevo* [Vida en el Medievo], Turín, 1999; Jacques Le Goffe, *L'uomo medievale* [El hombre medieval], Bari, 2006; *Lo sterco del diavolo. Il denaro nel medioevo* [El estiércol del diablo. El dinero en la Edad Media], Bari, 2012; *Il Medioevo raccontato da Jacques Le Goffe* [El Medievo contado por Jacques Le Goffe], Bari, 2015; Renato Bordone y Giuseppe Sergi, *Dieci secoli di Medioevo* [Diez siglos de Edad Media], Turín, 2009; Franco Nembrini, *Dante, poeta del desiderio. Conversazioni sulla Divina Commedia* [Dante, poeta del deseo. Conversaciones sobre la *Divina Comedia*], vols. 1-3, Ravenna, 2011-2013; Erich Auerbach, *Studi su Dante* [Estudios sobre Dante], Milán, 2017; Pierre Antonetti, *La vita quotidiana a Firenze ai tempi di Dante* [La vida cotidiana en la Florencia de los tiempos de Dante], Milán, 2017; Giorgio Inglese, *Biografia di Dante. Una biografia possibile* [Biografía de Dante. Una biografía posible], Roma, 2018.

Finalmente, he vuelto a abordar la *Divina Comedia* con la ayuda de dos versiones comentadas diferentes: la de Natalino Sapegno y la de Umberto Bosco y Giovanni Reggio.

Padua, 1 de abril de 2021

Agradecimientos

Gracias a mi editor, Newton Compton.

Gracias a Vittorio Avanzini por su profundo conocimiento de la literatura italiana y medieval, y por las magníficas conversaciones en el transcurso de las cuales aprendo muchísimas y útiles nociones. Gracias a Maria Grazia Avanzini por la amabilidad y la cortesía que me demuestra en todo momento.

Raffaello Avanzini es el editor que a cualquiera le gustaría tener a su lado, siempre. No solo por su energía e inteligencia, sino también por su altura de miras, que es uno de los regalos más preciosos que puede recibir un autor.

Gracias, gracias y gracias de nuevo a mis agentes: Monica Malatesta y Simone Marchi. Son ellos quienes, en los reveses del destino, en medio de pandemias mundiales y conversaciones online con editores, italianos y extranjeros, me ayudan de forma irremplazable a manejar el timón para poner el barco rumbo al puerto, más unidos que nunca.

Alessandra Penna ha sido una vez más la compañera insustituible de este viaje. Saber que la tienes como editora es un privilegio.

Gracias a Martina Donati por la cuidadosa supervisión y a Roberto Galofaro por su impecable precisión.

Gracias a Antonella Sarandrea por la pasión y atención con la que lee y promueve mis libros.

Gracias a Clelia Frasca y Gabriele Anniballi.

Finalmente, doy las gracias a todo el equipo de Newton Compton Editori por su extraordinaria profesionalidad.

Gracias a los traductores de mis novelas en el extranjero. Menciono a los que he conocido en persona, aunque solo sea por correspondencia. Gracias, por lo tanto, a Gabriela Lungu, por la edición rumana; a Ekaterina Panteleeva, por la rusa; a Maria Stefankova, por la eslovaca; Eszter Sermann, por la húngara; Bozena Topolska, por la polaca; Richard McKenna, por la inglesa. A todos los demás: ¡hablemos cuando queráis!

Gracias a Sugarpulp: Giacomo Brunoro, Valeria Finozzi, Andreetta, Isa Bagnasco, Massimo Zammataro, Chiara Testa, Matteo Bernardi, Piero Maggioni, Marilena Piran, Martina Padovan, Carlo «Charlie Brown» Odorizzi.

Gracias a Lucia y Giorgio Strukul y a Leonardo, Chiara, Alice y Greta Strukul: ¡preparaos, que espero llegar pronto a vuestros feudos!

Gracias al clan Gorgi: Anna y Odino, Lorenzo, Marta, Alessandro y Federico.

Gracias a Marisa, Margherita y Andrea «el Bull» Camporese.

Gracias a Caterina y Luciano, Oddone y Teresa y a Silvia y Angelica.

Gracias a Andrea Mutti, maestro para siempre, a Su Refinada Excelencia Francesco Ferracin, a Livia Sambrotta y a Francesco Fantoni, Enrico Lando, Marilù Olive, Romano de Marco, Nicolai Lilin, Tito Faraci, Sabina Piperno, Francesca Bertuzzi, Marcello Bernardi, Valentina Bertuzzi, Tim Willocks, Diego Loreggian, Andrea Fabris, Francesco Invernizzi, Barbara Baraldi, Marcello Simoni, Alessandro Barbaglia, Alessio Romano, Mirko Zilahi de Gyurgyokai. Vosotros ya sabéis por qué. Ahora y siempre.

Muchas gracias a Paola Ranzato y a Davide Gianella. A Paola Ergi y a Marcello Pozza.

Para finalizar: gracias infinitas a Jacopo Masini, Alex Connor, Victor Gischler, Jason Starr, Allan Guthrie, Gabriele Macchietto, Elisabetta Zaramella, Alessandro y el clan Tarantola, Lyda Patitucci, Mary Laino, Leonardo Nicoletti, Andrea Kais Alibardi, Rossella Scarso, Federica Bellon, Gianluca Marinelli, Alessandro Zangrando, Francesca Visentin, Anna Sandri, Leandro Barsotti, Paolo Navarro Dina, Claudia Onisto, Massimo Zilio, Chiara Ermolli, Giulio Nicolazzi, Giuliano Ramazzina, Giampietro Spigolon, Erika Vanuzzo, Thomas Javier Buratti, Marco Accordi Rickards, Raoul Carbone, Francesca Noto, Micaela Romanini, Guglielmo De Gregori, Daniele Cutali, Stefania Baracco, Piero Ferrante, Tatjana Giorcelli, Giulia Ghirardello, Gabriella Ziraldo, Marco Piva (también conocido como el Gran Bailío), Paolo Donorà, Massimo Boni, Alessia Padula, Enrico Barison, Federica Fanzago, Nausica Scarparo, Luca Finzi Contini, Anna Mantovani, Laura Ester Ruffino, Renato Umberto Ruffino, Livia Frigiotti, Claudia Julia Catalano, Piero Melati, Cecilia Serafini, Sara Ziraldo, Sara Boero,

Laura Campion Zagato, Elena Rama, Rama, Gianluca Morozzi, Alessandra Costa, Và Twin, Eleonora Forno, Maria Grazia Padovan, Davide De Felicis, Simone Martinello, Attilio Bruno, Chicca Rosa Casalini, Fabio Migneco, Stefano Zattera, Andrea Giuseppe Castriotta, Patrizia Seghezzi, Eleonora Aracri, Federica Belleri, Monica Conserotti, Roberta Camerlengo, Agnese Meneghel, Marco Tavanti, Pasquale Ruju, Marisa Negrato, Martina De Rossi, Silvana Battaglioli, Fabio Chiesa, Andrea Tralli, Susy Valpreda Micelli, Tiziana Battaiuoli, Erika Gardin, Walter Ocule, Lucia Garaio, Chiara Calò, Anna Piva, Enrico «Ozzy» Rossi, Cristina Cecchini, Iaia Bruni, Marco «Killer de Mantua» Piva, Buddy Giovinazzo, Gesine Giovinazzo Todt, Carlo Scarabello, Elena Crescentini, Simone Piva & los Viola Velluto, Anna Cavaliere, AnnCleire Pi, Franci Karou Cat, Paola Rambaldi, Alessandro Berselli, Danilo Villani, Marco Busatta, Irene Lodi, Matteo Bianchi, Patrizia Oliva, Margherita Corradin, Alberto Botton, Alberto Amorelli, Carlo Vanin, Valentina Gambarini, Alexandra Fischer, Thomas Tono, Martina Sartor, Giorgio Picarone, Cormac Cor, Laura Mura, Giovanni Cagnoni, Gilberto Moretti, Beatrice Biondi, Fabio Niciarelli, Jakub Walczak, Diana Severati, Marta Ricci, Anna Lorefice, Carla VMar, Davide Avanzo, Sachi Alexandra Osti, Emanuela Maria Quinto Ferro, Vèramones Cooper, Alberto Vedovato, Diana Albertin, Elisabetta Convento, Mauro Ratti, Mauro Biasi, Nicola Giraldi, Alessia Menin, Michele di Marco, Sara Tagliente, Vy Lydia Andersen, Elena Bigoni, Corrado Artale, Marco Guglielmi y Martina Mezzadri.

Seguramente me he olvidado de alguien... Como digo ya

desde hace algún tiempo: estarás en el próximo libro, ¡lo prometo!

Un abrazo y mi agradecimiento infinito a todas las lectoras, los lectores, las libreras, los libreros, las promotoras y los promotores que han depositado su confianza en este nuevo esfuerzo literario mío, tan lleno de amores, pasiones, intrigas y batallas.

Dedico asimismo esta novela a mi mujer, Silvia. Desde que te conocí no hay persona más feliz y afortunada que yo en el mundo. Y porque vivir la vida como una aventura es un privilegio que únicamente un amor como el tuyo me podría otorgar.

Índice

PRIMERA PARTE
La inquietud
(Verano de 1288)

SEGUNDA PARTE
El miedo
(Invierno de 1288-1289)

TERCERA PARTE

La furia

(Primavera de 1289)

CUARTA PARTE

El retorno

(Primavera de 1290)

Dante de Matteo Strukul
se terminó de imprimir en febrero de 2023
en los talleres de
Impresora Tauro, S.A. de C.V.
Av. Año de Juárez 343, col. Granjas San Antonio,
Ciudad de México